COLLECTION SÉRIE NOIRE
Créée par Marcel Duhamel

Nouveautés du mois

JACK GERSON

On ne chevauche pas les tigres

TRADUIT DE L'ANGLAIS
PAR MICHEL DEUTSCH

GALLIMARD

Titre original :

THE BACK OF THE TIGER

PROLOGUE

1979

La haute coupole renvoyant l'écho de ses pas qui martelaient le sol de marbre, ce fut sa première impression. La seconde : la débauche d'architecture pseudo-grecque xixe finissant. Des lettres gravées sur le frontispice. Il les distinguait mal. *E Pluribus Unum,* probablement.

La plaque de cuivre boulonnée au mur portait les mots « Department of Justice ». Il était donc sûr qu'il frappait à la bonne porte. Encore que... Mais c'était sans doute la seule solution qui lui restait.

La jeune hôtesse du bureau d'accueil était jolie, mais d'une beauté qui manquait de naturel. Pas un cheveu qui ne fût rigoureusement à sa place assignée, pas la plus infime bavure de rouge à lèvres. Un garde était adossé au mur à quelques pas d'elle, visiblement détendu. Et, à sa droite, une rangée de petites chaises raides sur lesquelles étaient assis au petit bonheur des huissiers stagiaires — rien que des jeunes gens dont nulle trace d'acné ne déparait la peau imberbe. Leurs yeux avaient des scintillements de diamant.

— Bonjour, monsieur. En quoi puis-je vous être utile ? s'enquit l'hôtesse synthétique avec un sourire qui eut pour effet immédiat de lui donner le brin de chaleur humaine qui lui faisait défaut, ce qui, somme toute, était un avantage : ses dents étaient plantées de travers.

— McBride... Alexander McBride, se présenta le visiteur. Je viens de la part du sénateur Newberry.

Elle parcourut des yeux un agenda aux dimensions impressionnantes.

— Oui, en effet. M. McBride, pièce 26. (Sa voix prit une intonation suraiguë :) Huissier, s'il vous plaît !

Un petit jeunot qui commençait d'ailleurs à ne plus tellement l'être bondit.

— Veuillez conduire M. McBride à la pièce 26.

— Merci, dit McBride.

— Bonne journée, monsieur.

C'était un vœu pieux. Il y avait un sacré bout de temps qu'Alec McBride ne savait plus ce qu'était une bonne journée.

Un escalier qui aurait pu venir tout droit du décor d'*Autant en Emporte le Vent* et qu'éclairait une vaste baie vitrée au-delà de laquelle on pouvait distinguer en gros plan les cariatides de la façade extérieure. Sans doute inspirées des Pères Fondateurs portant à califourchon la Justice sur leurs épaules. Ou de pas mal de seconds couteaux des studios hollywoodiens des années 30 spécialisés dans les rôles de politiciens véreux.

La pièce 26 était d'une parfaite banalité. C'était une pièce, voilà tout. Quatre murs, un petit bureau, une chaise à dossier droit et une paire de fauteuils. Sur une petite table en retrait, un cendrier et des numéros dépareillés de *Fortune,* du *Reader's Digest* et de *Time*. Pas de fenêtre. Le bureau était visiblement là pour la figuration. Il n'y avait personne.

— Si vous voulez bien patienter quelques instants..., laissa tomber le jeune cerbère avec la désinvolture d'un homme habitué à mener la grande vie qui condescendrait à occuper un emploi servile.

Ces huissiers en herbe étaient-ils des fils à papa comme leurs homologues du Sénat ? Ou s'entraînaient-ils seulement à copier les fils de famille ?

McBride attendit donc. Dix minutes plus tard, un homme entra. Grand, la quarantaine bien tassée, des cheveux blonds qui commençaient à s'argenter par endroits. Le costume irréprochable était manifestement griffé Brooks Brothers. Il serrait un mince dossier sous son bras.

— McBride...

La poignée de main énergique était d'une fermeté étudiée.

— Bonjour.

L'homme, lui, ne se présenta pas. D'un mouvement souple, il s'installa dans l'un des fauteuils jumeaux et, souriant, fit signe à McBride d'imiter son exemple.

— Le sénateur Newberry m'a confié le soin de vous recevoir. C'est qu'il y a une telle quantité de cinglés qui veulent à tout prix être convoqués par la commission ! Je fais office de filtre. Je suis chargé de vous interroger et de noter vos déclarations par écrit pour déterminer si vous faites ou non partie du club. Je suis d'ailleurs tout à fait persuadé du contraire, ajouta-t-il avec un demi-sourire complice.

— Je comprends. Mais je voudrais que les choses aillent vite...

— J'imagine. Cela ne devrait pas prendre plus d'un jour ou deux au maximum. Quand nous en aurons terminé tous les deux, nous rédigerons le texte définitif de votre déclaration... de votre déposition, si vous préférez. Le sénateur la lira et il vous convoquera... s'il le juge nécessaire. Ces dispositions vous agréent-elles ?

— Tout à fait, répondit McBride qui n'en pensait pas un mot.

— Parfait. J'ai demandé qu'on nous fasse monter du café. Il ne devrait pas tarder.

Le café arriva comme l'homme blond parlait encore. McBride but le sien à petites gorgées en essayant de déterminer d'après son accent l'origine de son interlocuteur. Les inflexions étaient celles d'un Bostonien cultivé mais elles paraissaient acquises. Dessous, perçaient presque imperceptiblement les modulations du Mid-West.

— C'est votre premier séjour à Washington, monsieur McBride ?

— Le second. J'y suis déjà venu en 64.

— Une ville bouillonnante de fièvre mais que je trouve passionnante.

Forcément ! Tu y vis et tu y travailles. Tu en fais partie. Mais moi, de quoi fais-je partie ?

Ils reposèrent leurs tasses vides.

— Eh bien, si nous commencions, monsieur ?

Commencer où ? McBride avait tant de choses à dire — et depuis si longtemps...

— La méthode la meilleure est encore de commencer par le commencement, dit l'homme blond qui semblait avoir des dons de télépathie. Le commencement... pour vous.

— Je n'ai rien à voir là-dedans sur le plan personnel. Je n'étais même pas citoyen américain. Ecossais. Il s'est seulement trouvé que j'étais là. A Dallas, je veux dire.

— Que faisiez-vous à Dallas ?

— Je travaillais, répondit McBride en essayant de se rappeler ce qu'il faisait au juste à l'époque. (L'entretien n'allait pas être facile.) J'étais venu à Los Angeles pour écrire un scénario. Ecrire est ma profession, en quelque sorte. J'avais un permis de travail et une autorisation de résidence. Je devais en principe adapter pour l'écran une nouvelle que j'avais adressée à un producteur. Il m'avait fait venir d'Ecosse à ses frais. Il était très généreux — au début. Mais le projet est tombé à l'eau... comme bien d'autres. Alors, je me suis débrouillé comme j'ai pu. J'ai réalisé deux télévisions, j'ai fait des piges. J'assurais la matérielle, quoi.

— Ce doit être intéressant, le métier d'écrivain, dit l'interrogateur.

Observation inutile.

— Bref, le rédacteur en chef d'un journal de Dallas m'a fait signe. Il appréciait mon style, ou je ne sais quoi. Est-ce que je serais d'accord pour venir à Dallas tenir une rubrique régulière ? Une sorte de billet dans le genre « Le Texas vu par un Anglais » ? Les Texans semblent aimer faire parler d'eux. Bref, Charlie Neaman, le rédacteur en chef, me proposait du travail. Et j'en avais le plus grand besoin. Je suis donc venu à Dallas. Fin septembre 1963.

— Vous aviez alors vingt-quatre ans ?

Vingt-quatre ans ? se surprit à répéter McBride à part soi. Oui, c'est vrai. Je n'ai jamais pensé à la question de l'âge. C'est comme si j'avais toujours le même.

— Oui, je crois. Vingt-quatre... ou vingt-cinq. Toujours est-il que j'ai rappliqué à Dallas dare-dare. Et que j'y étais le 23 novembre 1963. Ce n'était pas un très bon jour pour se trouver à Dallas. Pour Lee Harvey Oswald et quelques autres, notamment.

— Vous avez assisté à l'assassinat ?

— Non, j'étais chez moi. J'avais loué deux pièces au second avec eau froide à l'autre bout de la ville. Je travaillais quand la télé a annoncé la nouvelle. Je... j'ai eu la même réaction que tout le monde, je suppose. J'étais horrifié. En état de choc. Et, en même temps, comme... détaché. Ce n'était pas mon pays, ce n'était pas mon Président. Mais j'étais quand même... matraqué.

— Et que s'est-il passé pour que vous ayez été mêlé à cette affaire ?

Des souvenirs qui s'ébrouent. Un dinosaure qui renaît à la vie. Il aurait aimé que le blond s'en aille, le laisse tranquillement lire *Fortune*. Alors, il n'aurait plus eu à se ressouvenir. Ni à vider son cœur, ce qui était précisément la raison de sa visite. Son but n'est pas de se disculper, non. Il n'avait à se laver d'aucun péché. C'était du souvenir, de la nécessité de le garder vivant, indemne, qu'il voulait se débarrasser une fois pour toutes.

— Vous êtes né en Ecosse, monsieur McBride. A Paisley, si je ne me trompe ?

— Oui.

— Et bien que vous ayez travaillé dans ce pays depuis dix-sept ou dix-huit ans, vous n'avez jamais sollicité votre naturalisation ? Y a-t-il à cela un motif particulier ?

Des motifs... il y en avait en pagaille. Tout avait commencé ce soir-là à Dallas. Mais ce n'était ni le moment ni le lieu d'en parler. Plus tard peut-être, quand il aurait été entendu par la commission d'enquête sénatoriale.

— L'idée ne m'en est pas venue.

Un mensonge véniel qui était sorti tout seul.

— Revenons-en à l'épisode de Dallas.

— C'était le jour de l'assassinat, le 23 novembre. Je me sentais déprimé, le moral à plat. Comme tout le monde à Dallas ce soir-là. Je n'aurais pas dû. Je venais de vendre une nouvelle à... je crois bien que c'était à *Playboy*. Et ils paient bien. Au contraire, j'aurais dû pavoiser. Mais personne n'était euphorique à Dallas, cette nuit-là. Peut-être même en aucun autre lieu du monde. Je suis quand même sorti pour me changer un peu les idées. Dans le centre, c'était mort. Comme si les gens avaient honte de mettre les pieds dehors après l'événement. Toutes les boîtes

14

étaient fermées. Ou vides. Et puis, je suis passé devant un bar ouvert où il m'était déjà arrivé de prendre un ou deux verres. Je suis entré.

Les souvenirs lui revenaient plus facilement, maintenant. Les différentes péripéties de cette nuit se remettaient en place, s'emboîtaient. Il se laissa aller contre le dossier du fauteuil. Oui, cela allait être facile. Non, pas facile : plus facile.

L'homme blond écoutait. Parfois, il griffonnait une note. Tout irait bien, songea McBride.

PREMIÈRE PARTIE

Billy Sandrup

1

1963

L'enfer ne devait pas différer beaucoup de ce bar du centre d'une ville américaine, audacieusement baptisé *cocktail lounge*. Des rampes de néon rouge sombre déversaient sur toutes choses la lueur rosâtre que l'on prête au royaume d'Hadès. Le long des murs, des tables étroites occupant des boxes qui ne l'étaient guère moins et vous rendaient instantanément claustrophobe. Des toiles abstraites aux couleurs criardes se dissimulaient dans la pénombre ambiante.

Il n'y avait pas un chat quand McBride entra. Derrière le comptoir, un barman solitaire n'en finissait pas d'astiquer un verre, les yeux fixés droit devant lui, une expression d'ennui infini peinte sur ses traits.

C'était Dallas, le centre de Dallas, le lendemain de l'événement de Dealey Plaza qui avait fait se terrer la ville dans sa mauvaise conscience. Les rues, généralement animées, étaient livrées à l'abandon, les cinémas déserts. Même les prostituées ne tapinaient plus. Elles portaient le deuil de l'innocence saccagée de la population.

McBride était seul dans le bar désert, accablé, lui aussi, par la déprime générale. Il aurait pourtant dû être à peu près satisfait, se disait-il. Il avait vendu une histoire et reçu un chèque respectable qui venait arrondir les revenus étriqués mais décents que lui rapportait sa rubrique régulière. Mais les miasmes qui avaient envahi Dallas l'avaient contaminé, s'étaient infiltrés dans son esprit, il n'y en avait plus que pour eux.

Le barman lui tendit en silence le scotch *on the rocks* qu'il avait commandé et McBride alla s'installer dans une des stalles qui faisaient face à l'entrée, comme pour guetter l'arrivée d'un compagnon de beuverie. Ce n'était pas tant qu'il eût besoin de compagnie — il voulait simplement voir des inconnus, entendre parler autour de lui, pour lui prouver que la vie existait encore sur terre et particulièrement à Dallas.

Le grand type surgit une dizaine de minutes plus tard. Blouson et pantalon de toile bleu, un peu crapoteux. Ses bottes de cow-boy montées sur des talons de cinq centimètres et son stetson — élimé, presque caricatural — trahissaient le Texan pur sang. McBride lui donna dans les trente et quelques mais il avait cet air enfantin que beaucoup d'Américains conservent une bonne partie de leur vie adulte.

Le nouvel arrivant jeta un coup d'œil circulaire dans la salle vide — plutôt dans le style lugubre, le coup d'œil — et son regard finit par se fixer sur McBride. Son équilibre paraissait aléatoire. Sans doute un employé de ranch ou un ouvrier des pétroles en goguette et déjà solidement chargé.

— J' peux m'asseoir ?

La voix de l'homme était un peu enrouée.

— Si vous voulez... ne vous gênez pas.

L'inconnu s'assit en face de McBride.

— Billy. Billy Sandrup. C'est comme ça qu'on m'appelle.

— Alec McBride.

— Etranger ?

— J'en ai peur. (Pourquoi ce ton d'excuse,

20

merde ? Il était bien content de ne pas être américain. Surtout en cette heure et en ce lieu.)

— Angliche ?

— Ecossais.

Le visage de Billy Sandrup s'éclaira d'un sourire.
L'enfant avait trouvé un nouveau jouet.

— Non, sans blague ? Vous êtes écossais pour de
vrai ? Comme le scotch ?

— Ecossais, insista lourdement McBride. Le
scotch, c'est pour boire.

— Riche idée ! Eh, Joey ! lança Sandrup au
barman. Deux scotches pour moi et pour mon pote.

Le barman enregistra la commande d'un batte-
ment de paupières.

— Ce n'est vraiment pas la peine, se sentit obligé
de protester McBride.

— C'est toujours la peine de s'en jeter un, mec. A
moins qu' t'aies pas envie de boire avec ma pomme ?

— Mais si, mais si. Seulement…

— Alors, on va s'en jeter un tous les deux. J'étais
pas forcé de m'asseoir avec toi, pas vrai ? C'est pas la
place qui manque. Ni ici ni dans Dallas. Un mort.
Trois ou quatre dragées qui trouent la paillasse d'un
homme et toute la ville se planque dans son trou.
Complètement dingue.

— C'est vrai.

— Un peu qu' c'est vrai ! Mais on ne me tuera pas
comme ça, moi. Pas encore. J' bois jamais seul, tu
vois ? Faut pas. Parce que quand tu bois seul,
t'entends tout ce que tu penses qui résonne comme
dans un verre vide.

Le barman arriva avec les consommations. Billy
Sandrup devenait de plus en plus expansif.

— Tiens, v'là vingt dollars. Tu continueras à nous
servir jusqu'à c' qu'y en ait plus.

— Votre foie, c'est pas mon problème, fit le
barman d'un ton morne avant de s'éloigner.

Billy Sandrup buvait vite et avec enthousiasme. Quand les vingt premiers dollars furent épuisés, vingt autres les remplacèrent. Après son troisième verre, McBride se contenta de faire semblant de siroter et chaque fois que le barman se présentait, il secouait discrètement la tête. Sandrup n'avait pas l'air de s'apercevoir de ce manège. Il continuait de s'humecter le gosier sans cesser de parler.

— On finit par penser que dans deux cents ans, le monde sera rempli de gobelets en plastique. Ça s'use pas, cette saloperie de plastique, tu comprends ? Toute la surface de la planète aura disparu sous un tapis de timbales en plastique. Voilà ce qui arrivera.

— Sûrement.

Il fallait bien dire quelque chose pour l'encourager.

— Faut qu' tu me croies, mon pote. D'abord, parce que je suis plus balaise que toi, M'sieu Alec Bride. Et plus bourré. La seule chose à faire dans cette espèce de grande ville bidon en plastique, c'est de se cuiter. C' qu'on est en train de faire, justement.

Au bout d'un moment, Alec consulta sa montre.

— Il commence à se faire tard, dit-il, estimant avoir été assez sociable comme ça.

— Tard ? Mes fesses ! D'ailleurs, tard, c'est plus tôt qu'on pense. Tu le vois, le gars, derrière le bar ? (De son battoir, Sandrup désigna le barman.) Eh ben, il est à genoux devant moi. Parce que je suis un des rares types à faire marcher le commerce à Dallas, et à claquer du fric, ce soir.

— Est-ce que je peux vous offrir un verre ? proposa McBride.

— Je t'ai harponné. Alors, le moins que je peux faire, c'est de régler les consommations. Et puis, j'ai envie de causer. Pour ce qui est du blé, j'ai pas à me biler.

— Mes félicitations.

— Attends, tu vas comprendre. Derrière cette ville... juste derrière, y a peut-être un million de derricks. Ils produisent pas du pétrole : ils pompent du fric. Ils dégueulent des dollars. Comme s'il n'y avait pas d'avenir. Et puis d'abord, moi non plus, j'en ai pas. Annulé, l'avenir.

— Vous êtes dans le pétrole ?

— Ah ! foutre non alors ! Les pétroliers, je leur crache à la gueule. Tu veux que je te dise ce qu'ils font ? Ils violent la prairie. Peut-être qu'indirectement, ils me rapportent de l'oseille, tous ces puits, mais le genre de types qui les possèdent, moi, ils me débectent.

— Qu'est-ce que vous faites comme métier ?

— Je tue le monde. (Billy Sandrup sourit.) Ça te la coupe, hein ?

— J'ai cru vous entendre dire...

— Oui, oui. C'est bien ça que j'ai dit. (Billy se frotta le nez et prit une profonde inspiration.) C'est à cause de ça que j'ai pas... d'avenir.

— Vous tuez des gens ?

— De toute sorte. Des Noirs, des Blancs, des Jaunes. C'est par les Jaunes que j'ai commencé — en Corée. C'était pour tuer ces petits bonshommes jaunes qu'on nous avait formés.

McBride éprouva une impression de soulagement.

— Vous voulez dire que vous êtes militaire ?

— Dans le temps, je l'étais. Mais plus maintenant. Je t' l'ai dit : je tue les gens, c'est tout. On me paie pour. Au fusil, au surin, à la bombe... y a qu'à passer la commande. Marrant. A présent, un autre gusse se prépare à me dégringoler à mon tour.

Me voilà avec un fou sur les bras, songea McBride en se tortillant, mal à l'aise, sur sa chaise. Sans doute rien de plus qu'un fou qui en tient une bonne, mais un fou quand même.

— Qu'entendez-vous par là ? fit-il, en partie pour meubler le silence.

— Ben, je t' l'ai dit, non ? Plus d'avenir. Tu veux que j' te l'ôte, ton avenir, à toi aussi ? T'as qu'à demander. Y a rien de plus facile. Tu veux que je te le supprime ?

McBride fut pris d'une soudaine envie de rire. Les fabulateurs farfelus, les marchands de rêves ambulants, il connaissait. Ce n'était pas ça qui manquait en Ecosse. Glasgow en était plein. Ce Billy Sandrup appartenait à la variété texane de l'espèce.

— Allez-y.

Un rictus tordit la bouche de Sandrup.

— J'ai assassiné John F. Kennedy. Et voilà ! Mission remplie.

— Vous êtes complètement marteau !

A peine eut-il lâché ces mots que McBride les regretta. Billy Sandrup vira à l'écarlate et se pencha en avant. Son haleine imbibée de whisky empestait.

— Dis pas ça, mon gars. Faut jamais traiter de dingue un homme qu'on connaît pas. Surtout quand il l'est pas. Maintenant que je t'ai lâché le morceau, t'es inclus dans la sentence de mort qu'a été prononcée contre moi. Parce que, désormais, tu sais quelque chose que tu devrais pas savoir. Tu piges ?

— On a flanqué un individu en prison pour avoir assassiné Kennedy. Un certain Oswald ou un nom dans ce genre-là.

— Bien sûr qu'ils l'ont agrafé, Lee Harvey Oswald. Il n'a même pas été capable de se faire la paire en balançant la purée, mais il sera le tireur de l'année. Ce vieux Lee Harvey ! Le dindon de la farce. Le roi des biodétergents. La lessive qui lave plus noir. Comme ça, la conscience de l'Amérique pourra reluire comme un sou neuf. Grâce à lui, tous les braves cons pourront dire en chœur : « C'était pas moi. »

— Allons donc ! protesta Alec.

— Y a pas d'allons donc qui tienne. Oswald, c'est le bouc émissaire. L'écran de fumée. Dans huit jours, il sera mort. Tout est programmé. Ils le descendront comme ils me descendront, moi. Et comme ils te descendront, toi, s'ils savent que j' t'ai raconté ça. Tu as entendu mon histoire. C'est toi qui l'as voulu.

McBride tourna la tête vers le barman. Celui-ci, plongé dans la rubrique sportive du journal, était hors de portée d'oreilles. Billy Sandrup sourit encore.

— T'as d'autres choses à me demander ?

— Qui sont ces *ils* qui sont censés nous exécuter ?

— Ça, c'est la question à 64 milliards de dollars. Eh, toi, là-bas ! Mon verre est vide. Y a plein de toiles d'araignées dedans.

— Votre réserve est épuisée, répondit le barman.

— J'ai encore de quoi casquer. A boire !

— D'accord pour un dernier verre et, après, je boucle.

— Merde ! il n'est que dix heures cinq ! protesta le Texan.

— Ce soir, je ferme tôt. C'est l'hommage que je rends au Président.

— Le Président, c'est Lyndon Johnson. Et il a encore rien fait pour mériter qu'on lui rende hommage.

— L'espoir fait vivre, soupira le barman en haussant les épaules. En tout cas, dans cinq minutes, c'est la clôture.

— Tu parles d'un connard, ce mec ! gronda Billy, la lippe féroce, à l'adresse de McBride. Y a que nous qui vient boire un coup, alors il ferme la boutique. C'est à se demander où va ce pays. Il n'y a plus de service. (Il marqua un temps d'hésitation, cherchant à renouer le fil de la conversation. La mémoire lui revint.) Ah oui ! Tu me demandais qui c'était, les *ils* ? Regarde dans la glace. Dans les vîtrines. Tu les verras toujours derrière toi. A attendre. Attendre. Quand t'es sur un trottoir, ils sont sur l'autre. Côté ombre. Je les connais. C'est eux qui me paient. Ils vont me faire la peau.

Seul le bruit que fit le barman en prenant une bouteille neuve sur l'étagère brisa le silence. McBride se résigna enfin à donner la réplique :

— Pourquoi ne prenez-vous pas la fuite ?

Il ne croyait pas un mot de ce que disait l'autre, mais il savait que Billy, lui, y croyait.

— Y' a nulle part où s'enfuir, répondit Sandrup en passant une main épaisse dans ses cheveux qui s'éclaircissaient. A supposer que tu te planques dans un trou à rat, ils te guetteront à la sortie. Et ils tirent pas leur poudre sur les moineaux, c'est pas le genre de la maison. Ils surgissent une fois, rien qu'une, et bang-bang, bonsoir la compagnie.

Le barman posa un verre devant chacun des deux hommes.

— Le der des ders, annonça-t-il.

— Y a toujours quelqu'un pour tenir les comptes, répondit Sandrup en sortant de sa poche une épaisse liasse de billets.

McBride contempla son verre avec dégoût. Le whisky lui laissait un goût amer dans la bouche. Son seul désir était de quitter cet endroit vide et inhospitalier.

— Dites donc, je crois que je vais maintenant devoir vous abandonner...

— J'ai un flacon à l'hôtel. Viens avec moi.

Il commençait à avoir la langue pâteuse.

— Désolé, mais il faut absolument que je m'en aille.

— Tu viens avec moi, j' te dis. Attention, te fais pas des idées. J' suis pas de la jaquette. Mais j' te trouve sympa, McBride. T'écoutes bien et il faut qu'il y ait quelqu'un qui m'écoute. (Le Texan oscillait quelque peu sur sa chaise.) Je reconnais que j'aurais besoin d'un petit coup de main pour rentrer à mon hôtel. Même les types comme moi ont besoin d'amis pour les aider, tu vois. Tu m'aides et p't'être que j' pourrai t'aider à mon tour.

— Je ne pense pas...

— C'est ça, pense pas. Tu m'accompagnes, on s'en tape un petit coup et peut-être que je t'en raconterai encore un peu... mais donne-moi un coup de main, qu'on se tire d'ici.

Il y a peut-être une histoire à faire avec tout ça, se dit McBride. Ce garçon vivait probablement un fantasme, mais un fantasme, ça peut donner matière à un article. Un sentiment de culpabilité collective se sublimant en sentiment de culpabilité personnelle...

Sandrup se leva.

— Ils t'ont p't'être pas encore repéré. P't'être qu'ils t'ont pas vu avec moi. C'est comme ça qu'ils fonctionnent, ces enfoirés, tu saisis? Si t'es avec moi, couic... t'es mort. Je rigole pas, crois-moi. A partir du moment où ils t'auront vu avec moi, tu entreras aussi sec dans la confrérie des morts vivants. Pareil que moi. Bon... je finis mon godet et on les met. Dis donc, c'est quoi, ton boulot?

McBride le lui dit.

— Journaliste? Ça fait de toi un gonze dangereux pour eux. Mais p't'être qu'y a une chance que tu puisses répercuter ce que je t'ai dit. Ils en chieront dans leur froc. Alors, t'as intérêt à m'accompagner et à m'écouter.

Les rues vides semblaient s'étirer à l'infini. Une voiture de police ralentit en arrivant à la hauteur des deux hommes. Les policiers les examinèrent et le véhicule reprit sa ronde. Dallas était une ville fantôme et Sandrup et lui devaient faire l'effet de deux spectres.

— Sûr et certain que les écrivains, moi, je les respecte, dit Billy en zigzaguant d'un bord à l'autre du trottoir. Ils en ont, là-dedans. Vous dites les choses comme c'est qu'elles sont. C'est pas que je lise tellement moi-même, j'ai pas le temps, mais prends Mickey Spillane. En voilà un qui sait de quoi il cause.

Qu'est-ce que je fabrique à me balader dans les rues de Dallas, Texas, en compagnie d'un cow-boy complètement bourré qui prétend être un tueur ? se demanda McBride. Qu'est-ce que je fais dans ce pays, dans cet environnement étrangers ? Comment en suis-je arrivé là ?

Cette question, il se l'était déjà posée une fois. En Californie. Pourquoi ai-je quitté l'Ecosse ? Une question sans réponse et elle était en train de refaire surface. Il était venu en Amérique débordant d'espoir et de résolution — et n'avait rien trouvé à quoi attacher son espoir. Quant à la résolution, à elle seule, elle était incapable de lui fournir une direction. La terre promise avait été engloutie par l'Histoire. Seul l'argent avait un sens et ceux qui en avaient s'accrochaient à lui avec une cupidité farouche.

Sandrup s'arrêta net, l'oreille aux aguets, brisant le fil de ses réflexions.

— T'entends ?

McBride s'arrêta docilement et écouta. Il y avait comme un bruit de pas derrière eux. Ils se retournèrent. La rue était déserte.

— Des pas, murmura Sandrup. Tu les entends ? Y a quelqu'un qui marche derrière nous. Ça fait comme un écho. C'est sûrement eux.

— Encore ?

28

McBride sourit. C'était un cas évident de paranoïa. Aussi évident que le nez au milieu de la figure.

— Ouais… encore. (Le sourire de Sandrup était dépourvu de gaieté.) C'est à moi qu'ils en ont. Et ils te repéreront. (Il se remit en marche et McBride dut accélérer pour demeurer à sa hauteur.) Ils ont tué Buncey, ce soir, enchaîna le Texan.

— Qui est Buncey ? demanda Alec d'une voix hachée.

Ce type ne pouvait-il pas marcher d'un pas normal ?

— Un de mes partenaires. On était trois. Nous avons tiré à Dealey Plaza. (Oui, c'était un parano de première grandeur !) C'est Buncey qu'ils ont effacé le premier. Il a pas voulu m'écouter. Qu'ils nous paient et nous laissent nous barrer, c'était pas pensable. Pas après ce boulot-là. Ils l'ont alpagué, ils l'ont fait monter dans une voiture et y en a un qui lui a balancé une bastos dans l'oreille. C'est leur technique. On l' retrouvera jamais.

— Qu'en feront-ils ?

— Ils l'enterreront quelque part dans la prairie. Ou dans le désert. Profond. J'ai pas envie de pleurer sur le sort de Buncey. Un petit maigrichon mauvais comme une teigne. Avec une moustache à la mexicaine. On a… on avait toujours l'impression qu'il aurait eu besoin de prendre un bain. L'ennui, c'est que c'était vrai — il en avait besoin. Et puis il aimait tuer les gens. Alors, il prenait son pied.

— Et pas vous ?

— Personne ne te dit qu'il faut aimer ce boulot. Je le faisais, voilà tout. C'était mon gagne-pain. Mais j'aimais pas tellement. Buncey, lui, il aimait. Un type qui prend plaisir à faire ce travail-là, moi, j' peux pas l'encaisser, c'est plus fort que moi.

— Je comprends.

Il fallait le caresser dans le sens du poil. Oui, il y

avait peut-être un sujet à exploiter là-dedans. La culpabilité collective de l'Amérique s'exprimant à travers un homme...

L'un des réverbères clignotait et sa lueur vacillante faisait naître des ombres dansantes. McBride n'avait encore jamais remarqué la quantité de coins sombres, d'encoignures, d'impasses obscures qu'on pouvait trouver dans cette ville.

— Où t'habites ? lui demanda Sandrup.

Ne lui donne pas ton adresse, tu n'arriverais plus à t'en débarrasser. Tu le trouverais tout le temps devant ta porte.

— Un peu plus au sud. Huit ou neuf blocs.

— Ça fait trop loin pour y aller seul à pied. Je te dégotterai une chambre pour cette nuit.

— Merci beaucoup mais je suis capable de marcher.

— Tu arriverais pas jusque-là. N'importe comment, on va s'offrir un petit gorgeot. Mais fais pas cette tête ! J'ai déjà dit que j' suis pas homo. Je te la paierai, la chambre. C'est pas le pognon qui me manque. Et pour ce que ça peut me servir...

Accompagne-le, s'enjoignit McBride. Continue à le caresser dans le sens du poil. Plus tard, il filerait, mais, pour le moment, le mieux était de jouer le jeu du Texan.

Un bloc plus loin, ils prirent à droite. Les rues se ressemblaient toutes. Des enfilades de hautes bâtisses séparées par des trouées de gazon. A droite, un vaste espace surabondamment éclairé où s'alignaient à perte de vue des voitures d'occasion, chacune attachée à la barrière par des chaînes. La confiance, c'est bien beau, mais... « Achetez votre voiture chez Happy Harry. Pratiquement, il les donne. » Le tout, c'est d'avoir l'argent. McBride aurait dû avoir une auto. Un homme qui n'est pas monté sur roues n'est pas tout à fait un homme aux

U.S.A. Il en avait eu une en Californie mais elle lui avait servi à payer le voyage à Dallas. Et il n'avait jamais eu assez d'argent devant lui depuis pour en racheter une autre. A Dallas, sans bagnole, on est un peu un phénomène. L'idée lui vint que Billy Sandrup devait en avoir une.

— Vous êtes motorisé ? s'informa-t-il.

— Oui, j'ai une Thunderbird. Elle est garée derrière l'hôtel.

— Vous n'avez qu'à sauter dedans et à prendre le large, alors !

Le grand Texan laissa échapper un rire rauque.

— Pour aller où ? Je ne sortirais jamais de Dallas. Ils me surveilleraient. Ils me surveillent. Et à supposer même que j'y parvienne, ils me retrouveraient. Faut bien dormir quelque part. C'est comme ça qu'ils m'auront. Oh ! P't'être pas demain. Ni la semaine prochaine. Ni l'an prochain. Des années, ça peut prendre, mais, en final, ils me coinceront. Et puis, j'ai pas envie de vivre en me cachant.

Cette fois, ils tournèrent à gauche. L'hôtel était de l'autre côté de la rue. Le Prairie Traveller Hotel. Une entrée chichement éclairée surmontée d'un embryon de marquise qui faisait un rectangle d'ombre sur le trottoir. La porte de verre à deux battants était bouclée mais il y avait une sonnette. Surgit le portier de nuit, un petit vieux au pantalon tire-bouchonné dont le col de chemise découvrait un cou maigre qui faisait des plis comme les fanons d'un dindon. Reconnaissant Sandrup, il ouvrit et le regarda fixement.

— Et alors ?

— Je suis descendu ici chez vous, lui rappela Sandrup.

— Z'avez d' la chance qu' je vous ai remis. Autrement, j'aurais pas ouvert.

Le hall d'entrée minuscule était du genre minable.

Le vieux passa derrière le comptoir. Une clé pendait presque à chaque casier. Les affaires ne marchaient pas fort, se dit McBride.

— C'est quoi, votre numéro de chambre ?

— Qu'est-ce que vous voulez que j'en sache ? parvint à balbutier Billy Sandrup.

Le portier fronça les sourcils.

— Alors, dites-moi votre nom.

— Billy... Billy Sandrup !

Le vieux feuilleta un registre écorné.

— Sandrup, William, voilà. Chambre 300.

Il lui tendit une clé et considéra McBride d'un œil chassieux.

— Et une chambre pour mon ami.

— Je peux encore rentrer chez...

Mais Sandrup coupa net les ultimes protestations de l'Ecossais.

— Une chambre pour lui, répéta-t-il. Juste à côté de la mienne.

Le cou de dindon plongea à nouveau en direction du registre.

— Les deux chambres voisines sont occupées. Je peux vous donner la 306. C'est au fond du couloir.

Sandrup s'empara de la clé du 306 et la lança à McBride.

— Vous la mettrez sur mon compte, ordonna-t-il au portier. Allez, amène-toi, mon pote, y commence à faire soif.

Trois étages à grimper. Un escalier étroit, une rabanne usée qui avait même quelques trous ici et là. Une ampoule nue éclairait l'autre bout du palier. Le couloir était étroit, lui aussi. Ses murs blanchis à la chaux un nombre indéterminé d'années auparavant étaient devenus pisseux avec le temps. Parfois, un ronflement s'élevait derrière une porte. A part ça, c'était le silence.

Chambre 300. Un lit, une chaise, un lavabo, une

penderie et, derrière la porte, un règlement encadré. Plus un poste de télévision. Des feuilles d'automne constituaient jadis le motif du papier mural, mais beaucoup d'automnes étaient passés. Les feuilles étaient tombées ou avaient perdu leurs couleurs. Une tache d'humidité s'élargissait au plafond.

Billy Sandrup fit signe à McBride d'entrer et se laissa lourdement choir sur le lit.

— Quelle misère ! fit-il. Cette boîte est merdique. Note que je pourrais m'offrir le Hyatt ou le Hilton. Mais quand t'es sur un boulot, c'est ça qui convient.

McBride renchérit sur cette appréciation des lieux. Il connaissait ce genre d'hôtels pouilleux et devinait que sa chambre serait la réplique exacte de celle de Sandrup.

Sandrup tendit le menton en direction du couloir.

— L'escalier d'incendie est juste à côté de ta piaule. Si tu dois les mettre, ce sera par là qu'il faudra que tu passes.

— Parce que vous allez les mettre ?

— Si c'étaient les flics, ça ferait pas un pli. Mais... je te l'ai dit : j'ai nulle part où aller.

Il dévissa le bouchon d'une bouteille de rye, se leva, prit deux verres poussiéreux sur l'étagère au-dessus du lavabo, les rinça d'une main experte et les remplit. McBride blêmit quand le Texan lui tendit celui qui lui revenait. Il fit semblant d'avaler une bonne lampée mais se contenta d'y tremper ses lèvres. A nouveau, il se demanda ce qu'il fabriquait ici. *C'est un cinglé, ce type, et j'entretiens sa folie douce en écoutant ses divagations.*

Maintenant, Sandrup commençait à lui raconter sa vie :

— Sergent-chef que j'étais. Dans les Marines. Si tu survis à l'instruction qu'on te donne, oui, là, t'es un Marine. Et si tu fais l'école pour devenir sous-off, tu sais qu' t'es le vrai crack. C'est comme ça que j'ai

33

eu mes galons de sergent-chef. Tireur d'élite, j'étais. Engage-toi dans les Marines, tu verras du pays, tu te feras des amis, tu dégringoleras des bonhommes. En Corée, au Katmandou et... et sur les plages de ce Tripoli de merde. J'ai d'ailleurs jamais su ce qu'ils y branlaient, les Marines, dans ce Tripoli de merde. Moi, j'y ai d'ailleurs jamais foutu les pieds. La Corée, par contre, j'y étais.

— C'était dur, hein?

McBride se sentait obligé de dire quelque chose.

— Dur? Oui. Mais ils nous ont... c'est là que j'ai appris tout ce que je sais. Comment on tue. Avec ou sans bruit. C'est une profession hautement spécialisée, d'être tueur. Mais, après, ils se sont occupés de moi. De moi et de mes copains. Buncey et Hayward. Il était très différent de Buncey, Hayward. Un vrai pro. Ils se sont occupés de nous, ouais.

— On vous a donné une retraite?

Sandrup exhala un rire sonore.

— Nous, la retraite? Pas question! On était trop fameux. Quittez les Marines, ils nous ont dit, nous pourrons vous utiliser. Alors, on a rompu notre contrat et on a travaillé pour eux. Et pour prendre soin de nous, ça, ils ont pris soin de nous. Une vraie pluie de fric qui nous tombait dessus. C'est qu'on était en affaires, tu comprends?

— A ce moment, vous saviez donc qui étaient vos employeurs?

Sandrup eut un sourire en coin et un petit filet de whisky coula aux commissures de ses lèvres.

— Moi? J'ai jamais su. Une voix au téléphone. Une signature sur le chèque mensuel — et c'était jamais deux fois la même. Une prime à la fin de chaque boulot. Sauf pour celui d'hier. Ça, c'était un boulot spécial. Terminal, si tu vois ce que je veux dire. On aurait dû s'en douter. Et p't'être qu'on s'en doutait, au fond, mais, au point où on en était, on s'en foutait. (Il bâilla.) Et puis merde ! Faut que je roupille quelques minutes. Va dans ta chambre. T'auras qu'à revenir dans un petit moment.

L'ex-Marine s'allongea sur le dessus de lit. Son verre lui glissa de la main et le liquide ambré coula sur la moquette. Il poussa un bruyant soupir qui se transforma en ronflement. Il était ivre mort.

Maintenant, McBride pouvait regagner son deux-pièces sans eau chaude. Mais il se sentait fatigué, lui aussi. Et il n'y avait pas que ça. Il décelait comme une sorte de vérité dans les confidences de Sandrup — au-delà de sa grande gueule, au-delà de son ivresse. Oh ! Ce que ce type débitait était complètement dément, mais il y mettait... de la sincérité, oui. McBride avait envie d'en entendre davantage, voire de parler avec le Texan quand celui-ci serait remis de sa cuite. Demain matin, peut-être qu'il arriverait à séparer les grains de la vérité de l'ivraie des fantasmes.

Il referma la porte de Sandrup, entendit le déclic du verrou et se dirigea d'un pas mal assuré vers sa chambre, au fond du couloir mal éclairé.

Comme il s'en doutait, la 306 ressemblait à s'y méprendre à la chambre 300, à la seule différence que le plafond était tapissé d'un papier blanc cassé qui, dans un coin, faisait des cloques et s'écaillait. L'unique fenêtre donnait sur des toits à la silhouette biscornue qu'éclairait de loin le néon des lampadaires invisibles de la rue.

En tout cas, les draps étaient propres, c'était déjà ça. McBride s'étendit sur le lit, les yeux fixés sur le plafond et ses gerçures. Il n'avait même pas pris la peine d'éteindre. Il ne tarda pas à s'endormir.

Et à rêver.

Dealey Plaza, immense sous la fournaise du soleil de midi. Ce n'était pas Kennedy qui était debout dans la voiture découverte mais lui, Alec McBride, répondant aux ovations, souriant, faisant de grands gestes sans cesser un instant de se demander ce qu'il faisait là, lui, un étranger qu'on saluait comme s'il était le Président. Sachant aussi qu'il n'était pas seulement le Président. Mais également la cible.

Des silhouettes courant derrière la foule. Trois silhouettes armées de fusils. L'une était celle de Sandrup, reconnaissable à sa carrure. Elles mettent un genou en terre, l'arme levée, peloton d'exécution composé de trois personnes. Leurs fusils pointés sur lui.

Maintenant, il n'était plus dans la voiture, il faisait nuit et il courait dans les avenues sans fin de la cité, désertes à part lui et un trio dans la position du tireur à genoux, quelque part derrière lui.

Soudain, il se trouva en face des trois hommes. Du canon de leurs fusils jaillirent trois petites bouffées de fumée. D'abord silencieusement, mais bientôt suivies de sourdes détonations.

Il se dressa sur son séant, couvert de sueur. Il lui fallut faire un gros effort pour chasser les derniers lambeaux du rêve qui s'attardaient. Plusieurs longues secondes. Et même après, il continua à entendre les coups de feu, étouffés mais distincts.

Il se leva d'un bond pour chasser définitivement le cauchemar. Il tremblait, il avait peur. En même temps, il se rassurait en se disant qu'il avait seulement fait un mauvais rêve. Pourtant, il imaginait entendre des bruits de pas précipités derrière la porte, dans le couloir, et un fragment du rêve refit surface : les trois hommes armés de fusils qui couraient derrière la foule.

Cette fois, il eut vraiment peur ; il ne s'agissait pas seulement des vestiges d'un rêve enfui. Il s'était passé quelque chose, il en avait la quasi-certitude. Secouant la tête, il se frotta les yeux comme pour être bien certain qu'il était réveillé, puis sortit.

Le corridor était aussi obscur que tout à l'heure, à part un rai de lumière qui s'échappait d'une porte entrebâillée à quelques mètres de là. McBride devina instantanément que c'était celle de la chambre de Sandrup. Et il fut certain d'avoir entendu des coups de feu étouffés, probablement tirés par des armes munies de silencieux. Pourtant, des coups de feu, cela ne voulait pas dire grand-chose. On était à Dallas, surnommé Magnum City, et presque tout le monde était armé. Il n'était pas rare d'entendre claquer des coups de feu, à Dallas.

Il s'approcha de la chambre de Sandrup. Oui. La lumière était allumée, la porte entrebâillée. Et Sandrup était là. Seul.

Il était couché en travers du lit et sa tête posée sur l'oreiller faisait un angle insolite. Trois impacts de balles dans le front. L'oreiller était humide et rouge. Et l'arrière du crâne du Texan n'existait plus.

2

Au cours des années qui suivirent, Alec McBride songea plus d'une fois qu'il aurait dû appeler la police. Cela aurait-il changé quelque chose ? Ça, c'était une autre histoire. Peut-être aurait-il simplement hâté sa propre mort en agissant ainsi. A moins qu'il eût été accusé du meurtre de Sandrup, condamné sur des preuves fabriquées de toutes pièces, et le tour aurait été joué. Un étranger en terre étrangère, c'est le coupable rêvé.

Il ressortit dans le couloir et referma sans bruit la porte de la chambre de Sandrup. Dans le silence, le bruit le plus infime vous transperçait le tympan. Maintenant, il ne pensait plus qu'à décamper et mettre le maximum de distance entre lui et le cadavre, entre lui et l'hôtel. Mais comment sortir à l'insu du portier ?

Les escaliers de secours. Il y a toujours des escaliers de secours.

La fenêtre, à l'autre extrémité du corridor, donnait sur une échelle métallique. Tâtonnant dans l'obscurité, s'arrêtant de temps à autre pour gratter une allumette afin de déterminer sa position, McBride mit un certain temps à la trouver. Enfin, il y arriva et ce fut avec un intense soupir de soulagement qu'il constata qu'elle s'ouvrait sans difficulté. Il descendit les barreaux d'acier qui protestaient en grinçant sous son poids.

L'échelle de secours aboutissait à une étroite ruelle. Deux minutes plus tard, il était déjà à trois blocs de l'hôtel. Il avançait à vive allure.

Malgré sa relative jeunesse, et avec l'assurance de cette jeunesse, Alec McBride se considérait comme un type à la coule, à qui on ne la fait pas. Il était né aux abords immédiats d'une ville brutale et cynique, Glasgow, où il avait commencé sa carrière de journaliste dans les chiens écrasés ; il avait été témoin de choses parfaitement atroces. La violence était le passe-temps favori d'un certain nombre d'habitants de Glasgow et le meurtre était un à-côté de la violence sur lequel mieux valait fermer les yeux. McBride avait vu des crimes commis par des pervers, il avait écrit des articles là-dessus, mais toujours avec le détachement de l'observateur neutre. Il avait vu des cadavres d'enfants battus à mort pour des fautes apparemment vénielles. Il avait vu des garçons ensanglantés, lardés de coups de couteau, à la suite de rixes entre bandes de voyous rivales. Tout cela, il en avait rendu compte dans ses papiers. Plus encore : il utilisait ce qu'il avait vu comme matière première pour des récits de fiction.

Il avait voyagé. Il avait connu la violence californienne, qui possède l'avantage d'un climat plus propice pour observer le cauchemar de la vie urbaine. Il avait fréquenté un certain nombre de femmes et avait eu la chance qu'au lieu de lui imposer leurs exigences, elles le forment, préférant lui transmettre la science qu'elles avaient acquise. Avant tout, éviter tout engagement sérieux — telle était leur règle d'or. Pourquoi se lier sérieusement avec un garçon sans le sou dans un pays où le sexe est un bien de consommation d'un excellent rapport ?

Pourtant, en dépit de l'expérience et de la confiance en soi qu'il y avait gagnées, Alec McBride n'avait jamais été directement mêlé à aucun drame. Et voilà que, brusquement, il n'était plus l'observateur neutre et détaché qu'il s'était cru jusque-là. Il avait fait la connaissance de Sandrup dans ce bar au début de la soirée, et ce que Sandrup lui avait dit l'avait mis dans le coup. Et totalement, à en croire le Texan. En le prenant pour confident, Sandrup avait fait de lui un participant et une cible.

Les rues étaient toujours aussi désertes, bien que, au loin, entre les tours, l'approche de l'aube fît pâlir le ciel. A un moment donné, une voiture de patrouille apparut mais elle s'éloigna quand McBride eut adressé à ses occupants un amical sourire de poivrot. Il était correctement habillé et si, dans la vaste économie de l'automobile qu'étaient les Etats-Unis, les piétons étaient toujours considérés avec suspicion, les policiers n'avaient vu en lui qu'un fêtard qui avait passé la nuit à mener le deuil du Président assassiné et qui, en conséquence, avait l'intelligence de ne pas prendre le volant.

Il faisait une chaleur étouffante dans l'appartement à la climatisation déficiente. Allongé sur un lit pour la seconde fois de la nuit, Alec s'abandonna au sentiment de soulagement qui l'envahissait maintenant qu'il était enfin dans son cadre familier. Il savait qu'il faudrait faire quelque chose à propos du meurtre de Billy Sandrup, mais quoi au juste ? Il n'en avait aucune idée. On verrait ça demain. Demain, il prendrait une décision. Pour le moment, il n'aspirait qu'à une seule chose.

Dormir...

Il se réveilla à dix heures et les événements de la nuit lui revinrent immédiatement à la mémoire.

Avaient-ils vraiment eu lieu ? Ou ne s'était-il agi que d'un mauvais rêve, d'un horrible cauchemar ? Il s'autorisa à caresser ce vain espoir, le temps de prendre son café. Puis, comme c'était inévitable, il tira un trait dessus.

Le problème était de savoir si le portier de nuit ferait le rapprochement entre lui et Billy Sandrup quand on découvrirait le cadavre. Se rappellerait-il la tête d'Alec McBride ? La police avait-elle déjà diffusé son signalement ?

Il téléphona au journal.

— Je pourrais parler à M. Neaman ?

— M. Neaman est en conférence.

La standardiste avait une voix nasillarde. Un accent américain burlesque, parfaitement réel.

— Alec McBride à l'appareil. M. Neaman est en train de boire son café, j'ai compris. Passez-le-moi quand même, il prendra la communication.

Il y eut un long silence auquel mit fin un déclic.

— C'est vous, Alec ? Dites donc, il m'est venu une idée. Si vous preniez comme sujet de votre « Point de vue d'un Anglais » Dallas après l'assassinat ?

— J'y réfléchirai, Charlie. Mais ce n'est pas pour ça que je vous appelle...

— Comment ça, vous y réfléchirez ? (Neaman parlait maintenant d'un ton sec.) Je suis votre ticket-repas, mon petit. Et, en plus, votre ami. Vous savez, sans moi...

— Oui, je sais. Sans vous, j'aurais crevé de faim à Los Angeles. Vous savez très bien que je le ferai, votre papier. Mais il y a autre chose, Charlie. Des choses qui pourraient se révéler importantes.

— Allez-y, je vous écoute.

— Des meurtres, Charlie. Des assassinats. Qui ont eu lieu cette nuit. Dites-moi...

Charlie Neaman se mit à rire.

— Vous n'avez pas l'air au mieux de votre forme, mon vieux. Les affaires criminelles, ce n'est pas votre rayon. J'ai un spécialiste pour ça, Schuyler. Ce que je veux de vous, c'est quelque chose qui ait un peu de classe. Les faits divers sont du domaine d'Harry Schuyler.

— Je ne cherche pas à marcher sur les plates-bandes d'Harry, je voudrais seulement savoir. Il y a une bonne raison...

— Une raison d'ordre journalistique ?

— Peut-être. C'est ce que je pense.

— Je vous branche sur Schuyler.

La voix d'Harry Schuyler était lasse. C'était un vieil homme, aux yeux de McBride. Il frisait la soixantaine et cela faisait trente ans qu'il tenait la rubrique criminelle.

— Qu'est-ce qui t'a branché sur la criminalité, fiston ? Les faits divers n'entrent pas dans tes attributions, que je sache. Le criminel, c'est le territoire du vieux.

— C'est une longue histoire. (L'exaspération gagnait McBride. Personne ne lui dirait donc rien ?) J'ai seulement une question à vous poser, Harry. Je vous expliquerai tout en arrivant.

Schuyler poussa un soupir :

— Ecoute, fiston, j'ai passé la nuit au tribunal. Je suis un vieux bonhomme fourbu, moulu. Pas fermé l'œil. Il a fallu que je fasse le pied de grue pour couvrir le transfert de Lee Harvey Oswald. Il a tué le Président, ce qui donne à cette petite charogne le droit de se prélasser dans une cellule trois étoiles.

— Harry, dites-moi seulement ce que vous avez sur votre bureau. Je parle des crimes de la nuit.

Il y eut à l'autre bout de la ligne des bruits de papiers froissés.

— Question crimes de sang, ça a été plutôt calme. Je suppose que l'assassinat d'un Président compte pour plusieurs. Voyons voir... Deux cow-boys échangent des coups de feu dans un bar. L'un des deux est mort. Le meurtrier ne sera pas poursuivi pour assassinat, plutôt pour homicide involontaire. Un môme tué par son oncle. Une histoire moche. Viol et meurtre sur la personne d'un enfant...

— Rien au Prairie Traveller ?

— Le Prairie Traveller ? Je connais. Tarte et pas tellement bon marché. Tu es allé dans cet hôtel miteux ? Tu y es allé et tu as flanqué une avoine à une pute. C'est ça, McBride ? Pour l'amour de Dieu...

— Je n'ai flanqué d'avoine à aucune pute. Je veux seulement savoir si un meurtre commis au Prairie Traveller a été signalé.

Nouveaux froissements de papiers.

— Rien de rien, fiston. Tu as dérouillé ta poufiasse et quand elle a repris conscience, elle est rentrée chez elle, voilà tout. Tiens-toi à l'écart des prostituées, mon petit. Quand tu penses à toutes les roses en boutons qu'il y a au Texas et qui ne demanderaient qu'à tomber dans tes bras, sans même te faire payer un rond...

— Harry, soyez gentil. Téléphonez au Prairie Traveller et tâchez de savoir si on n'y a pas découvert ce matin le cadavre d'un dénommé Billy Sandrup.

— Et je rate les aveux d'Oswald, gémit Schuyler. Il avoue avoir assassiné J. F. K. pour faire avancer la cause du communisme ou du capitalisme, et je loupe l'événement du siècle ! Laisse tomber, fiston. Si des copains à toi se font rectifier dans les hôtels, je ne veux pas le savoir. Pas aujourd'hui. Demain, peut-être, mais, aujourd'hui, on passe sur grand écran. (Une pause. Schuyler réfléchissait. Et si ce petit morveux était vraiment tombé sur un coup fumant ?) Enfin, peut-être que si j'ai une minute, je passerai un coup de fil au Prairie Traveller. Mais s'il y a une histoire valable à tirer de ça, elle est pour moi.

— D'accord, s'empressa d'approuver McBride. Elle sera pour vous. Mais ne dites pas qui vous êtes, Harry.

Cinq minutes plus tard, Schuyler le rappelait.

— Je n'aime pas qu'on me fasse perdre mon temps, McBride. Je n'aime pas ça du tout. Je suis trop fatigué. Non, je n'aime pas.

— Dites-moi seulement ce que vous avez appris, Harry, je vous en prie.

— Eh bien, j'ai téléphoné au Prairie Traveller. Soi-disant que je m'appelais Sam Houston et que je voulais m'informer sur Billy Sandrup. Un vieil ami à moi, Billy Sandrup, hein? Alors voilà. Il n'y a pas de Billy Sandrup mort dans cette boîte à cafards. Et pas de Billy Sandrup vivant non plus. Aucun M. Sandrup n'est descendu au Prairie Traveller au cours de la semaine. Ni avant. Tu me dois une tournée, fiston.

McBride reposa l'écouteur sur la fourche et resta immobile, les yeux fixés sur l'appareil. Qu'avait dit Sandrup? Qu'ils vous emmenaient et vous enterraient dans la prairie.

Ils l'avaient emmené.

Ils l'avaient emmené et avaient fait disparaître jusqu'au moindre indice de son passage. Pas de corps, pas de crime, pas de Billy Sandrup. Exactement comme le Texan l'avait prédit. Et s'il avait prédit cela, n'existait-il pas une possibilité, une chance infime que tout ce qu'il avait dit d'autre à McBride soit la vérité vraie?

McBride décrocha et recomposa le numéro du journal.

— Qu'est-ce qu'il y a encore? fit Charlie Neaman avec une lassitude infinie. Schuyler est parti et je suis occupé.

— Il faut que je vous voie.

— Tiens ? Mon garçon, vous êtes journaliste. J'ai un journal qui doit tomber. (Il poussa un soupir). Et votre papier ? Votre « Point de Vue » sur l'assassinat de Kennedy. Où en est-il ? Vous n'allez pas me répondre que vous l'avez déjà écrit, je présume ?

— Il y a autre chose. A propos de l'assassinat. Sincèrement, Charlie, j'ai un tuyau important.

Nouveau soupir.

— Je bois mon déjeuner au bureau. Venez. Je ferai monter deux verres. Vous prenez de la bière ou du lait ?

Charlie Neaman buvait du lait. La nourriture de l'ulcère, selon sa formule. Il parlait de son ulcère comme s'il s'agissait d'une distinction honorifique, la médaille dont on décore un vieux travailleur pour ses bons et loyaux services.

— Du lait, répondit McBride.

D'ici qu'il y ait dans cette affaire un ulcère en gestation à ramasser... Il sauta dans un taxi pour se rendre au journal.

Neaman écouta McBride en observant le mutisme le plus total. Entre deux gorgées de lait, il fumait cigarette sur cigarette et, de temps en temps, il toussotait. C'était son seul commentaire. Quand Alec se tut, il y eut un long silence. Finalement, Neaman sortit de la poche de son veston accroché au dossier de son fauteuil un paquet de cigarettes neuf qu'il lança sur le bureau.

— Vous avez terminé ?

McBride acquiesça :

— Je vous ai tout dit.

Neaman se tourna vers la porte donnant sur la salle de rédaction.

— Avez-vous vu le télex en arrivant ?

— Je n'ai pas eu le temps. Je suis venu directement. J'aurais dû ?

— Lee Harvey Oswald a été abattu il y a à peine une heure par le patron d'une boîte de nuit de Dallas.

McBride s'efforça de digérer la nouvelle. D'un seul coup, il se rendit compte que ça confirmait peut-être le récit qu'il venait de faire à Neaman. La mort d'Oswald corroborait tout ce que Sandrup avait lâché dans ses divagations de poivrot. Elle était prévisible et nécessaire.

— L'information est tombée au télex, continua Neaman. Schuyler a appelé. Il était sur place. C'est un nommé Ruby qui a fait le coup. Il se vante d'être une sorte de patriote.

— Ainsi, Oswald est mort. Billy Sandrup l'avait annoncé... il avait dit « C'est un homme mort » ou quelque chose comme ça.

La bouche du rédacteur en chef se tortilla. Le sourire sec, version Charlie Neaman.

— Cela prouve que vous êtes tombé sur un bon devin, voilà tout.

— Mais Sandrup savait ! protesta McBride. Et s'il savait ce qu'il allait advenir d'Oswald, tout ce qu'il m'a raconté d'autre pourrait être vrai.

— Pourrait ! Bon Dieu ! Si tous les peut-être pouvaient se réaliser, j'aurais collectionné les prix Pulitzer.

— Vous n'y croyez pas ?

Neaman toussa.

— Avez-vous une idée, mon jeune ami, du nombre de cinglés qui ont envahi ce jour-là tous les commissariats de police des Etats-Unis pour avouer qu'ils avaient assassiné le Président ?

McBride s'agita dans son fauteuil. Il faisait chaud dans la pièce et le soleil était presque aveuglant. Un cauchemar en plein jour.

— Non, je ne…

— Moi non plus je n'ai pas le chiffre, mais je vous parie tout ce que vous voudrez qu'ils étaient un sacré paquet. Tuer un Président, mon vieux, mais c'est le rêve de tous les psychos. Et l'avouer, quel pied! Le jour de gloire est arrivé! Ils boivent du petit lait…

— Ont-ils tous prédit qu'Oswald serait abattu? Ont-ils tous terminé leur carrière sous forme de viande froide dans un hôtel pouilleux de Dallas?

— En fait de preuve, je n'ai que votre parole, rétorqua Neaman.

McBride sentit la colère monter en lui. Sa probité était mise en cause et il avait du mal à avaler ça.

— Alors, vous croyez que je fabule?

Neaman se contorsionna, visiblement embarrassé, comme un homme qui n'a pas pensé aux conséquences des paroles qu'il a prononcées.

— Allons, allons, mon petit McBride, ne nous emballons pas. Je crois que vous avez rencontré un type qui vous a raconté une histoire.

— Et puis il est mort. Et personne n'a retrouvé le corps.

— Vous en aviez quelques-uns dans le nez, non?

Le regard complice, maintenant! Pourquoi pas le clin d'œil et le coup de menton, pendant qu'on y était? McBride eut soudain une impression de froid. Il venait brusquement de prendre conscience que personne n'ajouterait foi à ce qu'il disait. Il n'y avait pas de preuves. Pas de corps. Pas de trace de Billy Sandrup.

— J'ai tout vu de mes yeux, tout entendu de mes oreilles! J'ai vu le cadavre et les blessures par balles! Et je n'étais pas ivre.

Neaman se laissa aller contre le dossier de son fauteuil. Il l'aimait bien, le petit Ecossais, et pouvait se permettre de se prêter à ses caprices. Ce serait une bonne leçon de journalisme. Montre tes preuves. Sinon, ça bardera pour ton matricule.

— Très bien, fit-il, à nouveau souriant. Quelqu'un a réglé son compte à ce personnage et fait disparaître le corps. O.K. Seulement, si on n'a pas le corps, on n'a rien à raconter. Alors, voilà ce que je vous propose. Quand Schuyler sera rentré avec son papier sur l'affaire Oswald, je lui dirai de contacter la police locale. Il entretient de bons rapports avec les flics. Ils se déboutonneront. Ils lui diront s'ils ont trouvé quelque chose. Il s'agit peut-être d'un crime passionnel ou d'une histoire de racket, qui sait ?

— D'accord ! Dites-lui aussi d'essayer de savoir s'il n'y avait pas un Billy Sandrup… William Sandrup et… et deux autres individus, Buncey et Hayward, dans le corps des Marines en Corée.

— Eh là ! Attendez une minute…

— Il suffit de passer un coup de fil à Washington. Les Marines ont des archives, j'imagine. Je suis prêt à payer moi-même la communication, Charlie.

— Bon, bon, je transmettrai à Schuyler. Cela étant dit, mon garçon, quand on en aura terminé avec cette affaire et que vous serez forcé d'admettre qu'il n'y a rien à tirer de cette histoire, vous vous remettrez à écrire les papiers que j'attends de vous. C'est pour ça que je vous paie, par pour jouer les Sherlock Holmes.

Le soupir que lâcha McBride était parfaitement audible. Au moins, on allait faire quelque chose.

— Entendu, Charlie. Et… merci.

Mais Neaman n'en avait pas fini :

— Ecoutez-moi bien, Alec. Si l'Hôtel de Ville de Dallas affirme que c'est Harvey Oswald qui a tué John F. Kennedy, eh bien, pour ce qui est de ce journal, Harvey Oswald est l'assassin.

— Même si ce n'est pas lui le coupable ?

Les joues de Neaman s'empourprèrent.

— Dans cette peu vraisemblable éventualité, la réponse est oui. Le journal dit ce que disent les autorités.

— Mais, au nom du ciel, si vous saviez qu'il n'a pas...

— Ce journal n'est ni le *Washington Post* ni... ni un des canards de M. Hearst. C'est une publication qui a pour propriétaires certains de nos concitoyens de Dallas. Ces personnes donneront leur bénédiction à la version Oswald. Pourquoi ? Parce qu'elle leur convient. Elle n'entache pas notre ville. Elle implique que ce n'est pas un gros bonnet du pétrole qui a descendu J.F.K. Qu'il n'existe pas de fasciste à Dallas. Des républicains, bien sûr. Mais pas de tueurs. Ce n'est pas un Texan d'extrême-droite affilié à la société John Birch qui a abattu le Président mais un coco déséquilibré nommé Oswald. Voilà ce que souhaitent les personnes en question.

— Et vous êtes d'accord ?

— Mais pour qui me prenez-vous ? Pour Lionel Barrymore dans le rôle du directeur de la feuille de chou locale ayant pour devise : « Dire la vérité au peuple », qui tire à boulets rouges sur les plouto-crates et dévoile les scandales ? Des conneries, tout ça ! Le journal appartient à des gros bonnets. Ils me paient et ils vous paient. Si vous voulez avoir une chance d'obtenir le Pulitzer, la seule façon est de proclamer *urbi et orbi* que les pétroliers sont des patriotes exemplaires. C'est pour les Etats-Unis qu'ils travaillent.

— Ils haïssaient Kennedy.

— Et pas qu'un peu ! D'ailleurs, les grossiums ont fêté l'événement, l'autre soir. Ils sont heureux, nos braves pétroliers. Mais la fête a eu lieu en privé. Dans le secret et la discrétion. Ils n'aimeraient pas que cela se sache et personne n'en soufflera mot, faites-moi confiance.

— Ce sont exactement les propos que me tenait Billy Sandrup.

— S'il a jamais existé.

Le téléphone sonna. Il y avait deux appareils sur le bureau, un noir et un rouge. McBride songea brusquement qu'il n'avait jamais vu Neaman se servir du rouge.

Le rédacteur en chef décrocha le noir.

— Neaman, j'écoute... Mais oui, ne vous faites pas de bile, Harry, nous aurons les antécédents de Jack Ruby. Manson nous communiquera son casier... Bien sûr, c'est un patron de boîte de nuit. Rien d'étonnant qu'il ait eu des liens avec le milieu mais ça ne signifie pas forcément que la Mafia soit pour quelque chose dans l'élimination d'Oswald. Vous voulez qu'on dise que la mort du Président l'a tellement chagrinée qu'elle a commandité son exécution ? Allons ! Soyons sérieux. Pour le moment et jusqu'à nouvel ordre, pas un mot sur la Mafia. Quant à vous, rappliquez au trot au journal. Il me faut votre papier de toute urgence. Et il y a aussi quelque chose dont j'aimerais que vous vous occupiez.

Neaman reposa le téléphone noir et décocha à McBride un clin d'œil entendu qui semblait dire : « Vous voyez tout ce que je fais pour vous, mon petit ? »

— Qu'est-ce que c'est que cette histoire de Mafia ? s'enquit Alec.

— Ruby aurait des contacts avec elle, paraît-il. La belle affaire ! Du train où vont les choses, d'ici vingt ans, nous aurons tous des accointances avec la Mafia. Mais ça ne veut pas dire qu'elle ait télécommandé Ruby. Si le Président avait été écrasé par un camion, le syndicat des chauffeurs-routiers n'aurait pas été impliqué pour autant.

— C'est une hypothèse qui n'aurait rien d'impossible, répliqua calmement McBride.

— Sacré bon Dieu ! s'exclama Neaman avec exaspération. Que vous me teniez ce langage à moi, Alec, passe encore. Je vous aime bien et je suis sourd et muet. Mais ne vous amusez pas à clamer ce genre de choses sur les toits.

Le téléphone rouge sonna.

McBride considéra fixement l'appareil. C'était la première fois qu'il l'entendait se manifester. Enfin, bon. Neaman avait le droit d'avoir une ligne privée. Mais qui en connaissait le numéro ?

Charlie chaussa ses lunettes posées sur le bureau. Drôle d'idée de mettre des lunettes pour répondre au téléphone. Pourquoi les mettait-il ? Marque de respect envers son interlocuteur ? Ou geste purement machinal ?

Neaman le regarda par-dessus ses verres.

— Je vais sans doute devoir vous demander d'attendre un instant dehors... (McBride était déjà debout. C'était peut-être une femme qui téléphonait au rédacteur en chef. Il avait vu une fois Mme Neaman et il applaudissait des deux mains. Elle avait une voix tout à la fois tonitruante et grinçante et était foutue comme l'as de pique. Un arbre de Noël qui aurait passé l'hiver, en quelque sorte.)... Non, ne bougez pas, enchaîna Charlie en soulevant l'écouteur du téléphone rouge. Neaman à l'appareil. (Un silence prolongé.) Ah oui... oui, nous avions deux reporters au commissariat, monsieur Dorfmann. On y met le paquet — comme pour l'assassinat, ni plus ni moins. (Nouvelle pause.) C'est un certain Jack Ruby. Patron de boîte de nuit. Et juif par-dessus le marché. Pas exactement l'incarnation du pur héros américain, quoi.

Les interruptions se faisaient plus fréquentes. Quel qu'il fût, ce M. Dorfmann était quelqu'un d'important. Plus, même : un homme d'autorité. Il donnait des ordres à Neaman, dont le ton respectueux montrait qu'il avait l'habitude d'en recevoir de son correspondant.

Sa voix, jusque-là déférente et monocorde, changea subitement de registre et ce fut avec un étonnement qui n'était pas feint qu'il s'exclama :

— Oui… il est justement dans mon bureau. (Neaman plaqua sa main sur le récepteur.) Rasseyez-vous, Alec. Cela vous concerne.

McBride obéit. Il était intrigué. Comment se faisait-il que ce Dorfmann le connaisse alors que c'était pour lui un parfait inconnu ?

— Oui, poursuivit Neaman, j'ai publié ses premiers articles… Oui, naturellement, je suis content que vous les ayez appréciés… C'est entendu, je ferai la commission… demain quinze heures… D'accord. Bonne journée, monsieur Dorfmann.

Il raccrocha.

— Il sait qui vous êtes. (Neaman ne paraissait pas encore revenu de sa surprise.) Dorfmann pense le plus grand bien de vos papiers.

— Qui est-ce ?

— Le pétrole. L'élevage. L'argent. Oh ! Et la presse, j'allais oublier. Son sport favori est d'acheter des titres. Oui, il a plus d'une corde à son arc. Ça vous dirait, un salaire fixe ?

— Bien sûr, mais…

— Il veut vous voir. Demain à quinze heures chez lui. Son ranch est à une trentaine de kilomètres d'ici, sur la route d'Austin. La plupart des puits de pétrole du secteur sont à lui.

— Et il est aussi propriétaire de ce journal ?

Sourire retors de Neaman.

— Il en a le contrôle, comme il a le contrôle d'une vingtaine d'autres. Vous ne vous figurez quand même pas que je m'écrase devant n'importe qui ?

Toujours est-il que votre billet, « Un Anglais à Dallas », lui plaît. Soyez là-bas demain à quinze heures.

— J'essaierai. Si je peux...

— Soyez-y. Quand Dorfmann veut quelque chose, il le lui faut. Cet emploi stable dont vous prétendez ne pas avoir envie mais sur lequel vous sauteriez, il peut vous l'offrir sur un plateau d'argent si ça lui chante.

Alec McBride avait toujours affirmé avec la dernière énergie qu'il préférait travailler en freelance en attendant d'entrer par la grande porte dans le cinéma — une porte qui n'avait pas l'air de vouloir s'ouvrir — ou d'écrire le roman qui ne verrait probablement jamais le jour. Pourtant, en dépit de ces déclarations la main sur le cœur, ne jamais savoir d'où viendrait le prochain chèque qui lui assurait la matérielle, ça le mettait mal à l'aise. Neaman n'avait que trop bien deviné l'ambiguïté de son attitude.

— Stanley Dorfmann, ajouta-t-il, est aussi le président-directeur général de la Trans-Texican... entre autres. De deux choses l'une : ou vous allez au rendez-vous qu'il vous a fixé, ou vous faites vos valises et vous prenez le premier vol à destination de l'Ecosse.

En sortant du journal, McBride entra dans un MacDonald, un peu plus bas, et but deux cafés. Pendant ce court trajet, il avait eu le sentiment désagréable d'être suivi. Il s'était retourné à plusieurs reprises, mais dans la cohue des lécheurs de vitrines, des badauds et des employés pressés qui se bousculaient, il n'avait pas repéré deux fois la même tête. Une chose tapie au fond de sa conscience le tracassait, une sorte de peur née de sa rencontre avec Sandrup. De l'histoire de Sandrup et de la fin de Sandrup. Le café le détendit. Il traîna encore un peu et entra dans un cinéma qui annonçait en lettres grosses comme ça qu'il faisait plus frais à l'intérieur. On donnait *Midnight Lace*. Doris Day était poursuivie d'un bout à l'autre de Londres par un mystérieux personnage qui cherchait à la tuer. Rex Harrison paraissait l'aider de toute la force de son amour jusqu'au moment où il se révélait être l'assassin en puissance. Un scénario qui n'était pas à proprement parler réconfortant pour un homme dans l'état d'esprit de McBride.

Après la séance, il rentra dans l'intention de travailler un peu. Il avait un titre dans la tête : « Kennedy ou la Mort du Rêve Américain. » Il fallait absolument qu'il essaie de se remettre au boulot.

Dans le petit hall d'entrée, il se trouva soudain nez à nez avec Genine Marks. Dix-neuf ans et cette jolie frimousse de poupée en plastique commune à tant de jeunes Américaines. Elle habitait l'étage d'en dessous et il était sorti trois fois avec elle. Deux au restaurant et une au ciné. A tous les coups, ça s'était terminé de la même manière : au lit. Il y avait maintenant deux mois de ça et on pouvait difficilement dire qu'il s'agissait d'une liaison sérieuse. Genine était physiquement attirante et elle se défendait bien au plumard. En outre, c'était une fille esseulée. Elle avait quitté son bled natal, fascinée par la grande ville. Malheureusement, elle était du genre gourde, ce qui limitait la conversation — et, pour McBride en tout cas, leurs relations. Pour lui mais pas pour elle. Elle était entraîneuse dans une boîte et travaillait presque toutes les nuits, ce qui réduisait les occasions de rencontre au minimum. Pourtant, sous prétexte qu'ils étaient sortis trois fois ensemble, Genine Marks considérait McBride comme son « copain ».

— Salut, lui lança-t-elle. On commence tôt, ce soir. Le patron voudrait essayer de rattraper le manque à gagner de la nuit dernière. J'ai sonné chez toi, hier, mais tu étais sorti.

— J'étais avec un ami.

Elle fit une moue qui faillit fissurer son maquillage outré.

— Tu es sûr que c'était *un* ami ?

— Sûr et certain.

Elle haussa les épaules et sourit :

— Je rentrerai tard. On se voit demain ? Peut-être que j'aurai ma soirée de libre.

— Demain ? Pourquoi pas ? Si je n'ai pas d'empêchement.

Genine prit la réponse peu enthousiaste de McBride avec une bonne grâce déconcertante. Elle avait au cours de sa jeune existence acquis l'habitude d'être utilisée par les hommes et elle s'était fait une raison.

— Dis donc, continua-t-elle, c'est affreux ce qui est arrivé au Président, hein ? Un Président, quand même ! Ça ne devrait pas se faire trucider comme le premier venu, non ?

— Il y a eu des précédents. Lincoln. Et Harding, Et Garfield.

Elle plissa le front. Lincoln, quand même, elle avait entendu causer.

— Bon... eh ben, c'est pas tout ça. Faut que j'aille au charbon. A la revoyure, Alec.

Sur quoi, elle fila.

Une fois rentré, McBride explora le frigo d'âge canonique. Il y trouva une boîte de bière solitaire qu'il ouvrit avant de s'installer devant le téléviseur. Hier, il n'y en avait que pour l'attentat dont les images repassaient interminablement. Aujourd'hui, on ne parlait plus que d'Oswald, abattu dans les locaux des services de police de Dallas. Quand il eut terminé sa bière, Alex s'installa à sa machine et se mit à taper. Pour ne plus penser à Sandrup ni à cette

56

impression qu'il avait eue d'être suivi. Il était chez lui et, bien que l'appartement fût loin d'être une place forte, il lui donnait un sentiment de sécurité.

Alex McBride finit ainsi par s'endormir.

Ce fut le carillon de la porte d'entrée qui le réveilla. Complètement abruti, il se leva, se dirigea d'un pas chancelant vers le vestibule et ouvrit sans réfléchir. Instantanément, la terreur s'empara de lui au souvenir de la prédiction de Sandrup — lui aussi serait une cible —, et se trouva face à face avec Harry Schuyler. La panique reflua.

— Alors, on ne m'invite même pas à entrer ? J'ai pourtant travaillé pour toi, aujourd'hui.

— Mais si, voyons, Harry, entrez... excusez-moi. Je voulais travailler un peu et je me suis bêtement endormi.

— Il n'y a que les free-lance qui peuvent se permettre ça. (Schuyler entra et examina le décor : la pièce miteuse, le tapis qui montrait sa corde, la table sur laquelle trônait la machine, les deux antiques chaises.) Voilà donc ta tour d'ivoire ? (Il s'assit, éteignit la télé.) Il fait soif.

McBride se sentit rougir.

— Je suis navré, Harry, mais c'était justement ma dernière bouteille. Attendez... juste le temps de faire un saut à l'épicerie...

— Laisse tomber. On va causer un peu et, ensuite, je t'offrirai un pot au bistrot le plus proche. Ce sera ma B.A. de la journée. Allez, assieds-toi.

McBride se jucha sur la chaise numéro deux.

— J'ai entendu dire, enchaîna Schuyler, que tu dois voir demain un de nos titans texans.

— Dorfmann ? Oui. Je n'avais même jamais entendu prononcer son nom.

— Ben, lui, il te connaît. Quel effet cela fait-il d'être connu par un anonyme qui pèse deux cent millions de dollars ?

— Tant que ça ?

— A voir ta bauge, ça ne te ferait pas de mal de profiter un brin du magot. Qu'est-ce qu'il te paie, Charlie Neaman ? Des nèfles. Non, ne réponds pas. Si Dorfmann t'a à la bonne, c'est le pied à l'étrier, mon petit. Mais pourquoi diable est-ce que je suis venu ici ?

— Que diriez-vous d'un petit café, Harry ?

Grimace écœurée de Schuyler :

— Aurais-tu l'intention d'abîmer mes papilles alcoolo-gustatives ? Ah ! Ça me revient ! Je sais pourquoi je suis passé. A cause de tes divagations à propos de... quel nom, déjà ? Ah oui... Sandrup.

— Ce n'étaient pas des divagations, Harry.

— Pas un seul rapport ne signale qu'il ait été victime d'un meurtre, Alec. Rien. Pas ça ! La police n'a strictement rien concernant aucun William Sandrup...

— Mais...

— Ne m'interromps pas, s'il te plaît. J'ai aussi téléphoné à Washington au sujet de tes trois mystérieux bonshommes... les dénommés Sandrup, Buncey et Hayward.

McBride se pencha en avant.

— Vous les avez...

— Si je les ai trouvés ? Pardi ! Du moins, j'ai leurs états de service. En droite ligne des archives « personnel » des Marines. Sergent-chef William Sandrup. Parent le plus proche : Sonia Sandrup, domiciliée 24, West Fork Avenue, Dallas. Ne figure pas au téléphone.

— C'est sûrement lui.

— Démobilisé en 1958. Avait antérieurement servi en Corée.

— C'est lui ! L'homme que j'ai rencontré... l'homme qu'on a tué...

— Deux autres sous-officiers appartenant à la

58

même unité ont été démobilisés en même temps que lui. Les sergents Orrin Buncey et Booker Hayward.

— Cette fois, ça y est ! s'exclama McBride d'une voix fébrile. Maintenant, il faudra bien que Neaman m'écoute. Et la police. Je pense que nous devons tout lui raconter...

— Sandrup, Buncey et Hayward, répéta Schuyler. Ce sont bien ces noms-là. Mais pour le reste de ton histoire, McBride, ça ne tient pas.

— Comment ça, ça ne tient pas ? Sandrup m'a tout raconté de...

— Sandrup ne t'a rien dit. Trois semaines après avoir été rendus à la vie civile, la voiture de tes trois zigotos s'est plantée dans un camion-citerne quelque part en Virginie. Il a explosé et tes loustics sont morts dans l'accident. Instantanément. A moins que tu aies eu affaire à un revenant, tu n'as pas pu discuter le coup avec un ex-Marine nommé Sandrup. Sa propre sœur a identifié son corps à la morgue.

3

— Ça ne peut pas être le même homme ! s'insurgea McBride.

— Viens boire un verre.

Dans le petit bar d'en face, Alec continua à le harceler, mais en vain : Schuyler était catégorique.

— Il n'y a jamais eu qu'un seul William Sandrup appartenant au corps des Marines. Et cela fait cinq ans qu'il a trouvé la mort dans un accident avec ses deux copains.

— Non, il est mort la nuit dernière dans une chambre d'hôtel !

— Mais, nom de Dieu, Alec, la police n'a connaissance d'aucun homicide. Pas de cadavre, pas de disparition signalée. Et je te répète que sa propre sœur a reconnu Sandrup, il y a cinq ans.

Ils finirent par cesser de discuter et burent en silence. Après son cinquième rye, Schuyler, qui ne manifestait pas le plus léger indice d'imprégnation éthylique, se leva.

— Maintenant, rentre, mets-toi au lit et ne pense plus à tout ça. C'est demain que tu joues ta carrière. N'oublie pas que tu as rendez-vous avec Dorfmann le Grand. Je te dis merde, fiston.

McBride rentra et se coucha. Mais le sommeil ne venait pas. Les événements des dernières vingt-quatre heures lui revenaient sans arrêt à l'esprit.

Sandrup n'avait été que trop réel et tout ce qu'il avait dit prenait, maintenant un sens nouveau — qu'Alec allait mourir, qu'il disparaîtrait et que personne n'en saurait rien. N'empêche que le Texan était mort cinq ans auparavant d'après les archives officielles. Et pourquoi pas ? Quand on forme des hommes pour en faire des tueurs à gages, il est préférable qu'ils perdent leur ancienne identité. Qu'ils passent pour morts. Mais comment le prouver sans le cadavre de Sandrup ?

La sœur... Sonia Sandrup avait reconnu le corps de son frère cinq ans plus tôt. Mais il y avait trois corps carbonisés. Comment avait-elle pu l'identifier avec une certitude absolue ? A moins qu'elle ait seulement fait semblant. Volontairement et à bon escient ?

Un peu plus tard, il entendit s'ouvrir et claquer la porte de l'appartement du dessous. C'était Genine Marks qui rentrait. Encore heureux qu'elle ne soit pas venue frapper chez lui comme cela lui était déjà arrivé. Ses pensées revinrent à Sonia Sandrup. Schuyler avait mentionné une adresse... West Fork Avenue, c'était ça ! Au 24. Il y passerait demain — si elle habitait toujours là.

Il finit par s'endormir.

Quand il se réveilla, c'était déjà la fournaise. Il avait tout son temps avant son rendez-vous avec Dorfmann et il décida de passer la matinée à essayer de trouver Sonia Sandrup.

Une heure plus tard, il remontait West Fork en taxi. D'abord, une succession de cimetières de voitures. Puis une succession de petits bungalows de bois défraîchis, à la peinture atteinte de pelade, virant lentement mais sûrement au taudis. Le numéro 24 ne faisait pas exception à la règle. L'antenne de télé faisait un angle bizarre avec le toit.

Le petit carré de jardin était envahi de mauvaises herbes. Les vitres n'avaient pas l'air d'être souvent astiquées. McBride descendit, paya le chauffeur et sonna.

Sonia Sandrup était aussi avachie que sa cabane à lapins. Des cheveux blondasses en bataille entourant un visage qui offrait une vague ressemblance avec celui de l'ex-Marine devant lequel Alec s'était brusquement trouvé face à face dans un bistrot. Elle était grande pour une femme, dans les 1 m 75. La quarantaine et des poussières. Son maquillage appliqué à la diable ne pouvait dissimuler ni ses rides ni les bourrelets de son cou.

— Vous désirez ?

— Miss Sandrup ?

— J'ai besoin de rien.

— Je ne suis pas un représentant. J'étais un ami de votre frère.

— Un ami de Billy ?

— Oui. Mon nom est Alec McBride. Pourrais-je vous parler cinq minutes ?

— Vous étiez dans les Marines ? Non... Vous n'êtes même pas américain.

— J'ai fait la connaissance de Billy après sa démobilisation.

Le visage de Sonia Sandrup avait l'impassibilité d'un masque.

— Après ? Eh ben, vous n'avez pas dû le connaître très longtemps. J' vous crois pas, mon bon monsieur. Fichez-moi le camp ou j'appelle les flics.

— Si vous me laissez entrer juste quelques minutes, vous n'y perdrez rien.

— Combien vous me donneriez ?

Jusqu'où est-ce que je peux me permettre d'aller ? Dans les films, l'argent n'est jamais un problème. Mais lui, il était l'éternel fauché.

— Vingt dollars.

Elle le dévisagea, puis marmonna de mauvaise grâce :

— Bon, entrez. Mais au moindre geste, je hurle. Et ils sont pas épais, les murs de ces baraques.

La salle de séjour était exiguë, en désordre et encombrée. Un divan qui se battait en duel avec deux fauteuils fatigués en face desquels trônait le seul objet en bon état de la taule : un poste de télé de 65 cm, s'il vous plaît ! Il marchait mais le son était coupé. Une tasse à café à demi-pleine était posée dessus et une bouteille de gin presque vide se tenait au garde-à-vous sur un coin de la table, à côté d'un vase fêlé où agonisait un bouquet de fleurs des champs.

La femme désigna l'un des fauteuils à McBride qui s'y assit précautionneusement.

— J'ai sacrifié beaucoup de choses pour Billy, fit-elle.

— Pourquoi dites-vous cela ?

— Parce que c'est la vérité. Un petit frère, c'est un lourd boulet à traîner. Quand vos parents disparaissent prématurément, il est normal qu'on s'occupe de l'élever, non ? Ils auraient pas dû mourir. Ils auraient dû faire plus attention. Tiens donc ! Ils étaient fin saouls et ils ont eu un accident. J'aurais pu me marier, vous savez ? Oui, en 1956, j'aurais pu. Mais le garçon voulait m'emmener à New York et, moi, j'ai pas voulu y aller. J' suis restée à tenir la maison pour Billy. Y a vraiment de quoi rigoler !

— C'était très louable de votre part, dit McBride avec la politesse de commande qui convenait.

— Louable, comme vous dites. Mais à quoi ça a servi, je vous demande un peu !

— Dites-le-moi.

Elle prit une profonde inspiration comme si elle devait se forcer pour parler.

— Il... il est mort.

Alec avait jeté un coup d'œil circulaire en s'asseyant. Et il avait remarqué derrière les fleurs fanées une photo dans un cadre bon marché. Il se leva et se pencha sur le visage jeune et lisse de Billy Sandrup.

— C'est lui ?

— Pardi ! Je croyais que vous le connaissiez.

— Oui, mais c'était un homme aux yeux fatigués que je connaissais. Avec des veinules apparentes parce qu'il buvait trop. L'homme qu'il était avant de mourir pour la seconde fois.

— Vous n'avez pas pu le connaître longtemps si vous l'avez rencontré après les Marines, répéta-t-elle.

Elle s'était raidie. La surprise ? La peur ? Ou quoi ? McBride la regarda dans les yeux :

— J'ai bu quelques verres avec lui dans un bar avant-hier soir.

La réaction de Sonia Sandrup ne fut pas immédiate. D'abord, le silence. Puis ses traits se durcirent et elle gronda entre ses dents :

— Sortez d'ici !

— Je l'ai revu un peu plus tard. Dans un hôtel...

— Foutez le camp, espèce de saligaud ! Allez... du vent avant que j'appelle les flics.

— Non... Attendez ! Il faut que je vous dise...

Mais elle n'était pas d'humeur à l'écouter.

— Vous n'avez jamais connu mon frère !

Elle braillait, maintenant.

— Je viens de vous...

— Ça fait cinq ans qu'il est décédé.

— Non.

— J'ai identifié son corps. Il y a cinq ans. J' sais pas ce que vous cherchez avec vos histoires de fou mais si vous ne vous tirez pas vite fait...

Il braqua son index sur la photo derrière le vase.

— J'étais en compagnie de cet homme avant-hier

65

dans la soirée. Et je l'ai revu plus tard. Mort. On lui avait fait sauter la cervelle.

Sonia devint blême et, soudain, ses mains furent prises d'un léger tremblement.

— Non ! hurla-t-elle d'une voix déchirée, stridente.

— Je suis désolé mais c'est vrai.

Elle fit un effort sur elle-même pour recouvrer son sang-froid.

— Vous êtes malade ! Aussi malade que lui.

— Pourquoi dites-vous que votre frère était malade ?

La question était venue machinalement aux lèvres de McBride.

— Je n'ai pas à vous répondre. (Elle était à nouveau maîtresse d'elle-même.) Pour l'amour du ciel, allez-vous-en ! Billy est mort. D'accord. D'une façon ou d'une autre, il l'est depuis longtemps.

— Il a été tué par balles dans la nuit d'avant-hier, Miss Sandrup. Je suis désolé mais c'est comme ça.

— Tué par balles ? Non. Il est mort, brûlé vif, il y a cinq ans. Mais si on l'avait abattu, ça ne m'aurait pas surprise. Des flingues, des flingues ! Il n'avait que ce mot-là à la bouche. Flinguer les gens. C'est pour ça qu'il s'est engagé dans les Marines, ce fumier. Pour tuer les gens. Maintenant, c'est fini. Depuis cinq ans, ajouta-t-elle en martelant ses mots. Cinq ans. Pas avant-hier soir : il y a cinq ans. Alors, je ne sais pas qui vous êtes mais, à présent, foutez-moi la paix. J'ai porté son deuil et je l'ai enterré. On ne meurt pas deux fois, hein ?

Elle ne dit rien de plus et McBride sortit. Il avait une impression de froid. La peur dont il avait senti les effluves émaner de cette femme était contagieuse. Il était sûr qu'elle avait menti. Sûr mais... pas certain. Y avait-il une différence ? Que l'homme de la photo fût Billy Sandrup, là, aucun doute. Mais le reste… De la peur et des points d'interrogation.

Un car Greyhound le déposa à l'embranchement d'une route poudreuse signalée par un solide panneau de métal portant un mot : DORFMANN. Un seul mot qui devait être considéré comme largement suffisant et explicite.

McBride se mit en marche. Il avait déjà marché le long d'une route semblable, il y avait peu de temps. Mais pas dans un paysage pelé à perte de vue comme celui-ci. C'était un déploiement d'épis de maïs haut comme ça. Non, il faisait erreur. C'était dans un film. *La Mort aux Trousses* de Hitchcock. La scène de la pulvérisation. C'était pareil et, en même temps, différent. Ici, pas de verdure. Pas de pulvérisation. A l'horizon, des derricks. Où que portât le regard, des derricks. Deux cents mètres devant lui, mâchoires d'alligators en mouvement, des stations de pompage, des tuyaux reliés à des pipelines s'étiraient à l'infini.

L'entrée du ranch était à près de deux kilomètres. Une clôture interrompue par une grille de plus de trois mètres cinquante de haut surmontée du même nom : DORFMANN. Un téléphone était fixé à l'un des montants de la grille. Il le décrocha. Quelques instants s'écoulèrent, puis une voix rocailleuse retentit à son oreille :

— Oui ?

— Alec McBride. J'ai rendez-vous avec M. Dorfmann.

Silence. Un déclic et la grille s'ouvrit. McBride entra. Il n'avait pas fait dix mètres qu'un nuage de poussière s'éleva au loin. Qui, en se rapprochant, prit l'aspect d'une jeep. Le véhicule s'arrêta à trente centimètres du visiteur.

— M. Dorfmann n'avait pas pensé que vous

n'aviez pas de voiture, dit l'espèce de Gary Cooper filiforme qui conduisait. Sinon, il aurait envoyé quelqu'un vous prendre en ville. Montez.

Dix minutes plus tard, ils arrivèrent en vue de la maison. Une maison basse de plain-pied qui paraissait rayonner dans plusieurs directions. La jeep déposa McBride devant une porte ouverte où il fut accueilli par une femme de chambre japonaise toute menue qui, sans ouvrir la bouche, lui fit signe de le suivre.

Quel humoriste avait-il dit un jour que peu importait que l'on soit riche ou pauvre du moment qu'on avait la santé mais que, malgré tout, mieux valait être riche et bien portant que malade et pauvre ? Le ranch lui donnait raison, songeait McBride. Seuls les riches pouvaient se permettre cette espèce de décontraction dans le confort. Le parquet poli était jonché d'épais tapis. D'imposants fauteuils d'époque attendaient dans les coins que l'on daignât se poser dessus. La pièce dans laquelle la Japonaise le fit entrer était gigantesque. L'un des murs était une vaste baie vitrée donnant sur l'immensité de la prairie. Et on n'apercevait pas l'ombre d'un derrick. Un deuxième mur disparaissait derrière les livres. Et encore d'autres livres (de certains desquels sortaient des signets) s'empilaient sur une large table. Le maître de céans se leva du profond fauteuil où il était en train de lire en face d'une cheminée démesurée. Il y avait des sièges un peu partout. Une tablette sur laquelle s'alignaient en bon ordre des bouteilles contenant tous les alcools, toutes les liqueurs imaginables. Des journaux grands ouverts étalés par terre. L'élégant désordre de la richesse.

Dorfmann... Pas très grand, maigre, basané, noueux comme un vieil arbre. Un peu plus de soixante ans. Une frange de cheveux blancs et un large sourire qui faisait la paire avec la main tendue.

— Soyez le bienvenu, monsieur McBride.

Une poignée de main énergique, presque trop, comme si Dorfmann avait besoin de prouver le plaisir qu'il ressentait à recevoir son visiteur. La seule chose artificielle était les yeux gris et froids qui démentaient la jovialité du sourire.

— Si j'avais su que vous n'aviez pas de voiture, on serait passé vous prendre, mon vieux.

McBride laissa transparaître un peu de sa curiosité :

— Comment avez-vous deviné que je n'en avais pas ? J'aurais pu descendre devant la grille. Pourtant, vous avez envoyé une jeep.

— Télévision en circuit fermé. Je peux voir quiconque s'approche de la propriété. C'est un de mes petits joujoux. Mais asseyez-vous, McBride. Mettez-vous à votre aise. Enlevez votre veste. Comme vous voyez, ici, le décontracté est roi.

Chemise de soie à col ouvert, blue-jean sur mesures... Le décontracté selon Dorfmann valait son pesant de nougatine.

— Vous buvez quelque chose ? Ou préférez-vous un café ?

— Je... j'aimerais bien une tasse de thé, si c'est possible.

— Mais bien sûr.

Retour de la Japonaise. Le thé arriva. Du Earl Grey dans une grosse théière. Elle remplit deux tasses.

— La coutume du thé anglais, j'aime beaucoup. C'est la seule boisson qui désaltère quand il fait vraiment chaud. (Dorfmann était volubile, aimable et condescendant.) Vous avez certainement entendu parler de moi, enchaîna-t-il. Un immonde ploutocrate comme pas mal de Texans, hein ? C'est la faute au pétrole, que voulez-vous ? Le monde n'en a pas assez. Alors, les gens qui ont de la chance comme moi deviennent riches. Ce que je ne trouve pas déplaisant mais ça me donne des responsabilités. (Il changea de sujet :) Charlie Neaman vous a-t-il dit que je suis un de vos admirateurs ? (Il n'attendit pas la réponse.) Et comment ! Votre billet... « Un Anglais au Texas »... Très perspicace, monsieur McBride. Est-ce que je peux vous appeler Alec ?

McBride y consentit. Le seul milliardaire sur lequel il était jamais tombé voulait l'appeler par son petit nom ? Qui était-il pour faire des chichis ? Il remarqua néanmoins qu'il n'était pas question de la réciproque. N'importe comment, il se voyait mal appeler son hôte Sidney.

— Mon article n'était pas totalement flatteur pour le Texas.

— Faire le lèche-cul, c'est à la portée du premier venu. Mais la vérité, c'est une autre paire de manches. Pour la dire, il faut en avoir dans le ventre. J'aime la vérité, Alec. Un homme qui écrit des choses qui sont vraies, on peut se fier à lui.

— C'est ce que j'ai toujours pensé.

McBride se rendit subitement compte de la naïveté de ses paroles.

— Ben voyons. Je vous connais, vous les Ecossais. Un pays que j'aime bien. J'ai fait du golf à Saint Andrews. Votre franchise presbytérienne aussi, j'aime. Vous ne mâchez pas vos mots. Comme moi. Je suis d'origine allemande et luthérienne. Oh ! Ça remonte à loin. Cent cinquante ans. Ma famille est arrivée au Texas dans les débuts. Ils ont pris une concession et se sont enracinés.

— Des racines qui ont bien pris, apparemment.

— Comme vous dites. La famille a creusé les fondations, mon père et moi, on a fait de l'argent. Je suis un homme riche, Alec. Mais ça, vous le savez.

70

— C'est ce que je me suis laissé dire.

— Je n'en étale pas comme certains que je connais. Prenez M. Hunter, par exemple. (D'un geste vague, Dorfmann tendit la main en direction de la baie.) Il raconte à tout le monde à quel point il est riche. Moi, on le sait, ne vous en faites pas, mais je n'en parle pas. Vous savez comment j'ai fait fortune ?

— Par le pétrole, je présume ?

— Le pétrole, ça a été la base. Avec le bétail et la terre. Mais le problème, c'est de savoir s'en servir. La spéculation, tout est là.

La leçon d'économie appliquée commençait à fatiguer McBride. Pourquoi l'avait-on fait venir ? Pour s'entendre raconter la vie de Sidney Dorfmann ? Ou n'était-ce qu'un prétexte ?

— Vous voulez que je fasse un papier sur vous, monsieur Dorfmann ?

— Fichtre non ! C'est peut-être l'impression que je vous donne mais non, il ne s'agit absolument pas de ça. Je cause beaucoup mais cela ne veut pas dire que je veux répandre la bonne parole. Quand elles s'envolent, les paroles ramassent de la poussière. Et de la boue. Et ça, je n'en veux pas. Mais j'aime bien ce que vous faites, Alec. Votre style... enfin, votre façon d'écrire. Et j'aime bien aider les gens dont le boulot me plaît. Vous avez un permis de travail ?

— Oui.

— Vous voyez, entre autres placements, j'ai acheté des parts dans un journal de Chicago. Un reporter de votre valeur y aurait sa place. Ça vous intéresse ?

— Comment cela ne m'intéresserait-il pas ?

— Parfait ! Au départ, vous gagneriez aux alentours de 15 000 dollars par an mais votre salaire grimperait vite. Dans quelques années, ça tournerait autour de 40 000. Cela vous intéresse toujours ?

— Je ne suis pas à proprement parler un reporter.
Dorfmann fit la moue.

— Reporter, reporter ! Il y en a treize à la
douzaine, des reporters. Des gens qui écrivent de
bons papiers et qui ont un peu de flair et de
curiosité, voilà ce dont mon canard a besoin. Des
choses que vous seul êtes capable de sentir et
d'écrire... l'Amérique vue avec d'autres yeux. Ça,
c'est bon. Vous travailleriez essentiellement à partir
de vos idées à vous... Enfin, le rédacteur en chef
vous en donnera aussi quelques-unes. Vous seriez
d'accord ?

— Oui. Mais...

McBride s'interrompit. Bill Sandrup. Cette histoire continuait à le ronger, il en avait conscience.
Tout ce qu'il avait appris. Et ce vague sentiment de
peur qui l'étreignait. A Chicago, il n'en serait plus
question. Peut-être. Essaierait-il d'oublier l'énigme
non résolue en filant ? Pouvait-on la résoudre ?

— Vous hésitez, Alec. Pourquoi ?

McBride prit une seconde tasse de thé et vida son
sac. De A à Z. Après tout, Dorfmann, c'était la
puissance de l'argent et, l'argent, c'était la protection. Enfin, à ce qu'il semblait.

Dorfmann écouta. Puis commença à poser des
questions. Bon... vous avez vu Sandrup mort. Seulement, mort, il l'était déjà depuis cinq ans. La sœur
l'a confirmé.

L'a-t-elle vraiment confirmé ? rétorqua McBride.
Pourquoi paraissait-elle aussi effrayée ? Pourquoi
avait-elle voulu se débarrasser si précipitamment de
lui ?

— Sandrup est censé avoir brûlé vif lors de cet
accident de la route, fit alors Dorfmann. Mais si le
corps était carbonisé, ça aurait pu être celui de
n'importe qui.

McBride répondit que cette hypothèse lui était déjà venue à l'esprit.

— Vous voulez savoir ce que je pense ? demanda Dorfmann. Je n'étais pas un fan de J.F.K. Mais c'était le Président et on n'aurait jamais dû l'assassiner. Voilà mon opinion. Et puis je me suis dit que l'histoire Oswald, c'était quand même un peu fort de café. Surtout qu'il se fait ensuite tuer par le fameux Ruby. Le chiendent, c'est que, que l'on croie ou non à la culpabilité d'Oswald, personne ne dira ni ne fera rien. C'est plus confortable comme ça. Parce que si on commence à penser ce n'est pas Oswald qui a fait coup, le criminel peut être le premier venu. Votre père, votre oncle ou le voisin d'à côté. Et ça, ce n'est pas confortable. Personne n'a envie qu'on en arrive là.

— Oui, je comprends. Mais si je sais quelque chose, dois-je le garder pour moi ?

— Je n'ai jamais dit ça, mais c'est ainsi, qu'est-ce que vous voulez que j'y fasse ? Bon... Moi, je vous répète, je n'étais pas un inconditionnel de Jack Kennedy. Je le connaissais. Je connaissais aussi son vieux. J'aimais d'ailleurs mieux le fils que le père. Ce que je n'aimais pas, c'était sa politique. Mais il aurait pu faire un bon Président. Il vaut mieux que ce soit quelqu'un de riche qui soit à la Maison-Blanche. Personne ne peut corrompre un homme qui a tout et le reste. (Dorfmann se tut, se leva et s'approcha de l'immense baie, perdu dans ses pensées. Enfin, il se retourna :) Je vais vous dire ce que je vais faire, McBride. Avant que vous preniez votre poste à Chicago, vous irez voir un type que je connais. Une huile du F.B.I. C'est un ami. Vous lui raconterez tout ce que vous m'avez raconté.

— Est-ce qu'il me croira ?

— Vous irez le voir de ma part, vous irez le voir avec ma recommandation. C'est là l'autre attribut de

73

l'argent : le pouvoir. Ils écoutent l'argent. Ils m'écoutent et ils écoutent mes amis. Bien sûr, vous pouvez aussi vous présenter à la police. On vous écoutera... et on rigolera. Ces messieurs tiennent à ce que l'assassin soit Oswald. Et votre copain Sandrup, il y a belle lurette qu'il est mort. Par contre, l'ami dont je vous parle, lui, il creusera la question. Vous êtes d'accord ?

— Oui, bien sûr.

McBride sentait se relâcher la tension qui l'habitait.

— Après, vous partez pour Chicago, vous vous mettez au travail et vous laissez Bill Sullivan s'occuper de l'affaire Sandrup. C'est l'un des directeurs-adjoints du Bureau. Il a l'oreille de Hoover. Alors, c'est bien compris ? Vous refilez l'enfant à Sullivan. Parce que si vous continuez à vous y accrocher, vous passerez pour une sorte de farfelu et je ne veux pas de farfelus dans mon groupe de presse.

— Je... je pourrais écrire quelque chose...

— Seulement si le F.B.I. vous le demande. C'est compris ?

— Oui, monsieur.

Le « monsieur » était sorti machinalement. Plus tard, McBride s'en voulut.

— Je n'étais peut-être pas d'accord avec Jack Kennedy mais qu'on l'ait tué à Dallas, là, je suis encore moins d'accord. Dallas, la ville qui a assassiné le Président ! Ça, je ne l'avale pas. Vous prendrez demain l'avion pour Washington. A mes frais. Et je vous donne une avance sur votre salaire. Et puis non, merde ! Ce sera une prime. Ensuite, vous revenez, vous faites vos valises et direction Chicago. Les billets et l'argent vous seront remis ce soir chez vous. Maintenant, je vous dis au revoir, Alec. Et si vous avez le moindre problème, n'hésitez pas à me téléphoner.

Le congé était brutal mais, dans la grosse Cadillac qui le reconduisait à Dallas, McBride réalisa que tout avait été dit, pesé et emballé.

Dans la soirée, un coursier se présenta à l'appartement et lui remit une épaisse enveloppe. Elle contenait un aller et retour pour Washington, un aller simple, date en blanc, pour Chicago et 5 000 dollars en espèces. Une note dactylographiée précisait que cette somme représentait ses frais de déplacement plus une prime. Il devrait avoir pris ses fonctions à Chicago d'ici trois semaines.

5 000 dollars ! C'était la première fois que McBride avait tant d'argent d'un seul coup. Son avion était à neuf heures du matin. Il se coucha et rêva qu'il dormait sous l'aile protectrice de l'aigle américain.

A Washington, il faisait un temps gris et humide. De la capitale fédérale, McBride ne vit pas grand-chose. Le monument à Jefferson dans le taxi, le Capitole à l'extrémité d'une large avenue et les préparatifs des funérailles du siècle. Plus l'immeuble du F.B.I. — un édifice tout neuf, hygiénique, efficient. On le fit attendre dans une pièce agréable, meublée de confortables fauteuils et d'une table basse sur laquelle étaient posés des numéros du *National Geographic* et du *Reader's Digest*. Finalement, un homme jeune, cheveux en brosse et costume de flanelle grise, visiblement sorti des ateliers Brook Br., fit son entrée. Il tendit au visiteur une main bien soignée.

— Dempsey, se présenta-t-il. Je suis l'assistant de M. Sullivan. M. Dorfmann lui a raconté votre histoire au téléphone, monsieur McBride. Je suis chargé de recueillir votre déclaration. Une déclaration détaillée.

McBride s'exécuta. Il lui fallut plus d'une heure.

Une sténo notait scrupuleusement chaque mot qui tombait de sa bouche.

Quand il eut terminé, Dempsey lui posa diverses questions pertinentes : « Vous n'avez remarqué personne qui vous aurait suivis, vous et Sandrup ? Personne ne vous a vu quitter l'hôtel ? Vous n'aviez jamais vu Sandrup auparavant ? Vous êtes sûr qu'il était mort dans sa chambre ? Il ne vous a pas donné les raisons pour lesquelles il avait été recruté comme assassin du Président ? Avez-vous eu, depuis, l'impression d'être filé ? »

McBride répondit aussi sincèrement que le lui permettaient ses souvenirs.

— Je vous remercie, conclut Dempsey. Cela intéressera beaucoup M. Sullivan.

— Mais fera-t-il quelque chose ?

— Nous procéderons à des investigations approfondies. Et votre déclaration sera lue par M. Hoover en personne.

Tel Dieu relisant les épreuves de la Bible, M. Hoover prendrait lui-même connaissance des propos de M. McBride. C'est la gloire pour vous, semblait dire Dempsey. Alec s'efforça d'être impressionné comme il convenait, mais sans y parvenir tout à fait. Il est vrai qu'il était étranger.

— M. Sullivan regrette de ne pouvoir s'entretenir avec vous mais il m'a chargé de vous assurer que, comme il l'a déjà dit à M. Dorfmann, tout sera mis en œuvre. M. Sullivan ou moi-même prendrons contact avec vous dès l'instant où nous aurons quelque chose de concret à vous communiquer, dès que nous aurons le moindre élément corroborant votre déclaration.

McBride ne put que murmurer :

— Merci.

— Par ailleurs, nous tenons naturellement à ce que votre sécurité personnelle soit garantie, mon-

76

sieur McBride. Si vous estimez avoir besoin de protection, le F.B.I. sera à votre disposition. Il vous suffira de contacter n'importe laquelle de ses antennes. Je suppose que vous n'avez pas le sentiment d'être en danger dans l'immédiat?

— Non, non. Je me sens tout à fait rassuré.

— Oh! Encore une chose. M. Sullivan m'a également chargé de vous dire qu'une enquête officielle sur la mort du Président sera incessamment ouverte. Si on a besoin de vous entendre, vous accepterez de déposer, bien entendu?

— Bien entendu.

Etranger ou pas, il y avait l'Alliance atlantique, la loi prêt-bail, les mains tendues d'un bord à l'autre de l'océan et toute la lyre. Non, McBride n'abandonnerait pas l'allié de son pays.

— Il va sans dire que ce sera plus qu'une enquête de routine. La commission, d'après ce que l'on sait, aura à sa tête le président de la Cour suprême lui-même, le juge Warren. Toute la lumière sera faite, M. Hoover l'a affirmé.

Si M. Hoover nous l'avait affirmé…

Second serrement de mains.

— Nous resterons en contact avec vous, monsieur McBride. Je crois savoir que vous devez partir sous peu pour Chicago?

— D'ici trois semaines. Si vous voulez, je vous laisserai mon adresse là-bas quand je la connaîtrai.

Alec eut l'impression que Dempsey lui décochait presque un clin d'œil mais cela n'aurait pas été conforme au personnage qu'il jouait, au rôle qu'il tenait.

— Inutile. Nous la connaîtrons immédiatement.

Un taxi attendait McBride à la sortie pour le conduire à l'aéroport. Le Bureau avait l'œil à tout. Il pouvait maintenant dormir sans crainte. Les choses étaient désormais entre les mains de M. Dempsey, de M. Sullivan et, plus important encore, de J. Edgar Hoover en personne. McBride n'avait plus à se tourmenter.

Mais il y avait la petite phrase de Sandrup : « Maintenant que je vous ai tout dit, vous êtes, vous aussi, un homme mort. »

Une semaine avant de quitter Dallas, McBride croisa Genine Marks dans l'escalier. Elle savait qu'il partait et elle commença par se montrer froide mais quand il l'invita à dîner, sa soirée d'adieu, en quelque sorte, l'attitude de la jeune femme se fit plus avenante.

— Où ira-t-on ? lui demanda-t-elle après l'avoir assuré qu'il n'y avait pas de problème : elle pouvait prendre sa soirée. Pas dans un endroit super chic. J'en ai marre des boîtes trop chic. J'ai envie de me détendre dans le calme. Et je n'ai rien contre le romanesque — musique douce et lumières tamisées.

Il lui promit de faire de son mieux pour la satisfaire. Il savait ce qu'elle souhaitait : ce qu'elle avait vu dans trente-six films — le petit restaurant où Clark Gable, à moins que ce ne soit Robert Taylor, emmène Carole Lombard, à moins que ce ne soit Margaret Sullivan, avec, en fond sonore, une musique tzigane distillée par l'orchestre de la M.G.M. au grand complet. Genine était une fille simple dont toute la science se limitait à savoir soutirer des verres aux représentants de commerce et aller un peu plus loin en guise de paiement. Mais c'était là un savoir-faire à usage exclusivement professionnel.

Ils allèrent dans un petit restaurant italien du quartier. Sur les tables, des bougies étaient fichées dans des bouteilles au col dégoulinant de bavures de cire superposées. Genine adorait ça. C'était en raccourci l'idée qu'elle se faisait du romanesque.

Quand ils regagnèrent leur immeuble, Alec se

rendit compte que Genine voulait qu'ils couchent ensemble. Et que la réciproque était vraie. Il avait envie d'elle. Sans guimauve romanesque : c'était un désir purement physique. Alors, pourquoi pas? C'était la soirée des adieux, non?

La porte de l'appartement n'était pas fermée. Cela aurait dû lui mettre la puce à l'oreille mais il pensa simplement qu'il avait oublié de donner un tour de clé. Il poussa le battant et s'effaça pour laisser passer Genine la première. La pièce était plongée dans l'obscurité.

Soudain... deux éclairs éblouissants.

Puis deux détonations assourdissantes.

Par la suite, la police lui dit que les balles avaient été tirées par un 45 Magnum, la plus puissante des armes de poing... ou quelque chose dans ce goût-là. Il n'attacha pas une importance particulière à ce détail. Les Texans avaient l'habitude des revolvers. Pas les Ecossais.

Genine encaissa les projectiles en pleine poitrine. Le choc la souleva de plusieurs centimètres et la projeta en arrière. Elle était déjà morte quand son corps heurta le sol.

Machinalement, McBride s'aplatit contre le mur du couloir. La stupéfaction précéda la peur. Puis l'instinct de conservation joua. Il attendit, collé à la paroi. Il aurait pu dégringoler l'escalier — mais aussi se faire tirer dans le dos en prenant la fuite. Il se représentait le tableau. Ce fut pourquoi il hésita quelques instants.

L'homme sortit de l'appartement. Plutôt petit, trapu, large d'épaules. Les yeux fixés sur sa victime, il fronçait les sourcils. Comme si, le dirait plus tard McBride, comme s'il s'était trompé d'objectif. Ce qui était le cas. Alors, la peur s'empara d'Alec. L'homme allait se retourner, le voir et lui tirer dessus. C'était inévitable. A moins que...

C'était le bras droit du tueur, le bras armé, qui était du côté de McBride. Il se rua farouchement en avant en faisant des moulinets avec ses poings. Le Magnum tomba. Son propriétaire amorça un volte-face. Alec frappa au visage. De toutes ses forces.

Le résultat ne fut pas exactement conforme à son attente. La tête du tueur bascula de trente centimètres en arrière tandis qu'une grimace déformait ses traits. Les deux hommes, déséquilibrés, s'écroulèrent l'un sur l'autre et roulèrent de marche en marche dans l'escalier, cul par-dessus tête. Ce n'était pas tellement douloureux. McBride avait seulement conscience qu'il dégringolait, ses bras et ses jambes enchevêtrées dans les bras et les jambes de l'assassin.

Entre les deux étages, ils s'immobilisèrent un bref instant. Le tueur en profita pour lancer un coup de pied à McBride mais rata son effet. L'Ecossais vit passer devant ses yeux une lourde chaussure qui érafla le mur.

McBride se releva, l'autre en fit autant. Ils étaient maintenant face à face.

Gros plan sur un visage grêlé au teint jaunâtre. Une haleine brûlante qui empestait l'ail. Rasé mais le menton bleu. Costume noir.

Le poing de son adversaire atteignit McBride au creux de l'estomac et, sous l'effet de la douleur fulgurante, Alec se plia en deux. Au même moment, un vieux truc utilisé dans les rixes de Glasgow lui revint en mémoire. Le coup de boule. Oubliant sa souffrance, il le tenta. Le haut de son front entra en collision avec le nez du tueur. Il y eut un craquement d'os et le sang jaillit des narines de l'homme en noir qui recula en titubant jusqu'à la rampe et s'affaissa, les yeux vitreux.

Maintenant, des bruits parvenaient aux oreilles de McBride. Les coups de feu n'étaient pas passés inaperçus. Des gens surgissaient sur le palier du dessus. Et celui d'en dessous. Il y avait des cris. Une femme hurlait.

— Il faut appeler la police ! lança quelqu'un.

La colère prenait possession de McBride. Ce type, cet intrus avait tiré sur la fille avec qui il était, il l'avait blessée. Grièvement ? Pas grièvement ? Cela, il n'avait aucun moyen de le savoir mais ce qu'il savait, c'était qu'il devait être en colère. A présent qu'il l'avait désarmé, il fallait aller plus loin. Avant que la police arrive et qu'on l'accuse de ne pas avoir défendu la dame de ses pensées. C'était une question d'honneur. Même si Genine n'était la dame de ses pensées que pour une nuit.

La colère fut plus forte que sa peur. Quand il se précipita sur l'homme, il était dans une rage telle qu'il ne prépara même pas son attaque et il fut immédiatement cueilli par une ruade au bas-ventre.

La douleur précédente n'était rien en comparaison de celle qui le déchirait maintenant. Le bord des marches sur lesquelles tressautait son corps lui meutrissait les reins. La nausée le prenait à la gorge, le plafond tournoyait au-dessus de lui. Il entendait vaguement un bruit de pas précipités. L'homme en noir prenait la fuite.

McBride voulut crier mais il était sans voix, ses poumons étaient vides. Et il avait mal.

Des ténèbres pourpres l'engloutirent.

Finalement, ce fut Dorfmann qui arrangea tout. Pas personnellement mais par l'entremise de son avocat. Quand McBride avait repris conscience, ç'avait été pour se retrouver soupçonné de complicité d'assassinat sur la personne de Genine Marks — ça avait été la réaction première de la police de Dallas mais, heureusement, cette thèse fut bientôt abandonnée.

Toujours est-il qu'avant que McBride ait pu faire une déclaration officielle, le conseil de Dorfmann surgit à ses côtés, puis il fut bouclé dans son appartement tandis que la police attendait dehors. Alec ne sut jamais très bien comment l'avocat de Dorfmann était arrivé là ni qui l'avait prévenu. Peut-être Charlie Neaman, avec qui il avait pris contact au double titre de victime et de journaliste, avait-il mis le pétrolier au courant des ennuis de son protégé.

— M. Dorfmann, dit l'avocat de sa voix précise, m'a mis au courant d'une certaine affaire à propos de laquelle vous avez eu récemment une entrevue avec des fonctionnaires du Federal Bureau of Investigations. Il m'a prié d'insister sur le fait que les agents du Bureau avec qui il est en relations considèrent qu'il serait préjudiciable d'établir un lien entre les deux événements.

McBride regarda l'avocat, bouche bée :

— Mais s'il existe un rapport...

— Aucune preuve ne nous autorise à le penser.

— Mais... mais... cet homme était là pour me tuer !

— Nous n'en avons aucune preuve, je vous l'ai déjà dit. D'ailleurs, les personnes que vous savez, avec qui M. Dorfmann est en rapport, estiment que, même si c'était le cas, il ne servirait à rien d'en informer la police locale.

— Mais cette jeune fille... Genine Marks... elle est morte.

Les traits de l'avocat demeurèrent inexpressifs.

— En effet et c'est fort regrettable. Mais maintenant que la police a la conviction que vous n'êtes mêlé en rien à cette histoire, elle incline à penser qu'il s'agissait, au départ, d'une tentative de cambriolage. Dérangé, le cambrioleur a tiré pour assurer sa fuite. La police recherche cet homme, monsieur

McBride. La déclaration que vous allez faire ne doit pas l'inciter à formuler d'autres hypothèses.

— Mais pourquoi cambrioler mon appartement ? Je n'ai aucun objet de valeur.

— Le cambrioleur ne pouvait pas le deviner.

En définitive, comme c'était inéluctable, Alec McBride consentit à déclarer aux policiers qu'il croyait avoir surpris un cambrioleur en plein travail, ce qui avait eu pour conséquence la mort tragique de Miss Marks. La police accepta si hâtivement cette version des faits qu'elle donnait presque l'impression de se féliciter qu'il n'y eût pas d'autres complications.

Quatre jours plus tard, McBride assista à l'enterrement de Genine Marks et, quarante-huit heures après, il s'envolait pour Chicago. Il fut informé avant son départ que la police suivait avec diligence plusieurs pistes. Les choses n'allèrent pas plus loin. Jamais on ne mit la main sur personne qu'on pût accuser du meurtre de Genine Marks.

McBride avait la certitude que la mort de celle-ci était une bavure. La cible, ç'avait été lui. Les paroles de Billy Sandrup se vérifiaient. Ce qu'il avait appris de lui mettait sa vie en danger.

A nouveau, il avait peur.

Tout ce qu'il espérait était qu'une fois qu'il serait à Chicago, « on » ne penserait plus à lui. Mais, au fond de lui-même, il n'en croyait pas un mot.

4

1964

Débraillé, grassouillet et moite de transpiration, Clyde Anson traversait la salle de rédaction en direction de son bureau. Il avait soixante-trois ans. Une auréole de cheveux gris entourait son crâne chauve. Il s'assit pesamment dans le fauteuil.

Dehors, il neigeait. Le Loop était un serpent métallique dont les anneaux étaient les voitures avançant avec une lenteur infinie dans le vent glacial venu du Lac. Les gratte-ciel illuminaient la sarabande des flocons. *Chicago, ma ville natale...* Qu'ils aillent se faire voir, les auteurs de chansons populaires ! Quand on pèle de froid comme ça, il n'y a pas de quoi être fier de sa ville. A une époque... Clyde Anson parlait souvent de cette époque au jeune McBride. Quand Chi était le berceau du journalisme aux Etats-Unis.

Il parlait à McBride de cette ville que hantaient encore les ombres de Mencken, de Hearst et du colonel McCormack. Du temps où, singeant Ben Hecht, les journalistes, le chapeau repoussé en arrière, lorgnaient du côté d'Hollywood en attendant le coup de téléphone magique qui leur ouvrirait les portes du pactole. Et tant pis s'il ne venait jamais, le coup de téléphone. C'était la cité de *The Front Page*, du *Five Star Final*, d'Al Capone et de Dion O'Banion. Sans compter tous les autres :

Guzik le Pouce Graisseux, Mitrailleuse Jack McGurn. Et prière de ne pas oublier le maire Big Bill Thompson qui avait menacé de flanquer son poing dans la gueule du roi George V s'il avait le malheur de mettre les pieds à Chi.

Et c'était toujours la ville de la pègre, sauf qu'on lui donnait un nom italien, maintenant. La Cosa Nostra, la main noire, la Mafia... appelez-la comme vous voulez, c'était bonnet blanc et blanc bonnet. Pour Chicago et pour Clyde Anson, ça faisait partie d'une histoire romanesque. Et il avait beau en avoir vu des vertes et des pas mûres au cours de son existence, Clyde était encore et toujours romanesque. Il pouvait dire à McBride qu'il avait vu Capone — pas le gangster : le philanthrope — distribuer des dindes aux pauvres à Noël. Il se rappelait Capone, politicien, cette fois, et un peu gangster sur les bords, faire dégringoler l'escalier de l'hôtel de ville au maire d'alors à grands coups de pied dans les fesses. Et il parlait aussi à McBride de Capone le gangster défonçant le crâne de deux de ses invités à l'aide d'une batte de base-ball. Il n'avait pas été témoin de la scène mais il avait vu les corps à la morgue. Et il se souvenait du colonel McCormack et de ce foutu renégat de cureton, comment s'appelait-il, encore ? proclamer que le national-socialisme n'était pas une doctrine si mauvaise que ça. Un peu de nazisme pourrait faire du bien à ces bons vieux U.S.A. Un peu de n'importe quoi pour éjecter ce fumier de F.D.R. de la Maison-Blanche.

Et le jour où lui, Clyde Anderson, avait serré la main de William Randolph Hearst — avec Marion Davies qui se tenait discrètement deux pas en retrait. Ah ! c'était le bon temps ! L'ennui, c'était que la fin était en vue.

L'ennui, c'était qu'il commençait à prendre de la bouteille. Il le savait. Son avenir était derrière lui.

Du jour au lendemain, adieu. L'heure de prendre sa retraite et de végéter. Il faudrait alors qu'il compte sur sa fille. Ou qu'il trouve d'autres sources de revenus.

Il contempla fixement son bureau. Rien qu'une feuille de papier, une seule. Le compte rendu de l'exposition canine du canton de Cook. Bon Dieu ! C'était donc comme ça que cela devait finir ? Lui, l'ami des sénateurs, des gangsters, des trafiquants de tous poils, en être réduit à couvrir les expositions canines ! Et à cornaquer les bleus.

Quand, trois mois plus tôt, on l'avait chargé de tenir le nouveau à l'œil, le petit McBride, il s'était présenté à l'ancienne :

— Clyde Anson. Hollywood m'appellerait l'as du reportage criminel. Dans cette ville, c'est le grand truc.

Ça ne l'avait jamais été, mais il n'allait pas raconter ça à ce McBride, le nouveau chroniqueur. N'importe qui peut être chroniqueur, suffit d'un peu de bon sens. A condition de savoir écrire et de garder les yeux ouverts. C'était suffisant. Mais le fait divers, c'était autre chose. Cela exigeait du savoir-faire, de connaître les coulisses, d'avoir l'oreille des faiseurs de pluie et de beau temps, des informateurs qui avaient confiance en vous. Merde ! Daley lui-même, le maire, l'avait tuyauté à propos d'une ou deux histoires, des scandales où l'opposition était mouillée. Jamais Clyde Anson n'avait parlé des amis de Daley qui se faisaient arroser. Il savait quand il fallait la boucler. Il y a des informations qu'on laisse au placard.

— Je suis l'homme qui a l'emploi le plus sûr de Chicago, avait-il dit à McBride. Le crime, c'est l'activité de toute une vie.

Sauf quand on s'appelle Jake Lingle, aurait-il pu ajouter. Il avait connu Lingle quand la rumeur s'était répandue qu'il s'était brouillé avec Al Capone. McGurn l'avait assaisonné sur un quai de gare pour faire une fleur à Al. Si on évite ce genre de choses, on est tranquille jusqu'à la fin de ses jours.

Sauf lorsqu'on a soixante-trois ans, qu'on est rétamé par les torrents d'alcool qu'on a engloutis et qu'on en est réduit à couvrir les expositions canines.

Anson retrouva McBride dans un bar du Loop. Trois bourbons lui avaient rendu son tonus. Il avait laissé McBride payer. Normal, non ? Il avait pris le petit en main, il lui avait trouvé un appartement correct aux environs de South Water Street. Autant se montrer gentil avec le nouveau venu. Pour des tas de raisons. Ne disait-on pas que l'Ecossais était l'homme de Dorfmann ? Plus près de Toi, mon Dieu. Il se pencha en avant dans le box.

— On dit que Mencken dormait ici... dans ce bistrot. Vous savez qui était Mencken ?

— Je sais qui était Mencken. J'ai lu pas mal de ses articles.

Il est beaucoup mieux que les autres, ce garçon, songea Anson. Il sait les choses qu'il faut savoir.

— Est-ce que je vous ai dit que j'ai rencontré l'avocat Clarence Darrow ? Et plus d'une fois. J'ai aussi couvert le procès Leopold et Loeb.

Deux gosses tarés que Darrow avait sauvés de la chaise électrique. Ils auraient dû griller, surtout Leopold, ce fils à papa tout blême, vicieux comme ce n'est pas permis.

— Oui, vous me l'avez dit il y a trois mois quand j'ai débarqué à Chicago.

— Vous avez raison. Je vieillis. Je radote. On en reprend un petit, Alec ?

McBride commanda un autre verre pour Anson qui ne remarqua même pas que le jeune journaliste n'avait pas encore terminé son second whisky.

— Alors, ça fait trois mois que vous êtes ici ?

Vous étiez rudement content d'avoir quitté Dallas, je me rappelle.

— Oui, j'étais content, reconnut McBride.

— Je suis allé une fois à Dallas. Le pétrole et les vaches. Et le fric. Tout neuf. J'ai pas aimé. Et j'aime encore moins, maintenant. C'est une ville qui assassine les Présidents.

— On ne peut pas blâmer Dallas tout entière.

— Si. C'est l'atmosphère de Dallas qui a tué J.F.K. Alors, Dallas a honte. Dallas dit qu'elle n'y est pour rien. C'est Oswald qui l'a assassiné, pas moi. Merde ! Oswald n'a fait que ce que ces chacals du pétrole auraient tous voulu faire !

— Si c'est bien Oswald le coupable.

C'était une chose dont McBride n'avait pas parlé depuis son départ du Texas. Une chose dont le F.B.I. lui avait demandé de ne pas parler. Et, petit à petit, la peur qui l'habitait s'était un peu dissipée. Il avait été trop occupé pour se rappeler qu'il devait regarder derrière son épaule. James Ellon McKinlay, son rédacteur en chef, y était pour quelque chose. Et McKinlay l'avait confié à Clyde Anson pour qu'il fasse son éducation.

— Vous avez des doutes sur la culpabilité d'Oswald ?

Anson paraissait légèrement dessoûlé. Peut-être était-ce la curiosité qui lui éclaircissait les idées.

— Je n'y crois pas.

— Ce n'est pas suffisant. Il faut avoir quelque chose de plus solide. Sinon, n'y pensez plus. N'importe comment, oubliez toute cette histoire, même si c'est vrai, cela vaudra mieux.

— Pourquoi dites-vous cela ?

Ça ne ressemblait pas à Anson. N'avait-il pas affirmé à McBride qu'il était capable de faire une première page rien qu'avec du vent ? Même si c'étaient des mensonges. Qui s'en souviendrait le lendemain ? Qui lirait le démenti ? C'était ça, le journalisme à la mode du Chicago de la belle époque.

Anson soupira.

— C'est comme dans les vieux vaudevilles. Si ce n'est pas lui, qui est-ce ? D'ailleurs, il est préférable de ne rien savoir. Parce qu'ils ne veulent pas savoir, les grossiums. (Anson vida son verre et regarda sa montre d'un air lugubre.) Il est temps de rentrer à la maison. On m'attend.

Cette déclaration surprit McBride. Anson se vantait d'être un loup solitaire, de ne pas avoir de véritables amis, sauf dans les salles de presse et chez les puissants de ce monde.

— Ma fille. Ne faites pas cette tête-là, bonsoir de bonsoir ! J'ai été capable d'en faire une, une fois. Et assez idiot pour me marier. Grâce au ciel, le ménage n'a pas tenu.

Une fille passa devant le box.

— Salut, Clyde.

Anson adressa un vague sourire dans sa direction.

— Tu es sensationnelle, mon chou.

Un peu trop maquillée, songea McBride, mais faite au moule. Des yeux grands comme ça sous une crinière blonde… Cela faisait longtemps. Il n'y avait eu personne dans sa vie depuis Dallas, depuis Genine Marks — et il ne voulait pas repenser à la manière dont ça s'était terminé.

— Elle a l'air gentil.

Anson lui lança un regard noir.

— Le sumac vénéneux aussi. Tenez-vous à l'écart.

— C'est une entraîneuse ?

— Son petit ami fait dans le racket. La Mafia. « Bonjour, chérie », un sourire aimable et adieu.

— Alors, les gangsters sont toujours vivants ?

— C'est ce que je me tue à vous répéter. Capone

90

était un crack mais ceux d'aujourd'hui sont plus forts que lui. Ils savent mieux se couvrir. Ils respectent scrupuleusement la loi — en apparence. Mais si on gratte un peu, on trouve tout ce qu'on veut. De la pourriture, des asticots, la corruption. C'est de Giancana que je parle. Qui marche avec les rois et couche avec leurs poules.

— Ce qui veut dire ?

— Qu'il partageait une fille avec John Fitzgerald Kennedy. Vous voyez ? Clyde Anson est au courant de tout. (Il lança un nouveau coup d'œil à sa montre.) Cette fois, il faut que je m'en aille.

C'était devenu un rite. Tous les jours, Anson et McBride se retrouvaient en sortant du bureau dans le même bar, dans le même box. Sauf quand le premier était sur un coup — toujours les expositions canines, disait-il — ou que le second faisait des recherches pour un papier.

Un jour, quelques semaines plus tard, à l'heure de l'apéritif quotidien, McBride remarqua qu'Anson avait l'air agité.

— Ma fille est venue pour rester, finalement. Bon sang ! Je ne suis pas le genre père de famille mais qu'est-ce que je peux faire ? La mettre dehors sous la neige ? Son mariage a mal tourné — alors, on se réfugie une fois de plus chez papa !

McBride compatit poliment. Il redevenait capable de s'intéresser aux problèmes des autres. Les siens paraissaient s'estomper, pâlir dans sa mémoire. Il n'avait rien à craindre, maintenant. Sauf... sauf que, malgré son attente, le F.B.I. ne s'était pas manifesté. La commission Warren entamait son enquête sur l'assassinat du Président et, normalement, pensait-il, il aurait dû avoir des nouvelles.

— Et si je vous présentais à elle ? poursuivit Anson. Peut-être que vous pourriez vous débrouiller pour que je ne l'aie plus tout le temps sur le dos.

Du coup, McBride cessa de penser à Washington, au F.B.I., à la commission Warren. La fille d'Anson ? Il ne l'avait jamais vue et il n'était pas très sûr d'avoir envie de faire sa connaissance. Pourtant, au fond, ce ne serait peut-être pas une mauvaise idée. Il ne connaissait pratiquement personne à Chicago en dehors des confrères. Oh ! Les rares personnes avec lesquelles il avait des contacts étaient sympathiques. Plus qu'en Californie. Ici, au moins, les gens vous souriaient sans savoir à combien se montait votre compte en banque. Mais à part le sourire, basta ! Le bureau, la télévision le soir, le cinéma de temps à autre et le bar avec Clyde Anson — voilà à quoi se résumait sa vie. Ah non ! Il y avait aussi la voiture. Il s'était offert une Mustang d'occasion et il passait ses dimanches et ses jours de repos à visiter l'Illinois. Seul. Oui, la fille d'Anson... Ce ne serait peut-être pas une mauvaise idée. Si seulement il savait quelle tête elle avait...

Mais Anson avait déjà changé de sujet. Il brodait sur son thème de prédilection : le Chicago de la belle époque.

— Vous n'avez jamais entendu parler des sœurs Everleigh ? Elles tenaient le bordel le plus sélect du pays. Peut-être même du monde entier. C'était l'âge d'or. Michigan Avenue comptait plus de claques qu'un chien n'a de puces. C'est dans un de ces boxons que j'ai couché pour la première fois avec une femme. Mon seul regret, c'est de n'avoir jamais mis les pieds chez les sœurs Everleigh. Il paraît qu'il y avait des lustres en cristal, comme dans votre Buckingham Palace. Et des tentures en soie. La classe, quoi. Fini, ce genre de raffinement. La brigade des mœurs y a mis bon ordre. Jusqu'à ce que Capone s'amène et en fasse un business. Comme il ne pouvait pas travailler en ville, il s'est tourné vers Cicero, en banlieue. C'était un territoire vierge pour les maisons closes, selon lui. Seulement, ça n'avait plus de classe. Un coup de gin de contrebande, on se choisissait une fille, on la sautait et bonsoir la compagnie. Le sexe à la chaîne, quoi. Je vous le répète, il n'y a plus de classe.

Il est temps que je file, songea McBride. Il l'aimait bien, le vieux Clyde, mais, ce soir, il en avait jusque-là. D'autant qu'Anson semblait nerveux, agité, tendu.

— Bien sûr que oui, reconnut-il quand Alec lui en fit la remarque. J'ai l'habitude de vivre seul. Je sors de temps en temps avec une dame, je ne dis pas le contraire. Mais maintenant que Dorrie est là, il faut que je me tienne bien. Si vous voulez rentrer, Alec, rentrez. Tiens ! Je vais vous accompagner. Ça me donnera un sursis.

— D'accord, je vous offre un verre chez moi. (McBride se sentait obligé de l'inviter.) Vous m'avez aidé à trouver l'appartement et vous n'y êtes encore jamais venu.

Ils y allèrent à pied. McBride prenait rarement la voiture pour se rendre au journal. Uniquement quand il en avait besoin pour son travail. N'importe comment, ses taxis lui étaient remboursés. Anson avait une Chevrolet d'âge canonique mais il préférait prendre le métro aérien, grinçant et ferraillant.

La neige tombait à gros flocons. Anson marmonnait dans sa barbe. Visiter l'appartement de McBride, même avec un whisky en perspective, ça ne l'emballait visiblement pas. On aurait dit que ce sale temps lui portait sur les nerfs et que, somme toute, il avait hâte de retrouver son petit logement de Cicero et sa fille.

C'étaient à présent des bourrasques de neige glacées qui cinglaient les deux hommes. Ça va se calmer, se disait Alec. Cela faisait des semaines que ça durait. Il ferait sûrement meilleur à l'approche du printemps.

Dans l'entrée de l'immeuble, il eut l'impression que de la vapeur sortait de leurs pardessus et les lunettes d'Anson s'embuèrent. L'ascenseur les déposa au cinquième étage. Quand McBride glissa la clé dans la serrure, il éprouva soudain un sentiment de déjà vu. Le souvenir de la porte qu'il avait poussée un soir à Dallas et de la mort de Genine Marks. Mais, aujourd'hui, la mort subite n'était pas au rendez-vous. Ils entrèrent dans l'étroit vestibule. McBride alluma. Tout paraissait normal.

— Otez votre pardessus, dit-il à Anson. On sera bientôt secs.

Anson l'avait déjà à demi ôté quand il hésita, les yeux fixés sur un objet en face de lui.

— Qu'est-ce que c'est que ça ?

McBride suivit son regard. Un sac en papier était posé contre la porte du living. Il en sortait des fils reliés à une sorte de minuscule contacteur électrique.

— Je n'en sais rien mais, en tout cas, ça fait désordre, répondit l'Ecossais en riant. Je suppose que c'est quelque chose que la femme de ménage aura oublié...

Anson avait beau être lourd et massif, il savait être d'une vivacité remarquable quand les circonstances l'exigeaient. Il tendit le bras et repoussa McBride vers la porte en criant :

— Dehors ! Vite !

Ses mains avaient une force imprévue.

McBride, sidéré par cet accès de violence inattendu, se préparait à résister mais avant qu'il en eût eu le temps, il se retrouva catapulté sur le palier. Accentuant sa prise au lieu de le lâcher, Anson, d'une poussée, le fit basculer et se jeta à son tour à terre. Au moment où McBride voulut essayer de se

94

remettre debout, la porte de l'appartement vola en éclats, vomissant une énorme nappe de feu.

Puis ce fut le vacarme de l'explosion. Un nuage de poussière enveloppa les deux hommes tandis que des plâtras volaient dans toutes les directions.

Plus tard, beaucoup plus tard, le sergent Clayton de la police municipale tendit son paquet de cigarettes aux deux hommes au visage et aux vêtements noircis assis sur une chaise dans le bureau du gardien d'immeuble. Le front du plus âgé était zébré d'une longue entaille sanguinolente mais, à part ça, ils étaient l'un et l'autre sains et saufs.

— C'est une petite bombe astucieusement bricolée qui vous attendait, dit le policier. En entrant, vous avez armé le détonateur. Elle était réglée pour exploser une minute après l'ouverture de la porte.

— Comment le savez-vous ? s'enquit Anson.

— Il y a vingt-trois ans que je suis artificier. C'est pour ça qu'on m'a envoyé. Ce n'est pas la première fois que je vois des engins de ce genre.

Un autre policier, l'inspecteur O'Hara, les rejoignit. Plus petit et plus soigné dans sa tenue que Clayton.

— M. Anson vous a sauvé la vie, mon vieux, vous savez ? lança-t-il à McBride.

— Oui, je sais.

L'Ecossais débordait de reconnaissance envers Clyde.

O'Hara se tourna vers le sergent :

— C'était une bombe artisanale ?

— Oui, mais fabriquée par un pro, je vous en fiche mon billet. Si Anson n'avait pas été là, à l'heure qu'il est, McBride serait bon à ramasser au papier buvard, si vous voulez mon avis.

Puis ce fut l'interrogatoire, conduit par le seul O'Hara :

— Vous connaissez-vous des ennemis ?

McBride, déterminé à ne parler ni de Dallas, ni de Kennedy, ni de Billy Sandrup, répondit par la négative. Il continuait à suivre point par point les consignes du F.B.I. : ne dites rien à personne en dehors de nous. Eh bien, il aurait beaucoup de choses à leur dire, à eux !

— Donc, vous n'avez pas d'ennemis. Mais vous avez peut-être des amis qui ne vous aiment pas ? Pas d'histoires de femmes ? Pas d'ex-épouse qui voudrait avoir du sang en guise de pension alimentaire ?

McBride assura à l'inspecteur qu'il n'avait jamais été marié.

— Alors, une greluche ? Une petite amie ? Une maîtresse ? Une pute ?

— Absolument pas, répondit McBride.

— Un mari ou un amant jaloux ? Un maître d'hôtel à qui vous auriez oublié de laisser un pourboire ?

Un non catégorique.

— Vous écrivez dans les journaux. Vous n'avez pas reçu de lettres de déséquilibrés ? Quelqu'un qui n'apprécierait pas votre syntaxe ?

Non, non, non et non.

— Parfait. Vous menez une vie vertueuse, sans tache et sans souillure. Il n'empêche que quelqu'un vient d'essayer de vous réduire en bouillie.

— Ça, je sais. Tout ce que j'espère, c'est que vous mettiez la main sur ce quelqu'un, quel qu'il soit.

— On tâchera. C'est notre travail. Mais je ne peux pas vous garantir que nous le trouverons. Vous avez un endroit pour dormir, cette nuit ? Parce que votre appartement est méchamment endommagé. Un vrai barbecue.

— Je peux l'héberger, fit Anson. Aussi longtemps qu'il voudra.

McBride refusa poliment, en bon jeune homme

bien élevé qui sait tout ce qu'on doit dire en pareilles circonstances. Et sans en penser un mot. Il fallait bien qu'il couche quelque part et il avait espéré qu'Anson se porterait volontaire.

Tous deux prirent le métro aérien pour se rendre à Cicero.

Ils commencèrent par prendre un whisky grand format que McBride avala comme de l'eau pure. Ce ne fut qu'ensuite que la fille d'Anson et lui échangèrent une poignée de main.

— Dorrie, se présenta-t-elle. Ou, si vous préférez, Dorothy Macklin, née Anson.

Grande, les jambes effilées, une silhouette faite au moule, jolie, un visage intelligent encadré par des cheveux noirs.

— Elle est trop grande, soupira son père. Mais c'est quand même le fruit de mes entrailles.

Le fruit de ses entrailles s'éclipsa, le sourire aux lèvres, pour aller préparer la chambre d'amis et Anson remplit à nouveau leurs verres.

— Elle a oublié d'être bête, reprit-il. Elle n'a fait qu'une seule idiotie dans sa vie quand elle a épousé ce publicitaire anémique, Albert Macklin. Un charmant garçon, Albert. Tout le monde l'adorait. Il n'avait qu'un défaut : il battait ses femmes. Dorrie était la seconde. Manque de chance, elle ne s'est pas laissée faire. Elle lui a flanqué une de ces tournées ! Cela m'a rendu fier d'elle. Dans deux semaines, le divorce sera prononcé à Reno et elle sera débarrassée de lui. (Anson but une gorgée et dévisagea McBride.) Mais, pour le moment, Alec, je veux que vous me racontiez tout. Quelqu'un a essayé de vous rayer du nombre des vivants. Il fallait bien qu'il y ait une raison. Si vous ne pouvez dire à O'Hara ni qui c'était ni pourquoi, à moi, vous pourrez peut-être vous confier. A moins que vous soyez innocent comme l'agneau qui vient de naître et qu'il ne

97

s'agisse que d'une déplorable erreur? Allez, mon vieux, expliquez-moi. Est-ce à cause de quelque chose que vous avez fait en Angleterre... ou en Ecosse?

McBride eut soudain le sentiment qu'il fallait qu'il parle à quelqu'un. Au diable, le F.B.I.! Et Anson faisait un quelqu'un tout à fait présentable. Il lui avait sauvé la vie en risquant la sienne. Alec lui devait bien ça. Mais si Sandrup avait dit vrai, à Dallas, ce ne serait pas un cadeau qu'il ferait au vieux journaliste.

— Si je vous raconte, fit-il, d'une voix hésitante, peut-être que... que je vous mettrai en danger.

— Traverser une rue, c'est dangereux. Allez aux chiottes, c'est dangereux. Savez-vous qu'on a des crises cardiaques aux chiottes plus souvent que n'importe où ailleurs?

McBride se débonda. En commençant par le commencement et en finissant par la fin. Anson l'écoutait en silence en lampant de temps à autre une rasade de whisky. Quand Alec arriva au bout de son récit, il était parfaitement lucide malgré tout l'alcool qu'il avait ingurgité.

— Alors, vous pensez que ce sont ceux qui ont tué Sandrup, ceux qui étaient derrière l'assassinat de Kennedy, qui ont déposé leur carte de visite à votre appartement.

McBride acquiesça.

— Bon. D'après Clayton, ce piège à con a été fabriqué par un pro. Maintenant, je sais qui l'a confectionné. Et le sergent Clayton aussi. Mais il ne sera jamais capable de le prouver. Il en est tellement persuadé qu'il n'essaiera même pas.

— Vous savez vraiment qui c'est?

— Un fabricant de bombes professionnel. Il travaille sur commande. Pour les racketteurs, pour n'importe qui du moment qu'il est payé.

98

— Mais si vous savez qui est le poseur de bombes, vous savez qui sont ses commanditaires ?

McBride avait de la peine à dominer son excitation.

— Je vous l'ai dit : il travaille pour tout ceux qui casquent. J'ai reconnu l'objet et c'est pourquoi nous sommes encore en vie tous les deux. Si je n'avais pas identifié ce paquet, nous serions, vous et moi, allongés sur une table en marbre à la morgue à l'heure qu'il est. Seulement, mettez-vous bien une chose dans la tête : notre artiste ne dit pas pour qui il travaille. Parce que s'il a la langue trop longue, il est bon comme la romaine.

A ces mots, l'excitation de McBride s'évanouit.

— On pourrait peut-être quand même essayer de le faire parler ?

Arson éclata de rire.

— Pour qui vous prenez-vous ? Pour un dur de dur, un caïd du milieu ? Non, Alec, cessez de rêver.

— Qui est ce type ?

— Le petit feu de Bengale qu'il a déposé chez vous est une véritable signature. Il s'appelle Caretti. Aldo Caretti, dit Gélatine. Par référence à la gélinite. Le petit Aldo qui fait sauter tout ce qu'on lui demande. Les coffres, les voitures, les gens. Les Mafiosi. Vieille famille sicilienne. (Anson plissa le front.) Etes-vous sûr que l'histoire Sandrup est la seule raison pour laquelle quelqu'un pourrait vouloir vous liquider ? Vous ne vous seriez pas envoyé en l'air avec une mignonne petite Italienne, par hasard ? Ou la bonne amie d'un truand ? A moins, tout simplement, qu'il y ait des gens qui vous reprochent de ne pas aimer la glace à la vanille ?

— J'adore la glace à la vanille, Clyde. Ma parole !

— Bon, d'accord, je suis un jobard et vous m'avez possédé. Je vous crois. Je crois que ce que vous dites vous est réellement arrivé. Quant à savoir si feu votre ami Sandrup a tué Kennedy, ça, je l'ignore. Encore que nous avons eu vent d'étranges légendes qui fourmillent à Dallas.

— Quelles légendes ?

— Que la version de la culpabilité d'Oswald sent le coup fourré. (Anson se leva et se mit à faire nerveusement les cent pas dans la pièce.) Enfin, n'importe comment, il y a la commission Warren, merde ! Elle devrait faire toute la lumière. Elle devrait...

— A condition que les gens parlent. A condition qu'ils soient autorisés à parler.

Il y avait de la colère dans le ton de McBride. Mais il trouvait son irritation amplement justifiée.

— Oui, vous avez raison, l'approuva Anson avec un énergique hochement du menton.

— Et maintenant, qu'est-ce que je vais faire ?

La voix de l'Ecossais était, à présent, presque plaintive. C'était un appel à l'aide. Anson le regarda.

— Pas de problème. Pour le moment, vous vous installez ici.

— Vous êtes très chic, Clyde, mais je ne peux pas...

— Vous pouvez et vous allez le faire, ne discutez pas. D'ailleurs, votre appartement est inhabitable. Nous avons une chambre d'amis qui ne sert à rien et je serai content d'avoir un peu de compagnie. Dorrie aussi, je pense. De plus, ça mettra un peu de beurre dans les épinards. Parce qu'il ne faut pas que vous vous imaginiez que je vais loger à l'œil un flemmard de votre espèce.

McBride se rendit compte qu'il souriait. Il y avait quelque chose de réconfortant dans la façon d'être d'Anson.

— A propos, enchaîna ce dernier, vous me paierez votre loyer en espèces de la main à la main. Je ne

100

tiens pas à le déclarer au fisc. Autre chose. Vous devriez téléphoner au F.B.I... à ce Sullivan ou à son sous-fifre. Il faudrait les secouer un peu, depuis le temps qu'ils font le mort. Et moi, je vais tâcher de voir un peu ce que devient le petit Aldo Caretti.

Et voilà — c'était parti. Deux décisions prises — de petites décisions mais des décisions quand même. Maintenant, Alec pouvait se détendre, souffler un peu et savourer la bonne chaleur de son whisky. On allait faire quelque chose.

Il appela le F.B.I. le lendemain matin.

— Je voudrais parler à M. Sullivan.

— Quel M. Sullivan ?

La voix, féminine, était nasillarde, comme d'habitude. Mais peut-être étaient-ce les téléphones américains qui déformaient les voix féminines ?

— M. William Sullivan... directeur-adjoint du Bureau.

— De la part de qui, s'il vous plaît ?

— McBride. Alec McBride.

Des grésillements. Et plus rien. Le silence dura deux minutes. McBride commençait à s'énerver quand une nouvelle voix se fit entendre. Masculine, cette fois.

— Monsieur McBride ? Le M. McBride qui a vu M. Sullivan il y a quelques mois ? Fin novembre ou début décembre ?

— Fin novembre. Mais, en fait, je n'ai pas vu M. Sullivan. J'ai vu un certain M. Dempsey. Etes-vous M. Dempsey ?

— Non, je ne suis pas M. Dempsey. Le directeur-adjoint est malheureusement absent. Je regrette.

William Sullivan existait-il ? se demanda McBride.

— Dans ce cas, j'aimerais parler à M. Dempsey.

— M. Dempsey n'est plus à Washington. Je crois qu'il a été affecté dans le Nebraska... à Omaha,

101

peut-être. Il faudrait que je vérifie. Avez-vous un message que je pourrais transmettre à M. Sullivan ?

Qu'est-ce que je peux lui dire ? Que quelqu'un a déposé une bombe chez moi ? Qu'ils essaient toujours de m'éliminer ? Le type que McBride avait en ligne n'avait sans doute jamais entendu parler de cette histoire, il en ignorait probablement tout.

— Je le rappellerai plus tard.

— Oui, M. Sullivan sera sûrement libre un peu plus tard. Bonne journée, monsieur.

S'il avait la chance d'en voir la fin, on pourrait considérer que ç'avait été une bonne journée. Simple question de survie. Mais peut-être prendraient-ils leur temps. Peut-être attendraient-ils encore trois mois avant la prochaine tentative ? La chasse au McBride était ouverte tous les trois mois.

Il rappela Washington en fin d'après-midi.

M. Sullivan n'était toujours pas disponible. Qui avait-il eu au bout du fil, ce matin ? Un bref silence, puis la réponse vint : ce devait être M. Beauclair. Pouvait-il parler à M. Beauclair ? Désolé, mais M. Beauclair n'était plus de service. M. McBride souhaite-t-il s'adresser à quelqu'un d'autre ? Non, M. McBride ne souhaitait pas. Essayez de rappeler plus tard, monsieur. Bonne soirée.

Deux jours plus tard, en sortant du bureau, McBride prit le métro pour regagner Cicero où Dorrie Macklin, née Anson, lui prépara son dîner avant d'aller à ce qu'elle appelait mystérieusement « ses cours ». Elle fila avec un sourire d'excuse en le laissant en tête à tête avec la télévision. Il lui proposa de l'emmener au restaurant un de ces soirs et fut agréablement étonné qu'elle accepte son offre avec enthousiasme. Quand elle n'aurait plus ses « cours ». Des cours de quoi ? voulut-il savoir. Pour être publicitaire, répondit-elle.

Anson rentrait plus tard, grommelait « Rien de

neuf » avant de se laisser tomber dans un fauteuil où il disait d'une voix pâteuse tout le mal qu'il pensait des informations télévisées. Il demandait également ce qui se passait à Washington. « Rien de neuf », répondait McBride. Tous deux allaient se coucher en silence. Anson semblait tout le temps en reportage, de sorte qu'ils ne se voyaient pas au bureau.

McBride fit une nouvelle tentative auprès de Washington.

— J'essaie d'avoir M. Sullivan. J'ai téléphoné il y a deux jours et j'ai parlé à un M. Beauclair. Etes-vous M. Beauclair ?

— Non, mon nom est Clark, monsieur McBride. Jim Clark. Malheureusement, M. Sullivan est occupé.

— Comme il y a deux jours ?

— Exactement — comme il y a deux jours. (Aucun changement de ton. La voix de son interlocuteur était toujours aussi lisse et modulée, aussi courtoise.) M. Sullivan a quitté Washington depuis environ une semaine. Il est en mission d'inspection.

McBride bouillait sur place. Ces gens-là ne valaient pas mieux que les fonctionnaires britanniques. Ils étaient même pires avec leur damnée politesse !

— On n'aurait pas pu me le dire il y a deux jours ?

— Si, monsieur McBride, on aurait dû.

— Bon... Où puis-je le toucher ?

— Je ne suis pas autorisé à vous renseigner sur ce point, vous m'en voyez navré. Toutefois, je serais en mesure de lui transmettre un message. Mais peut-être puis-je vous être utile ?

Cette fois, McBride éclata :

— Ecoutez... on m'a promis que le F.B.I. me porterait aide et assistance. Qu'il me protégerait. Et que se passe-t-il ? Je suis victime d'une tentative d'attentat à la bombe et quand je vous appelle, vous vous défilez et vous me faites tourner en rond...

Un silence. Puis une profonde inspiration. Tiens ! Ils respiraient quand même, à Washington ?

— Il serait bon que vous me donniez quelques détails, monsieur McBride. Vous n'ignorez pas, bien entendu, qu'un homicide n'est pas forcément un crime fédéral. Ce serait plutôt à la police locale qu'il appartiendrait de vous...

McBride raccrocha brutalement. A quoi bon insister ? Ils le menaient en bateau. Délibérément, aurait-on dit. Comme s'ils ne voulaient rien savoir. En définitive, il devrait s'aider lui-même, voilà. Etre sur ses gardes. Avoir l'œil aux bombes, aux balles, aux guetteurs à l'affût dans la nuit. Le mieux serait peut-être encore qu'il fiche le camp, qu'il retourne en Ecosse. Là, au moins, il n'aurait à se méfier que des rôdeurs, des loubards et des cambrioleurs. Pas de conspirations, pas d'assassinats politiques. Oui, bien sûr, il y avait l'I.R.A., mais il n'avait jamais rien eu à voir avec le terrorisme irlandais.

Il avait son bureau dans un coin de la salle de rédaction, dont la rumeur et le bruissement ne le gênaient pas. Il écrivait ses chroniques. Un travail sédentaire, absorbant. Oui, il était absorbé, ce que l'on attendait de lui. Mais pas par son boulot. La tâche qui consistait à rester en vie accaparait toutes ses pensées.

— On ne se voit pas beaucoup, Alec, ces temps-ci. Je suis désolé.

C'était Anson qu'il n'avait pas entendu approcher.

— Vous êtes tout excusé. Tous les soirs, vous êtes beurré et vous n'êtes pas là de la journée.

McBride avait dit cela sans chercher à dissimuler son amertume.

Anson rougit. Il était vexé mais essayait de ne pas le montrer.

— Oui, c'est vrai. Pardonnez-moi. Mais j'ai, entre autres choses, tenté de localiser Caretti. Le type qui a fabriqué la bombe, vous vous rappelez ?

— Pardi ! Celui que la police laisse courir parce qu'elle sait qu'il est coupable. Et je suppose, naturellement, que vous l'avez déniché ?

Anson battit des paupières.

— Oui, on peut présenter les choses de cette manière. Seulement, quelqu'un l'avait déniché avant moi. Vous comprenez, comme sa bombe ne vous a pas tué, Caretti a eu des ennuis. Du coup, il a rejoint l'immense majorité des Américains. Il est devenu un perdant. Et, aux U.S.A., les perdants n'héritent pas de terre, Alec. Ils peuvent surnager, à la rigueur, mais tout le monde s'en fout.

— Vous parlez d'un pays !

— Tout le monde sauf la Mafia. Elle est allergique aux perdants. Elle n'aime pas les voir se balader autour d'elle. Et, à côté de la Mafia, question efficacité, le capitalisme peut aller se rhabiller.

— Mais de quoi parlez-vous ?

Anson haussa les épaules et s'assit sur le coin du bureau.

— D'Aldo Caretti, dit Gélatine. Il ne nous dira rien. On l'a retrouvé au bord du lac il y a quelques heures. Tassé dans une poubelle après avoir été très proprement étranglé. Tout ce qu'il y a de plus mort. Maintenant, la police de Chicago ne saura jamais qui a payé Caretti pour qu'il dynamite votre appartement. Et elle ne saura jamais, non plus, qui l'a exécuté.

5
1964

Le lendemain, la neige cessa de tomber et le dégel la remplaça. Le blanc tapis immaculé qui recouvrait les rues se mua en une gadoue grisâtre, jonchée de détritus.

McBride avait de nouveau peur. Il avait mal dormi, d'un sommeil agité peuplé de rêves fugitifs. Des rêves hantés par Bill Sandrup, un large sourire planté au milieu de son épais visage, flanqué de ses deux acolytes. Ceux-là, Buncey et Hayward, n'avaient pas de visage. On parlait d'eux mais ils étaient invisibles. On ne les verrait très vraisemblablement jamais. Et très vraisemblablement, l'un et l'autre étaient morts.

A midi, McBride téléphona à Sidney Dorfmann à son ranch. Un fétu de paille à quoi s'accrocher, mais qui se transformerait peut-être en bouée de sauvetage, qui sait ? Dorfmann était puissant. Il pourrait secouer le F.B.I., mettre la main sur l'évanescent Sullivan, trouver à Washington quelqu'un qui écouterait Alec et l'aiderait.

— C'est vous, mon petit ? Comment va ? Vous savez qu'on apprécie beaucoup vos papiers ? Vous avez l'œil vif, le sens de l'événement. Il est temps de passer à autre chose, d'oublier votre rubrique sur l'Amérique vue par un Anglais et de vous mettre à faire du reportage à votre idée. Le directeur du journal est d'accord...

McBride le coupa sur un ton incisif :

— Monsieur Dorfmann...

Une pause. Dorfmann paraissait quelque peu irrité d'avoir été interrompu au milieu de son discours.

— Quoi donc, mon petit ? Qu'est-ce que papa Dorfmann peut faire pour vous ?

McBride lui raconta l'épisode de la bombe.

Il eut l'impression d'entendre un profond soupir au bout du fil.

— Oui, j'ai appris qu'il y avait eu une explosion chez vous. J'espérais que ce n'était peut-être qu'un accident.

— Non, ce n'était pas un accident, monsieur Dorfmann.

— Je veux bien vous croire sur parole. Alors, qu'est-ce que vous avez fait ?

— Je... j'ai essayé de joindre M. Sullivan.

— Sullivan ? répéta Dorfmann comme si c'était la première fois qu'il entendait prononcer ce nom. Ah oui... Bien sûr ! Sullivan. J'ai parlé avec lui après que vous l'aviez vu à Washington.

— Je ne l'ai pas vu, lui, mais un de ses assistants.

— En tout cas, le rapport lui a été transmis. Il l'a trouvé très intéressant. Il m'a dit qu'il enquêtait.

— Tout ce qu'ils ont fait à Washington, ça a été de me renvoyer de l'un à l'autre comme une balle de ping-pong.

— Ces gens-là ont leurs méthodes, mon garçon. Il ne faut pas les brusquer.

Ce fut au tour de McBride de soupirer.

— Je voulais simplement lui dire ce qui était arrivé ! Ça n'a l'air de passionner personne.

Dorfmann émit un petit rire enroué.

— Ils cachent bien leur jeu, pas vrai ? Ils ont horreur qu'on vienne leur raconter des histoires à longueur de journée. Il ne faut pas s'attendre de leur part à... à une réaction extérieure. Toujours est-il que j'ai averti Sullivan que votre appartement avait été plastiqué à l'instant même où je l'ai appris.

Une pensée qui le mit à l'aise vint alors à l'esprit de McBride.

— Comment l'avez-vous su ?

— J'ai mes sources d'information personnelles, Alec. En l'occurrence, c'est votre rédacteur en chef qui m'a prévenu. Toujours est-il que les hommes de Sullivan travaillent la question, croyez-moi. D'après ce que j'ai entendu dire, vous habitez maintenant chez Clyde Anson ?

— Oui. Il a été très chic...

— C'est un type bien, le vieux Clyde. Il commence à ne plus être tout à fait dans le coup mais nous ne laissons pas tomber nos gars. Soyez tranquille, on veillera sur lui. Et sur vous aussi, fiston. J'ai déjà ordonné à votre rédacteur en chef d'avoir l'œil sur vous. Discrètement, s'entend. Je n'aime pas que mes reporters se fassent plastiquer. Vous serez protégé, même si vous ne vous apercevez de rien.

Mais je veux m'en apercevoir, avait envie de hurler McBride. Je veux savoir qu'on me surveille, qu'on monte la garde autour de moi comme si j'étais les joyaux de la Couronne !

— Maintenant, il faut que je raccroche, Alec, poursuivit Dorfmann. Il ne suffit pas de pomper le pétrole, il faut aussi le vendre. Détendez-vous, ne vous faites pas de bile et bon travail.

Et avant que l'Ecossais ait pu ajouter un mot, Dorfmann coupa la communication. Tout ce qu'il avait obtenu, c'étaient de bons conseils. Détendez-vous, n'y pensez plus, on veille sur vous. Rassurant, mais McBride trouvait de plus en plus difficile de se rassurer. Se retourner pour regarder son épaule, marcher sur des œufs, cela commençait à devenir une habitude.

Pourtant, c'était vrai, il fallait qu'il se relaxe, qu'il se force à oublier la menace qui planait sur lui, qu'il pense à autre chose quand il ne travaillait pas, qu'il cultive un autre jardin.

Le lendemain, il invita Dorrie Macklin, née Anson, à dîner. Ils choisirent un restaurant chinois du North Side décoré de lanternes et de dragons en papier. Dorrie, les yeux brillants, séduisante, était d'humeur loquace.

— Albert Macklin, disait-elle en dégustant le potage aux nids d'hirondelles. Un garçon brillant. Très brillant. En surface. L'esprit vif. Le publicitaire idéal. Excellent comptable. Il s'occupait de la Générale de conserverie.

— De conserverie? répéta distraitement McBride.

— Conserves de bœuf. Une des grosses boîtes de Chicago. Directement de l'abattoir à votre garde-manger. Le bœuf grand label américain. Il n'avait pas de temps pour autre chose. Je l'aurais davantage intéressé s'il avait pu me mettre dans des boîtes.

— Si on en croit certains bruits qui courent, n'aurait-il pas essayé, justement?

Elle le dévisagea.

— Vous, vous avez parlé avec papa. Oui, bien sûr, Albert pouvait être brutal quand il avait bu avec ses copains. Mais je pouvais l'être encore plus que lui.

Un jeune serveur vint desservir. Il ressemblait au fils numéro deux de Charlie Chan. Pas le numéro un, Keye Luke, qui avait l'air d'un acteur intelligent. La télévision repassait actuellement une série de vieux films. Charlie Chan pourrait m'être utile, ces temps-ci, songea McBride.

Arrivèrent le riz et le canard laqué.

— Parlez-moi de vous, Alec, demanda Dorrie. Tout ce que je sais sur votre compte, c'est que

110

quelqu'un a plastiqué votre appartement et que le reste, d'après ce que m'a raconté papa, est tout aussi sinistre.

— Votre père ne connaît que les aspects négatifs de ma vie. Ce qu'il y a de vraiment chouette, c'est d'être né en Ecosse... A Paisley, pour être précis. Une ville où il est facile de prendre une biture tous les samedis soirs. Il n'y a rien d'autre à faire. Finalement, je me suis trouvé devant une alternative : ou la cirrhose du foie ou l'Amérique. Jusqu'à ce soir, je n'étais pas sûr d'avoir fait le bon choix.

Dorrie pinça les lèvres.

— Avec une fille comme moi, la flatterie peut vous conduire où vous voulez. Après avoir vécu avec Albert, je suis devenue une prédatrice.

Il ne savait pas trop si elle plaisantait ou si c'était une invite. Un peu des deux, sans doute. Quoi qu'il en fût, il commençait à se dire qu'il avait trouvé une solution pour penser à autre chose qu'à la perspective de se faire transformer en purée par une bombe. Ce qui, après tout, avait été son intention première.

Comme il n'avait pas pris la Mustang, ils allèrent à pied jusqu'à la station de taxis en marchant précautionneusement dans la gadoue sous laquelle on commençait à distinguer le trottoir.

— Je vais bientôt devoir vous quitter, lui dit-il.

— Pourquoi ? C'est sympa de vous avoir à la maison.

— Il est temps que je vole à nouveau de mes propres ailes.

— Vous me manquerez. Papa aussi vous regrettera. Je ne parle pas seulement du loyer. Il aime bien avoir quelqu'un pour faire la conversation. Mais si vous parlez sérieusement, je serais ravie de vous aider à trouver un appartement. Les hommes ne savent pas rendre une maison confortable.

Ils arrivaient à la station de taxis, montèrent dans

111

une voiture et McBride donna l'adresse au chauffeur :

— Parce que, bien entendu, ce qui vous tente, c'est le style *Play-boy* haute époque. Eclairages tamisés, on appuie sur un bouton et la télévision apparaît. Ou l'apéritif. Ou un dîner chaud. Ou deux Bunny girls. Ce serait désastreux pour vous. C'est pourquoi vous avez besoin de moi.

— Surtout pas de Bunny girls déguisées en petits lapins. Je suis allergique à la fourrure de lapin. Et aux bombes.

Elle se pelotonna contre lui.

— Les appartements sans bombes sont précisément ma spécialité. Donc, c'est entendu comme ça. Je vous aiderai à trouver votre nouvel appartement.

Il passa son bras autour des épaules de la jeune femme. Il se sentait bien. Dorrie était à la fois attirante et intelligente. Comme il se penchait pour l'embrasser, il aperçut du coin de l'œil, par la lucarne arrière, une voiture rangée le long du trottoir opposé qui déboîtait et s'approchait lentement. Cette voiture lui disait quelque chose. Il l'avait vue — elle ou une autre du même modèle — arrêtée en face du restaurant. Il eut immédiatement la conviction qu'elle les suivait, bien qu'il n'y eût aucune raison à cette certitude. Elle avait simplement démarré en même temps que le taxi. Il ne s'agissait peut-être que de gens qui rentraient chez eux après avoir dîné. Et pourtant, Alec ne doutait pas qu'elle les suivît. L'éclat des phares ne lui permettait de distinguer ni le conducteur ni ceux qui étaient avec lui.

La nappe de brouillard qui voilait la partie supérieure des gratte-ciel gagnait la rue. Le néon des enseignes, les rectangles des fenêtres éclairées n'étaient plus que des taches jaunâtres, indistinctes, dans la brume. Le lac apparut à droite, surface

112

moins sombre qui s'étendait à l'infini — jusqu'au Canada. McBride n'avait guère conscience que de l'obscurité et des phares de la voiture qui roulait derrière eux.

— Qu'est-ce qu'il y a ? demanda Dorrie, sentant la tension qui habitait son compagnon.

Elle aurait juré qu'il se préparait à l'embrasser, elle s'attendait qu'il l'embrasse et puis... rien. Plus rien.

Le taxi s'engagea dans North Branch. McBride avait lâché Dorrie. La tête tournée, vers la fenêtre arrière, il n'avait d'yeux que pour les phares de la voiture suiveuse. C'était une grosse auto noire à la carrosserie miroitante, probablement une Chevrolet. Il avait beau se dire que c'était son imagination qui lui jouait des tours, qu'elle allait seulement dans la même direction, il **avait** toujours la certitude qu'elle filait le taxi.

— Qu'y a-t-il, Alec ? répéta Dorrie d'un ton maintenant insistant.

— Ça... ça continue. On nous suit.

Elle se retourna à son tour. La Chevrolet perdit momentanément du terrain et le brouillard l'engloutit, voilant la lumière de ses phares, puis elle accéléra pour se stabiliser à une dizaine de mètres derrière le taxi.

— Bien sûr qu'elle nous suit, laissa calmement tomber Dorrie. Avec ce brouillard, elle se guide sur nos feux arrière. Ces gens vont dans la même direction que nous mais cela ne veut pas dire qu'ils suivent Alec McBride.

— Si. J'en suis certain.

Elle l'observa dans la pénombre. Décidément, il avait une idée fixe. C'était une hantise. Son père avait dit à Dorrie de le surveiller. Après le dynamitage et tout ce qui s'était passé à Dallas, il était fatal qu'il soit obsédé. Et c'était une chose dangereuse.

Se penchant en avant, McBride cogna de son doigt replié la glace blindée qui séparait les passagers du chauffeur. Celui-ci la fit coulisser de quelques centimètres.

— Oui ?

— Tournez dans la prochaine rue.

— Je croyais que vous vouliez aller à Cicero ?

— Je veux toujours mais tournez au prochain croisement. Vous ralentirez quand je vous le dirai.

Le chauffeur se retourna un bref instant, juste le temps de le foudroyer du regard.

— Qu'est-ce que vous cherchez ? M'agresser, c'est ça que vous voulez, mon pote ?

— Personne n'a l'intention de vous agresser. Vous aurez dix dollars de plus si vous faites ce que je vous dis.

— Pour vingt dollars, je suis prêt à écrabouiller ma vieille.

— D'accord. Vingt dollars.

— Ma vieille, je l'aurais écrabouillée à l'œil, rétorqua le chauffeur, le visage fendu d'un large sourire. Mais les vingt tickets, je suis preneur.

Deux cents mètres plus loin, ils quittèrent la North Branch. Là, les rues étaient plus étroites et des tourbillons de brume flottaient aux ras des trottoirs. Les phares de la voiture noire étaient toujours derrière le taxi.

— Ce n'est rien, Alec, fit Dorrie. Cette auto nous suit, c'est entendu, mais je vous répète qu'elle se guide sur nos feux rouges, voilà tout. Ils prennent le même chemin que nous.

— Non. (La voix de McBride était dépourvue d'intonations.) Je ne crois pas à de pareilles coïncidences. S'ils ne nous filaient pas, ils n'auraient pas tourné.

— Ce sont peut-être des habitants du quartier.

Dorrie jeta un coup d'œil par la vitre. Elle avait

114

presque peur d'admettre dans son for intérieur qu'il pouvait avoir raison.

— Maintenant, à droite, cria McBride au chauffeur.

Ce dernier obéit. Une voiture les croisa et ses phares éclairèrent au passage l'intérieur du taxi. Dorrie entr'aperçut l'espace d'une seconde la figure de son compagnon. Le visage d'Alec était luisant de transpiration.

La Chevrolet était toujours là. Une autre bombe, lancée, cette fois, dans le taxi ? Ou la vieille tactique chère aux gangsters qu'il avait vu appliquer dans d'innombrables films. Le canon d'une mitraillette qui jaillit d'une vitre, le pointillé des balles perforant la carrosserie, transperçant tous les occupants, chauffeur compris. Mais cela ne se passait-il vraiment comme ça qu'au cinéma ? Peut-être qu'un seul projectile dans la tête suffirait.

Ce n'était pas la méthode qui comptait mais le danger. Dorrie était à côté de lui. Elle n'avait rien à voir dans l'histoire mais elle risquait de mourir avec lui. Il ne pouvait chasser de son esprit l'image de Genine Marks, assassinée.

Devant eux, le feu passa au rouge. Le chauffeur freina en douceur. Derrière, la Chevrolet ralentit.

C'était un carrefour animé. Des jeunes, insoucieux du brouillard et du froid, se tenaient immobiles, adossés à la vitrine d'un drugstore. Un agent drapé dans un long ciré noir et luisant déambulait, faussement nonchalant, l'œil aux aguets. Il fallait saisir la balle au bond. Oseraient-ils tenter le coup ici ?

Peut-être se jouait-il la comédie. Indiscutablement, il se voyait s'offrir en sacrifice pour sauver Dorrie Macklin du péril. Mais plus tard, quand il serait capable d'être plus objectif, il se rendrait compte que la tension était tout simplement devenue intolérable. En affrontant l'ennemi, en prenant le danger sur lui, il atténuerait cette tension insupportable.

— Arrêtez-vous au bord du trottoir, lança-t-il au chauffeur.

Au moment même où le taxi serrait à droite, Alec ouvrit la portière. Dorrie tenta d'intervenir mais en vain : il était déjà dehors. La portière claqua et la jeune femme resta le visage collée à la glace.

Il se dirigea vers la Chevrolet qui, toujours derrière le taxi, avait été obligée de faire halte. Alec avait envie de vomir. La sueur, cette rosée de la peur, perlait à son front. Mais que faisait-il donc ici, à des milliers de kilomètres de sa terre natale, marchant peut-être vers la mort ?

Chaque pas durait un siècle.

Il distinguait à présent vaguement deux visages derrière les phares de la Chevrolet. Plus exactement deux taches blanchâtres, ovales, de l'autre côté du pare-brise.

Lorsqu'il arriva à la hauteur de la vitre avant droite et se pencha, ce qui n'était que deux disques blafards anonymes devinrent des visages. Deux hommes aux traits dépourvus d'expression levèrent les yeux. Le passager était un individu trapu, adipeux, aux lèvres lippues et au nez camus. Un nez de boxeur, cassé et aplati. Le conducteur, un peu dans l'ombre, avait une tête étroite et allongée, et sa bouche n'était qu'une mince estafilade. L'un et l'autre avaient une trentaine d'années.

Quand McBride s'approcha, le passager baissa la vitre.

— Ouais ?

Son « ouais » était bizarrement guttural.

— Pourquoi me suivez-vous ?

McBride éprouva un fugitif sentiment de fierté : sa voix ne tremblait pas.

— Qu'est-ce qu'il dit, le type ? s'enquit le conducteur.

— Il veut savoir pourquoi on le suit.

— Qui c'est qui le suit ? (La voix du second
homme était haut perchée, presque féminine.) Pour
qui il nous prend ? Pour des pédés en train de
draguer ?

— C'est peut-être ce qu'il espère, fit l'autre avec
un rire asthmatique.

— Vous me suivez depuis la North Branch, insista
McBride avec un peu moins d'assurance. Que me
voulez-vous ?

Il se sentait un peu grand dadais, gauche et
balourd.

— Avec ce putain de temps, tout ce que je veux,
c'est rentrer chez moi, répliqua l'homme au volant.
Mais en quoi ça vous regarde, hein ?

— Il est cinglé, ce mec.

— Eh bien, dis-lui de se tirer vite fait et de
remonter dans son taxi qui nous bloque.

Alec prit une profonde inspiration.

— Qui vous paie pour me suivre ? Qui tire les
ficelles ?

Les deux hommes se dévisagèrent.

— Remontez dans votre bahut et rentrez à la
maison, mon vieux, laissa tomber le conducteur avec
un haussement d'épaules. C'est le brouillard qui
vous ramollit la cervelle.

Il appuya sur l'accélérateur et braqua à fond pour
se dégager et doubler le taxi à l'arrêt. Son compagnon fit un signe d'adieu ironique et McBride recula.
S'était-il trompé ? S'agissait-il simplement de deux
honnêtes citoyens qui regagnaient leur domicile ? Il
n'avait pas vu d'armes. Leur comportement n'avait
rien eu d'agressif en dehors du langage cynique et
grossier qu'ils avaient cru bon d'employer. Au

moment où la Chevrolet démarrait, le passager lança :

— Bonne soirée, monsieur McBride.

La voiture noire s'évanouit dans le brouillard.

Une heure plus tard, Alec et Dorrie étaient dans le living de l'appartement de Cicero.

— Est-ce que je suis parano ? demanda McBride à la jeune femme.

— Probablement. Mais c'est compréhensible. J'aurais quand même bien aimé voir la tête de ces deux types.

— Mais, Dorrie, ils connaissaient mon nom...

— Vous croyez l'avoir entendu prononcer, mais il se peut que vous vous trompiez.

— J'ai pu effectivement me tromper sur toute la ligne. Peut-être qu'Oswald est bien l'assassin de Kennedy. Je ne vois pas Lyndon Johnson, et encore moins Robert Kennedy, dire qu'il en doute. Bon Dieu ! Bob Kennedy aurait fait un de ces tapages si on n'avait pas arrêté le vrai coupable !

— Qui sait ?

McBride plissa le front :

— Que voulez-vous dire ?

— Et l'image de marque de l'homme politique américain, y avez-vous pensé ? Le masque de granit. Surtout, ne pas faire de vagues. Le système doit continuer.

McBride acquiesça.

— C'est un argument qui mérite considération. Je me demande où est passé votre père.

Dorrie sourit.

— Il est en train de se fabriquer son petit brouillard personnel au bistrot du coin. A moins que ce ne soit un père plein de tact et de doigté qui nous ménage ce tête-à-tête.

— Et je perds mon temps à débiter des insanités, c'est ça ? Mais que puis-je faire ?

— Pourquoi n'iriez-vous pas voir Bobby Kennedy ?

Il la dévisagea.

— C'est sans doute faisable. Mais... mais Robert Kennedy est Ministre de la Justice...

— C'est vrai, mais plus pour longtemps. Le président Johnson n'aime pas les dynasties.

— Il me prendrait pour un cinglé.

— Vous l'êtes peut-être. Mais un cinglé sympathique.

— A supposer que tout cela soit le fruit de mon imagination, qu'est-ce que ça changerait ? Un cas de schizophrénie de toute beauté ! Non ? Billy Sandrup... Pourquoi le personnage que j'ai rencontré n'aurait-il pas été un plaisantin prétendant être Billy Sandrup ? Après tout, Billy Sandrup est mort depuis cinq ans. Ils sont morts tous les trois. Sandrup, Buncey et Hayward. Tués dans un accident de la route.

— Toujours est-il que vous avez vu le cadavre de cet homme, quelle que soit son identité réelle, dans une chambre d'hôtel à Dallas. Et vous l'avez reconnu sur une photo chez sa sœur. Papa m'a tout raconté. Plus la bombe dans votre appartement. Plus votre petite amie abattue sous vos yeux...

— C'est plutôt malsain d'être ma petite amie, Dorrie.

— La vie est pleine de risques. (Elle se leva et se dirigea vers le dressoir d'où elle sortit une bouteille de scotch et deux verres.) Voilà ce dont nous avons besoin, tous les deux.

McBride approuva du menton.

— Mais il n'y a que moi qui sois capable de rattacher ces événements à l'assassinat de Kennedy, comprenez-vous ? Le meurtre de Sandrup... on n'a pas retrouvé de corps. Celui de Genine ? Elle a été tuée par un monte-en-l'air surpris en pleine action qui prenait la fuite. Et ce soir, même chose. J'ai pensé que ces deux hommes nous suivaient. Ils le nient mais l'un d'eux connaît mon nom. Seulement, personne en dehors de moi ne l'a entendu le prononcer. Même vous, vous m'avez demandé si je n'avais pas entendu de travers.

Dorrie servit les whiskies et lui tendit son verre.

— Et la bombe ? Que vient-elle faire là-dedans ?

— Allez savoir ! Il n'y a rien qui permette d'établir de rapprochement entre elle et l'assassinat du Président. Personne ne me croit réellement.

Elle but une gorgée.

— Dorfmann non plus ?

— Je n'en sais rien. Il avait l'air de me croire. Mais tellement de rumeurs les plus folles couraient à Dallas dans les jours qui ont suivi l'assassinat... En tout cas, Dorfmann m'a écouté. (Il fit une pause avant de poursuivre en fronçant les sourcils :) Après quoi, il m'a proposé un poste à des milliers de kilomètres de Dallas. Ici. Et il m'a donné un gros paquet de fric en plus.

— Parce qu'il aime votre façon d'écrire.

McBride sourit à Dorrie.

— Vous tablez sur ma vanité. Mais c'est vrai. Je suis un bon journaliste.

Elle lui rendit son sourire.

— D'accord, vous êtes un bon journaliste. Et il est incontestable que quelqu'un a plastiqué votre appartement. Vous avez le meilleur et le pire des témoins — mon père.

Mais ce fut précisément lorsqu'il rentra qu'Anson exposa à sa fille et à son hôte une nouvelle théorie expliquant le pourquoi du plasticage.

— J'ai vu ce flic... Clayton... aujourd'hui, Alec.

Il a sa petite idée à propos de cette bombe. Tout à fait plausible.

— Racontez, Clyde.

— Le précédent locataire, un nommé Jake Coraldo, a disparu quelques semaines avant que je vous trouve cet appartement. C'était un truand. Racket et compagnie. Un homme de main de la Mafia. Un casier judiciaire long comme un jour sans pain. Agressions, cambriolages, proxénétisme, soupçonné de deux meurtres. Mais une seule condamnation pour vol qualifié. Apparemment, il s'était fait des ennemis dans la Mafia. Il sous-traitait un réseau de tripots clandestins, et ses employeurs avaient comme l'impression qu'il s'en mettait plein les poches au passage. C'est probablement la raison pour laquelle il s'est évanoui dans la nature.

— Mais quel est le rapport avec le plasticage ? demanda Dorrie.

— La police, et Clayton en particulier, présume que Coraldo a pris le large avant que ses petits copains viennent s'occuper de lui. Par conséquent, ils ne savaient pas qu'il avait filé. Ce n'était pas à vous mais à lui que la bombe était destinée, Alec.

McBride se tourna vers Dorrie.

— Vous voyez ? Qu'est-ce que je vous disais ? Il y a une explication pour tout. Rien à voir avec moi, rien à voir avec Sandrup, rien à voir avec J.F.K.

Anson regarda tour à tour l'Ecossais et sa fille d'un air interrogateur. Soudain, ses yeux se fixèrent sur la bouteille de whisky que Dorrie avait posée sur la table d'angle. Il marcha droit vers elle comme un homme chargé d'une mission.

— Je suis la seule personne à croire à mon histoire, continua McBride. Rigolo, non ? Tout le monde tient dur comme fer à croire à autre chose.

6

1965

Une année s'écoule. Lyndon Johnson annonce les débuts de la Grande Société. Et n'annonce pas l'escalade dans un conflit localisé, au Viêt-nam. La commission Warren poursuit ses investigations sur l'assassinat de John F. Kennedy et conclut qu'il a été perpétré par le nommé Lee Harvey Oswald.

Et Alec McBride travaille à Chicago. Il n'y a plus eu d'autres tentatives d'attentat. A supposer que les premières aient effectivement été dirigées contre lui. Le temps passant, sa tension s'est estompée. Maintenant, il est capable de se promener dans les rues sans se retourner tout le temps. C'est déjà une petite victoire.

Avec l'aide de Dorrie Macklin, il avait trouvé un nouvel appartement avec vue sur le lac. En guise de pendaison de crémaillère, ils avaient pour la première fois couché ensemble. La chose leur plut tellement à tous les deux que ça devint une habitude. Ils faisaient l'amour trois ou quatre fois par semaine.

La carrière professionnelle d'Alec marchait bien. Ses articles étaient publiés dans plusieurs journaux d'un bout à l'autre du pays. La télévision l'interviewa, puis lui demanda de commenter les événements du jour. C'était flatteur. Il commençait à être connu à Chicago. Les personnalités politiques locales le saluaient quand elles le rencontraient. Il fut même présenté au maire. La fissure qui lui servait de sourire fendit le visage bouffi de Daley quand ils se serrèrent la main. La sienne était un peu moite.

— Gueulez autant que vous voulez, mon petit, dit-il à McBride, mais pas contre les démocrates de Chicago. Sinon, il faudra que vous alliez exercer vos talents ailleurs.

C'était le pouvoir qui parlait par la bouche de Daley au cœur de la grande démocratie américaine. Vous êtes libre de tout dire à condition de ne dire que ce que l'on veut que vous disiez.

Alec fit également la connaissance d'autres notabilités qui, apprit-il par la suite avec surprise, étaient d'une moralité douteuse, bien que la plupart de ces gens-là aient l'air de respectables hommes d'affaires.

Et McBride commençait à trouver la vie belle. Provisoirement. Un provisoire qui prit fin en février 1965.

Il était dans la salle de rédaction en train de taper un article révélant l'inquiétude des jeunes gens qui redoutaient d'être appelés sous les drapeaux et envoyés au Viêt-nam quand son téléphone sonna.

— Ici le bureau de réception, monsieur McBride. Il y a une dame qui désire vous voir. Mme Kathy Raymond.

— Jamais entendu parler de cette dame.

C'était la vérité : ce nom ne lui évoquait rien.

— Vous voulez que je l'envoie promener ?

— Non. Demandez-lui ce qu'elle veut.

Bruits lointains d'un dialogue inaudible. Puis :

— Elle dit qu'elle vient de Dallas. C'est une demoiselle Sonia Sandrup qui lui a parlé de vous.

La tension revint d'un seul coup à la charge. La main de McBride tremblait imperceptiblement.

— Faites-la monter. Tout de suite.

Mme Raymond était une femme de petite taille d'une quarantaine d'années, bien soignée de sa personne. Elle avait dû être jolie bien qu'elle fût déjà un peu fanée. Un fin réseau de rides minuscules soulignait ses yeux.

— Asseyez-vous, dit McBride en désignant un fauteuil en face de lui.

Elle s'assit et se pencha en avant.

— Merci. Je ne savais pas si vous accepteriez de me recevoir.

— Que puis-je faire pour vous ?

— C'est que je... je ne sais pas au juste. J'arrive de Dallas. Dallas, au Texas. Mais vous connaissez. Vous y avez vécu.

Non, mon Dieu, non, qu'il ne soit plus question de Dallas !

— Ma mère demeure à Chicago, poursuivit la visiteuse. Elle ne va pas très fort depuis quelque temps... c'est pour cela que je suis venue. Mais une personne avec laquelle j'étais amie, à Dallas... enfin, bref, je lui avais parlé un jour d'une chose qui m'était arrivée et elle... elle m'a dit que je devrais prendre contact avec un journaliste... vous.

— Quel était le nom de cette amie ?

— Sonia Sandrup.

McBride soupira. Il avait envie de dire à cette femme qu'il n'avait plus rien à voir avec cette affaire.

— Elle m'a donc conseillé de m'adresser à vous, de vous raconter ce que j'avais vu. Cela vous intéresserait, paraît-il.

— Je suis un peu étonné, fit McBride. J'ai pourtant eu l'impression, il y a un an, que Miss Sandrup n'était pas tellement désireuse de se confier à moi.

Mme Raymond hocha la tête d'un air entendu.

— Oui, je sais, elle m'a dit. C'était vrai à l'époque. Mais c'est différent, maintenant.

— Pourquoi est-ce différent ?

— Parce que… parce que c'est sur son lit de mort que Sonia m'a parlé.

— Elle est morte ?

— Le mois dernier. Mais elle se souvenait de vous.

— Je la connaissais à peine. Nous ne nous étions vus qu'une seule fois… et brièvement. Elle a dû me prendre pour un fou. J'essayais de la convaincre que son frère était encore vivant en 1963.

— Mais il l'était, justement.

— Pardon ?

— Je l'ai vu. J'étais dans Dealey Plaza le jour où le Président a été assassiné. Et j'ai vu Billy Sandrup juste après.

McBride éprouva un choc. Il tressaillit.

— Vous prétendez avoir vu Billy Sandrup dans Dealey Plaza ?

— Mon mari aussi. Nous avons cru voir tirer, comprenez-vous ? Oui, sur le moment, nous avons pensé avoir été témoins du tir qui a tué le Président.

Alec plissa le front.

— Les coups de feu venant du dépôt de livres ?

Elle eut un geste de dénégation.

— Non. Ils ont été tirés de derrière le petit parapet.

— Vous voulez dire qu'il y en aurait eu d'autres ?

— Nous sommes allés à la police. Nous avons fait une déclaration. Mais nous n'avons plus jamais entendu parler de rien. Il n'y a pas eu de suites. Naturellement, nous avions vu les trois hommes. Mais… Mais nous n'en avons pas parlé dans nos dépositions.

— Pourquoi ?

— Ils ont surgi de derrière le parapet. Mais cela ne veut pas dire que c'étaient eux qui avaient tiré. D'autant que je connaissais deux d'entre eux.

Cette femme allait-elle lui apporter la preuve que le cauchemar qu'il avait vécu depuis plus d'un an était une réalité ?

— Et l'un des deux était Billy Sandrup ?

Elle opina.

— J'ai eu la certitude que c'était lui. Bien sûr, avant d'aller voir Sonia à l'hôpital, j'ignorais que Billy passait pour mort. Nous étions voisins dans les années cinquante, n'est-ce pas ? Et puis nous avons déménagé. Je suis secrétaire administrative à l'hôpital et, un beau jour, j'ai appris que Sonia y avait été admise. Je suis passée lui rendre visite. Et... et je lui ai dit dans la conversation que j'avais vu son frère dans Dealey Plaza. Elle est devenue blême... et Dieu sait qu'elle était déjà pâle, malade comme elle était ! D'abord, elle a paru toute retournée. Et puis elle m'a dit de vous contacter, que vous étiez journaliste, que vous travailliez dans un grand journal et tout ça.

— Vous parliez de deux hommes que vous auriez reconnus. Qui était l'autre ? Buncey ? Orrin Buncey ?

— Non, pas du tout. C'était un garçon qui était venu en permission au début des années cinquante. Juste après la guerre de Corée. Un grand type bien découplé. Il était dans les Marines avec Billy. Il s'appelait Hayward. Bunker Hayward.

McBride alluma une cigarette d'une main mal assurée, puis, se rappelant les bonnes manières, il tendit le paquet à la visiteuse.

— Non merci, je ne fume pas. C'est mauvais pour l'asthme et j'ai souvent des crises. Est-ce que ce que je vous ai raconté peut vous être utile ?

Alec aspira une bouffée de fumée.

— Oui, très utile. Vous êtes sûre que les trois hommes en question venaient de la murette du petit parapet ?

— Ma tête à couper ! Mais cela ne signifie pas que ce soient eux qui aient tiré sur le Président.

Inutile de s'étendre davantage, maintenant. Quelqu'un pouvait confirmer ses dires en ce qui concernait Billy Sandrup. C'était suffisant.

— Je vous suis reconnaissant de vous être dérangée, madame Raymond.

— Je n'ai fait que ce que Sonia m'a demandé de faire sur son lit de mort. On doit respecter les dernières volontés des gens, ça a toujours été mon principe. (Elle se leva.) D'ailleurs, je reprends l'avion pour Dallas ce soir. Le docteur dit que l'état de santé de ma mère s'est beaucoup amélioré.

— Pourriez-vous me rendre un service ?

Cette femme était son seul témoin. Il était indispensable de garder le contact avec elle.

— Cela dépend de ce que vous me demanderez, monsieur McBride.

— Laissez-moi votre adresse. Je ferai un saut à Dallas dès que je le pourrai... d'ici quelques jours... et je voudrais pouvoir vous joindre. Je désire que vous répétiez tout ce que vous venez de me dire à... à un de mes amis.

Mme Raymond plissa le front.

— C'est que je ne voudrais pas causer d'ennuis à qui que ce soit. Pas à Billy si c'était lui. Ni à son camarade.

— Vous ne leur causerez aucun ennui. Personne ne peut plus leur en causer. Acceptez-vous ?

Elle fronçait toujours les sourcils.

— Je ne sais pas. Il faut que j'en parle à mon mari. Mais quand vous dites que personne ne peut plus leur causer d'ennuis, qu'est-ce que vous entendez par là ?

— Ils sont morts tous les deux, madame Raymond.

— Non ! Ce n'est pas possible !

— Je peux vous assurer que Billy Sandrup est mort. Pas en 58 mais juste après l'assassinat du Président. J'ai vu son cadavre de mes yeux.

— Pour ce qui est de Billy, peut-être... je ne dis pas non. Mais j'ai vu Bunker Hayward à Dallas il y a quinze jours.

McBride se vit comme dans un film au ralenti écraser sa cigarette dans le cendrier, posément, sans hâte. C'était un fait nouveau. Imprévu.

— Vous avez vu Hayward ?

— Devant le Hilton. Je l'aurais reconnu n'importe où. Il était joli garçon et... et, en 1958, je ne dis pas qu'il ne m'ait pas un peu attirée. Vous savez, une jeune femme... un militaire plutôt beau gosse qui lui fait un brin de cour... enfin, n'insistons pas. Toujours est-il que je l'ai vu comme je vous vois. Plus âgé, bien sûr, avec un peu de gris dans les cheveux mais c'était bien lui. Et toujours aussi bien fait de sa personne.

Le plus important était encore qu'elle accepte de parler. A Dorfmann : c'était lui qu'il fallait convaincre une fois pour toutes. Et pourquoi ne pas remonter jusqu'à Bob Kennedy ?

— Etes-vous d'accord pour accepter de faire ce que je vous demande, madame Raymond ?

— Soit. Venez me voir quand vous serez à Dallas. Je vais vous donner mon adresse. (Elle l'inscrivit sur un bout de papier.) J'en discuterai avec mon mari pour voir avec lui ce qu'il y a de mieux à faire. Maintenant, il faut que je m'en aille. Je dois être à l'aéroport dans...

McBride fit appeler un taxi et la raccompagna en bas, en proie à une surexcitation grandissante.

Lorsqu'il quitta le bureau, il passa prendre Clyde Anson et tous deux se rendirent à leur bar habituel. Quand on leur eut apporté leurs consommations, le vieux journaliste dévisagea son cadet.

On ne chevauche pas les tigres.   5.

— Bon, alors, où est-ce qu'il y a le feu ? Qui a coulé le *Titanic* ? Qui a réellement tué le bébé Lindbergh ? Allez-y, racontez tout à votre futur beau-père sans rien lui cacher.

— Tout à l'heure, j'ai eu la visite d'une femme qui a connu autrefois Billy Sandrup, répondit McBride sans relever l'allusion à sa situation de famille à venir. Elle l'a vu dans Dealey Plaza juste après qu'on a tiré sur Kennedy.

Anson battit des paupières. Ses yeux étaient injectés. Il but une gorgée de whisky.

— Alors, que comptez-vous faire ?

— Cette dame habite Dallas. Je veux qu'elle raconte sa petite histoire à Dorfmann.

— Ce bon vieux Sid ! Le *deus ex machina*. Mais il n'est pas tout-puissant, vous savez, Alec. Ce n'est qu'un homme...

— Un homme que le F.B.I. écoutera. Dans ce pays, un type qui pèse quelques millions de dollars, on l'écoute.

Anson se perdit dans la contemplation de son verre.

— Et cette femme, comment s'appelle-t-elle ?

— Kathy Raymond. Les Sandrup et elle étaient voisins dans le temps. Elle connaissait Billy.

— Vous ne croyez pas que ce ne soit qu'une voix de plus qui clame dans le désert ? Un témoin isolé dont rien ne vient corroborer les dires...

— Si, justement, il y a corroboration. Son mari était avec elle. Il a vu Sandrup, lui aussi. Et pas seulement Sandrup. Bunker Hayward y était. Ils le connaissaient aussi. Et il est toujours en vie.

— Comment diable pouvez-vous le savoir ?

— Kathy Raymond l'a vu à Dallas il y a quinze jours.

Anson vida son verre en silence, songeur.

— Venez dîner à la maison, dit-il au bout d'un

moment. Il faut que vous racontiez tout ça à Dorrie.
On verra ce qu'elle en pense.

A table, Dorrie écouta McBride sans faire de
commentaires. Quand il se tut, Clyde Anson ajouta
en guise de mot de la fin :

— Il veut aller à Dallas et confronter cette femme
à Dorfmann.

— Non ! Dis-lui de ne pas faire cela, papa !

— Mais si, Dorrie ! fit Alec. C'est ma seule
chance de prouver que je ne suis ni un menteur ni un
mythomane, voyons !

— Papa, dis-lui ce que tu as découvert !

McBride regarda tour à tour la fille et le père.

— Il y a quelque chose que je devrais savoir ?

Anson exhala un bruyant soupir.

— J'ai fait pas mal de recherches sur l'assassinat
de Kennedy. (Il ménagea une pause avant de
poursuivre comme s'il voulait se justifier :) Je suis
quand même journaliste, non ? Même si certains
pensent que je suis trop vieux... que je ne suis plus
dans le coup. Bref, j'ai tout passé au peigne fin.

— Vous auriez pu m'en parler.

— C'est que je... je ne pensais pas que ça
donnerait quelque chose. Histoire de savoir si vous
aviez tort ou raison. Et si vous aviez eu raison, on
aurait pu travailler ensemble, tous les deux. Peut-
être même écrire un bouquin.

— Eh bien, qu'avez-vous découvert ?

— Les coups de feu venus du parapet, c'est du
réchauffé. Des tas de gens ont déclaré les avoir
entendus. Et, comme pour votre Mme Raymond, les
autorités n'ont pas donné suite. Ne me demandez
pas pourquoi. Peut-être que la police a considéré
que l'arrestation d'Oswald lui suffisait. Je ne sais
pas.

— Continuez.

— On s'est aussi posé pas mal de questions sur l'autopsie du Président. Il semble qu'elle ait été bâclée. Je dis bien... « il semble ». Toujours est-il qu'on ne sait pas au juste si Kennedy a reçu deux balles ou trois. L'angle de leur trajectoire pose aussi un problème.

— Donc, quelqu'un aurait pu tirer du parapet ?

Anson s'agita avec agacement sur sa chaise.

— Que voulez-vous que j'en sache ? C'est une éventualité qui n'est pas à exclure. Mais il y a encore d'autres trucs. En ce qui concerne les témoins. Les gens qui avaient des choses à dire sur ces fameux coups de feu tirés de derrière le parapet. Les gens qui possédaient des renseignements sur Oswald ou... ou sur Jack Ruby. Cela représentait pas mal de monde.

— Et alors ?

— Alors ? Ils meurent comme des mouches.

— Qu'entendez-vous par là ?

— Que leur taux de mortalité est plus élevé que celui de n'importe quel groupe. Et tous meurent de mort violente ou se suicident. C'est tout du moins l'impression que cela donne. En tout cas, ils meurent les uns après les autres.

— D'où tenez-vous cette information ?

Anson eut un sourire fugace.

— Vous n'êtes pas le seul à avoir de doutes sur la thèse de la culpabilité de Lee Harvey Oswald. Quelques confrères ont creusé la question. Discrètement, Alec. Sans le crier à tous les échos.

— Comme moi, c'est ça que vous voulez dire ? Soit, mais ces confrères ont-ils été l'objet de tentatives d'assassinat ?

— Je ne sais pas.

— Parfait. (McBride se pencha en avant.) Raison de plus pour que j'aille jusqu'au bout. En commen-

132

çant par organiser une entrevue entre Dorfmann et Mme Raymond.

— Vous risquez d'enrichir les statistiques sur le taux de mortalité.

— N'importe comment, si ce que vous m'avez dit est vrai, c'est fatalement ce qui adviendra. Et Mme Raymond, qu'en faites-vous ? C'est un témoin et elle n'est pas morte.

— Que voulez-vous que je vous réponde ? soupira Anson en secouant la tête avec lassitude. A supposer qu'un cinglé assassine les témoins en série, peut-être qu'elle est passée à travers les mailles du filet. Peut-être qu'il n'est pas au courant de son existence. Je vous le dis comme je le pense, Alec, il serait préférable que vous la laissiez tranquille. Vous avez passé une année sans histoires. Oubliez tout ça et peut-être que vous n'entendrez plus jamais parler de rien.

McBride se leva. Il se sentait plus confiant. Il avait un témoin qui pourrait confirmer ses dires, maintenant.

— Je vais téléphoner à Dorfmann pour lui annoncer mon arrivée.

La ligne était mauvaise. Elle crépitait de parasites. Il devait y avoir de l'orage quelque part.

— C'est entendu, dit Dorfmann. Je verrai cette femme... (Il y eut une brève rafale de grésillements.) Je ferai même mieux que ça, mon garçon. Si ce que vous prétendez est vrai, j'alerterai Bill Sullivan à Washington. Voire Hoover lui-même... (Nouveau pétillement de parasites.) De vous à moi, Alec, je ne suis pas très satisfait de la manière dont le F.B.I. a mené l'affaire.

— Heureux de vous l'entendre dire, monsieur Dorfmann.

McBride perçut entre deux explosions de crépitements l'éclat de rire guttural de son interlocuteur.

133

— Tiens donc ! Eh Earl Warren et sa commission, qu'est-ce qu'ils ont déniché, hein ? Après des mois de bla-bla-bla, on en est arrivé à la conclusion qu'Oswald avait tué le Président et que Ruby, ce patriote de mes fesses, avait tué Oswald. Point à la ligne. Oui, venez me voir dès que possible. Nous deux et cette Mme Raymond, on va flanquer un joli pavé dans la mare, à Dallas !

— J'avais l'intention de prendre l'avion vendredi.

— Parfait. A bientôt.

Dorfmann raccrocha.

— Vendredi, annonça McBride quand il eut regagné la petite salle à manger.

La mine sombre, Anson se tourna vers la fenêtre comme si le mur aveugle de l'immeuble d'en face exerçait sur lui une fascination morbide.

— Je vais me coucher, annonça Dorrie d'une voix maussade en se levant à son tour.

Le jeudi suivant, à Dallas, le jeune George Hampton Kleberg, qui avait d'ores et déjà pris le départ pour gagner son premier million de dollars et était présentement livreur de journaux de son état, faisait sa tournée. Il était à peu près huit heures et demie du matin quand il arriva devant la petite maison dans une rue paisible. La technique de la distribution était la simplicité même. Il suffisait d'avoir un vélo et de bons biceps. George était tout fier de l'adresse avec laquelle, tenant son guidon de la main gauche, il sortait les quotidiens de la grosse sacoche et les balançait d'un geste expert de manière à ce qu'ils retombent à une trentaine de centimètres de la porte des innombrables petits pavillons.

Ce matin-là, quand il se pointa devant la maison du ménage Raymond, il vit Mme Raymond, vêtue d'une robe de chambre trop grande appartenant visiblement à son mari, sur le seuil.

— C'est toi qui a sonné, George ? lui cria-t-elle.

— Non, m'dame, répondit le jeune homme en freinant. J'arrive juste. Tenez, voilà votre canard.

Et il lança l'épais journal par-dessus la haie en visant un peu plus à droite que d'habitude pour qu'elle ne le reçoive pas sur la tronche. Il est plutôt mal vu d'assommer les clients dans l'exercice de ses fonctions.

— J'aurais pourtant juré qu'il y avait quelqu'un à la porte une minute plus tôt, dit Kathy Raymond en se baissant pour ramasser le journal.

Comment qu'elle est gironde ! pensa George. Il n'y avait pas de greluches aussi chouettes parmi les abonnées. Sauf Gloria Stover, bien sûr, et tout le monde savait qui elle était. Il l'avait vue en ville en train d'exercer le plus vieux métier du monde, la Gloria. Mais Mme Raymond, c'était autre chose. Du maquillage pas plus qu'il en fallait, et encore : quand elle en mettait. D'ailleurs, elle en avait pas besoin. Et, dis donc, cette paire de roberts qu'elle avait ! Ça valait le détour. C'était vrai, il préférait les femmes plus âgées que lui et sûr et certain que, celle-là, si elle voulait, il dirait pas non.

George se remit en route comme réchauffé par le sourire que Mme Raymond lui avait adressé en récupérant son journal. Il y avait beaucoup de circulation sur la voie express, un peu plus loin. Il se le rappellerait plus tard parce qu'il avait eu l'impression que la rumeur s'était brusquement évanouie, remplacée par un silence que troublait seulement le passage d'un souffle d'air chaud.

Il se retourna à demi pour regarder une dernière fois Mme Raymond. Mais il ne put la voir : la langue de feu orange qui fusait vers lui et le nuage de fumée qui l'accompagnait lui cachaient la villa et la femme.

Il fut projeté, catapulté à terre. L'asphalte lui

brûla presque la main. Quand, quelques heures plus tard, il reprit connaissance, il était à l'hôpital.

Alec McBride n'alla pas à Dallas, au grand soulagement de Dorrie. Il n'avait plus aucune raison de faire le voyage. Ses témoins étaient morts.

Dorfmann lui avait téléphoné pour lui apprendre la nouvelle.

— C'est une explosion accidentelle due à une fuite de gaz, d'après la police.

— Il ne s'agit pas d'un accident.

— Quoi qu'il en soit, vous n'avez plus de preuves, mon garçon. On ne peut rien faire.

— Je serais un peu réconforté si la police de Dallas recherchait qui a fait sauter leur maison.

— Je vous répète que, pour elle, c'est une explosion accidentelle.

— Soit. Mais votre ami Sullivan, qu'est-ce qu'il est censé faire ?

— Il enquête. Il ira aussi loin que possible. Aussi loin que Hoover le laissera aller. L'ennui, c'est que tout le monde se bouche les yeux et les oreilles. L'affaire a été enterrée en même temps qu'Oswald. Même si les gens ne croient pas que ce soit lui l'assassin du Président, personne ne désire connaître la vérité. Ça risquerait de faire trop mal. Et personne n'a envie de jeter des grains de sable dans la mécanique bien huilée de la République. C'est tout.

— Et Robert Kennedy ?

— Bobby vise la Présidence et il sait très bien que remuer cette boue serait néfaste à ses ambitions. Je vais vous donner un bon conseil, Alec. Restez à Chicago, au journal et en vie. Oubliez ce qui s'est passé ce jour-là à Dallas.

Tout le monde veut que je l'oublie, se dit McBride. Que je le gomme. C'est peut-être la meilleure façon de demeurer vivant.

— Oui, je suivrai votre conseil, monsieur Dorfmann, mentit-il. Vous avez raison. Cela ne servirait
à rien.

— Parfait.

McBride raccrocha. Non, il n'oublierait pas. En
outre, Kathy Raymond lui avait quand même fourni
un renseignement précieux.

Bunker Hayward n'était pas mort. Le troisième
homme de l'équipe Sandrup avait survécu.

INTERLUDE

Dans un autre pays

7
1969

Haute silhouette surmontée d'un béret vert tombant sur l'oreille, il traversa le square en musardant. Il flottait un peu dans sa tenue de brousse fripée mais d'une irréprochable propreté. Evidemment, il avait perdu du poids. Pas loin d'une dizaine de kilos, à vue de nez. Tant mieux, même si des semaines et des semaines à crapahuter dans la jungle, ce n'était pas la cure d'amaigrissement idéale. La façade de l'immeuble à l'angle du square portait encore les cicatrices de la bombe qui avait été posée l'année dernière. Dans une pompe à vélo qu'ils l'avaient planquée, cette saloperie, à ce qu'on disait. Ce n'était pas l'astuce qui leur manquait, ces salauds de Viets ! Qu'ils aillent se faire foutre ! Turvey avait une semaine de permission pour se refaire une santé et il comptait bien en profiter.

Il entra dans le bar. Un monde fou. Quelques Vietnamiens et des bidasses comme s'il en pleuvait. Pour Turvey, les Viets se ressemblaient tous. Des Chinois, en plus minces. Ce n'était qu'au combat qu'il commençait à les distinguer les uns des autres.

Le journaliste était dans un box à côté du comptoir. Turvey et lui étaient voisins de chambre à l'hôtel et ils s'étaient donné rendez-vous devant un pot. Turvey se fraya son chemin à travers la cohue qui envahissait la salle. Une petite Vietnamienne —

elle devait avoir dans les quinze ans — lui frôla le bras au passage, lui énumérant dans un murmure les propositions d'usage. Il la repoussa. Sa règle d'or, dans ce satané pays, était d'éviter tout contact avec les femmes. C'était un truc qui vous sapait les forces. Merci bien ! S'il voulait sortir vivant de ce merdier, il fallait d'abord qu'il conserve son intégrité physique et morale.

Le journaliste leva le bras en le voyant. Les verres étaient déjà sur la table. Un rempli de Canadian Club, l'autre de l'équivalent local du bourbon sauf que le breuvage avait surtout un goût de pisse. Mince ! Comment est-ce qu'il s'appelait donc, ce civil dont il avait fait la connaissance la veille au soir au restaurant de l'hôtel ? Il portait la tenue de combat mais avec le badge de correspondant de guerre accrédité et il avait beau arriver en droite ligne d'Amérique — de Chicago, pour être exact —, il n'était pas américain. C'était un genre d'Anglais. N'importe comment, c'était lui qui avait payé la bouteille hier soir et qui rinçait aujourd'hui.

Alec McBride lui fit signe de s'asseoir. Le commandant était taillé comme un colosse et, à l'en croire, il venait tout juste de la zone des combats. Turvey se laissa lourdement choir sur la chaise.

— Comment va, aujourd'hui ?

Il avait l'accent du Sud, pas d'erreur possible.

— Très bien. Votre verre vous attend, mon commandant.

Mais bien sûr ! Il était écossais, le pisse-copie. Il y a des Ecossais qui valent parfois mieux que certains Yankees.

Les deux hommes se rafraîchirent en bavardant.

— Vous n'êtes jamais allé dans le Nord ? s'enquit Turvey.

— J'y ai fait un bref passage une fois, mais ce n'est pas mon rayon.

142

— Qu'est-ce que c'est au juste, votre rayon, comme vous dites ? Je croyais que vous étiez correspondant de guerre. Quand on fait des articles sur une guerre, on va voir de quoi il retourne sur le terrain.

McBride lui décocha un sourire empreint de lassitude.

— Je ne suis pas correspondant de guerre, à proprement parler. En fait, il ne m'est pas facile d'obtenir l'autorisation de pénétrer dans la zone des combats. Je suis sujet britannique, comprenez-vous ? Et vos compatriotes n'aiment pas tellement que des étrangers viennent fouiner autour du champ de bataille.

— Les cons ! C'est tout ce pays de merde qui est un champ de bataille. En tout cas, ça ne tardera pas. Mais alors, qu'est-ce que vous fabriquez ici ?

— Mon journal m'a envoyé faire trois à six mois de tourisme au Vietnam pour raconter ce que pensent les combattants sur le terrain.

— La seule chose qu'ils pensent, les combattants sur le terrain, c'est qu'ils crèvent de trouille, un point, c'est tout. La trouille pure et simple, voilà. Mais ne dites pas que je vous ai raconté ça. En tout cas, ne citez pas mon nom. Mais je ne sais toujours pas ce que vous foutez à Saïgon ?

McBride haussa les épaules.

— Depuis un an, nous avons un nouveau rédacteur en chef, un certain Marinker. Ledit Marinker m'a chargé de faire une enquête sur les garçons qui brûlent leur livret militaire ou qui passent au Canada pour ne pas être expédiés ici. Sur tout le mouvement pacifiste aux Etats-Unis, quoi.

Après un temps mort, Turvey eut un sourire sec et sans joie.

— Quels connards !

— Si vous voulez... Alors, Marinker a décidé de

143

m'envoyer sur place pour recueillir l'opinion qu'ont les hommes qui se battent, leur avis sur le mouvement pacifiste. Et voilà. J'interroge tous ceux à qui je peux parler. Tous ceux qui sont autorisés à parler.

— Je vais vous dire ce qu'elle est, l'opinion des gars. Ils regrettent de ne pas avoir brûlé leurs livrets, ils regrettent de ne pas être bien peinards et au frais quelque part au Canada.

McBride fit signe au barman qui se pencha par-dessus le comptoir, masque jaune affublé d'un sourire.

— *Sah ?*

— Apportez la bouteille de Canadian. Vous la laisserez sur la table.

Le petit homme jaune hocha le menton, alla prendre la bouteille demandée sur l'étagère et se dirigea vers eux en trottinant sur ses jambes maigres. McBride le régla.

— Si vous voulez mon avis, monsieur... à propos, comment m'avez-vous dit que c'était, votre nom ?

— McBride. Alec McBride.

— Eh bien, monsieur McBride, si vous voulez mon avis, cette sale guerre est menée par des amateurs. Oh ! Il y a des brevetés sortis de West Point, mais ce sont quand même des amateurs. Depuis la mort de Kennedy, les amateurs sont rois. Moi, je suis un démocrate du Sud. Comme le Président Lyndon Johnson. Mais, là-bas, chez nous, ils ne savent pas si c'est du lard ou du cochon. Ils nous disent de casser les Viets. Mais ils ne savent pas ce que sont les Viets. Des communistes, bien sûr, mais quel Chinetoque n'est pas communiste, hein ? Et, d'abord, qu'est-ce qu'on en a à faire ? Ah ! Si Kennedy était vivant... Il saurait, lui. Je suis pro-Kennedy, moi, si vous voulez tout savoir.

— C'est quand même Kennedy qui a donné le

144

coup d'envoi de l'engagement américain au Vietnam, non ?

— Bien sûr, mais pas dans des proportions pareilles. S'il n'était pas mort, il aurait vu ce qui se passait et il nous aurait fait rembarquer. Il aurait compris, lui. Merde ! Lui-même a combattu pendant la dernière guerre. Si ce fumier d'Oswald ne l'avait pas abattu...

McBride demeura muet quelques instants, plongé dans ses souvenirs. Enfin, il rompit le silence :

— Peut-être n'est-ce pas Oswald qui l'a assassiné.

Turvey porta son verre à ses lèvres et lui fit un sort.

— Oui, ce n'est pas la première fois que j'entends dire ça. Mais si ce n'est pas Oswald, qui c'est, bon Dieu ?

Une entraîneuse leur adressa une œillade. Comme il n'y avait pas de réactions, elle haussa les épaules et se dirigea vers un groupe de fantassins. McBride jeta un coup d'œil circulaire. Il faisait sombre dans la salle enfumée. Ici et là, une ampoule nue pendait du plafond bas. De partout fusaient les conversations, parfois ponctuées de rires gras. Personne ne faisait attention à Turvey ni à lui.

— Je vais vous raconter une petite histoire, commandant.

Cela faisait maintenant plusieurs années que McBride n'en avait parlé à personne. Depuis la mort de Kathy Raymond et de son mari, le nom de Billy Sandrup n'était plus jamais sorti de ses lèvres. Mais toute l'affaire et les événements qui avaient suivi n'avaient pas quitté sa mémoire. Et la possibilité que Bunker Hayward soit toujours vivant demeurait présente à son esprit. Mais maintenant, dans ce bar de Saigon bruyant, étouffant de chaleur, il avait envie de raconter l'histoire à un inconnu. Il n'aurait pas pu expliquer pourquoi. Peut-être était-il néces-

saire de la transmettre de temps en temps à quelqu'un pour qu'elle ne s'efface pas, qu'elle ne meure
pas.

Face à Turvey, il se débonda.

Quand il se tut, l'officier resta un moment silencieux, les yeux rivés sur son verre. Puis il commanda
une nouvelle tournée.

— C'est une sacrée histoire que vous me
racontez.

— Elle m'est arrivée. Je l'ai vécue.

— Et vous êtes toujours en vie. On n'a pas essayé
de vous descendre depuis ce temps-là ?

— Non.

— Je me demande bien pourquoi.

— Peut-être qu'ils ont pensé que, désormais, je la
bouclerais.

Turvey essuya son front moite.

— J'ai fait la Corée, vous savez. C'est là que j'ai
été promu. Je me suis aussi battu avec les Marines.

La dernière phrase fit à McBride l'effet d'un
courant électrique.

— Je suppose que vous n'avez pas connu là-bas
de sergent Sandrup, ni de sergent Buncey, ni de
sergent Hayward ?

— Il y avait beaucoup de monde en Corée, vous
savez. Mais figurez-vous que j'ai quand même connu
deux types du nom de Hayward.

La petite secousse électrique perdait peu à peu de
son intensité. Hayward était un nom assez répandu.

— Mais pas le sergent Bunker Hayward ?

— Il n'était pas sergent... à l'époque. Mais il y
avait effectivement un gusse qui s'appelait Bunker
Hayward. Et c'était un ancien Marine.

Un frémissement parcourut McBride.

— Parlez-moi de lui.

Turvey regarda fixement la table.

— Il faisait de temps en temps des séjours au

146

Vietnam, depuis l'offensive du Têt en 1964. Déjà avant, peut-être. Je crois bien avoir entendu dire qu'il traînait ses bottes dans le coin au moment de l'assassinat de Diem en 1963.

— Il était militaire ?

— Il portait l'uniforme et les insignes de capitaine. Officier de renseignements qu'il était, d'après lui. C'est seulement l'année dernière que je l'ai rencontré. Il causait beaucoup pour un officier de renseignements. Et il n'a jamais mis les pieds dans les zones de combat, à ma connaissance. Il venait, il repartait, je ne sais pas ce qu'il fabriquait. Un grand mec blond, bien de sa personne.

— Vous ne le connaissiez donc pas très bien ?

— On ne peut pas dire. Je le connaissais comme je vous connais. On buvait des pots ensemble. Je ne l'ai pas revu depuis un an mais ça ne signifie pas grand-chose. Il faisait tout le temps la navette entre ici et les States — à ce qu'il disait. Le veinard ! Pour la plupart d'entre nous, une perm' de détente, ça consiste à glander à Saigon à moins qu'on ait un coup de pot et qu'on aille au Japon.

— Pouvez-vous m'en dire davantage sur lui ?

— Qu'est-ce que vous voulez que je vous raconte de plus ? Je vous ai dit tout ce qu'il y avait à dire.

— Avez-vous une idée de ce qu'étaient au juste ses activités ?

— Allons, McBride ! Il n'est pas très fréquent que les gens des services spéciaux prennent un porte-voix pour raconter leur vie.

Nouvelle tournée.

— Restez à proximité, lança Turvey au barman. Je bois vite. J'ai des arriérés de soif à rattraper. (Il se tourna vers McBride.) Si je vous ai compris à demi-mot, ce Bunker Hayward aurait, selon vous, plus ou moins trempé dans l'assassinat du Président. Après deux séjours dans ce merdier, il n'y a plus grand-chose qui puisse encore m'étonner. Mais je ne vous crois pas. Je ne crois pas qu'un homme qui porte les galons d'officier ait pu être mêlé à un truc pareil. Alors, vos histoires de dingue, gardez-les pour vous. Je ne veux plus en entendre parler. Si vous voulez qu'on boive le coup, on boit le coup. Si vous voulez lever une pute aux yeux bridés, peut-être que j'en ferai autant. Mais ça s'arrête là.

Ils passèrent le reste de la journée ensemble à faire la tournée des bars jusqu'au moment où, une minuscule Vietnamienne accrochée à son bras, Turvey souhaita bonne nuit à McBride d'une voix pâteuse. Alec resta encore un bout de temps à boire seul.

Il avait mûri depuis Dallas et la nuit de sa rencontre avec Billy Sandrup. L'Ecossais expatrié de vingt-quatre ans était devenu un journaliste américain de trente, sec comme un coup de trique. Il avait acquis de l'expérience et une certaine dose de cynisme. Clyde Anson et quelques autres lui avaient enseigné les ficelles du métier. Il avait presque appris à oublier la compassion. Presque, pas tout à fait. Il conservait encore des vestiges d'humanité. Il avait arrosé dans des bistrots des individus peut-être sortis en rampant des jungles primitives qui prolifèrent dans les villes d'Amérique. Il avait aussi écouté, dans de luxueuses suites, des hommes lui expliquer comment ils dirigeraient le monde — des hommes qui avaient virtuellement le pouvoir de le diriger à leur gré.

Tout cela, il l'avait écrit dans ses articles avec, pensait-il, une sorte d'objectivité. Il avait observé l'impitoyable dureté du pouvoir et la férocité de ceux qui essaient de s'en emparer.

Et puis Marinker était apparu. Il avait la réputation d'être un autre protégé de Dorfmann, qui l'avait débauché du *New York Herald Tribune*. Il était grand, mince et d'une élégance étudiée. Anson l'avait surnommé « l'homme en plastique » et le comparait à une lame de rasoir parfaitement affilée. Mais, aux yeux d'Alan Marinker, Anson était une quantité négligeable. Un vieux bonhomme dépassé.

Le nouveau rédacteur en chef avait une autre opinion de McBride. Il aimait ses papiers mais trouvait qu'il leur manquait cette férocité qui est la griffe des grands journalistes, en conséquence de quoi il avait suggéré à Alec de partir pour le Vietnam comme envoyé spécial.

— Je veux entendre la voix de ces malheureux qui se battent là-bas contre les Jaunes et se demandent si, au pays, on ne les poignarde pas dans le dos. Je veux savoir ce qu'ils pensent des appelés qui désertent, du mouvement pacifiste. Ce que ça leur fait de combattre pour un pays qui n'a pas seulement assassiné son Président mais aussi son frère... sans parler de Martin Luther King.

Alec avait songé à la mort de Robert Kennedy, cinq ans après celle de J. F. K. Aurait-il pu, lui, McBride, faire quelque chose pour l'éviter ? S'il était allé raconter l'histoire de Billy Sandrup à Bob Kennedy, cela aurait-il changé les événements ?

— Supposons qu'ils soient d'accord avec les pacifistes ? Supposons qu'ils regrettent de ne pas avoir brûlé leurs fascicules de mobilisation ?

Marinker eut un léger sourire.

— Peut-être irons-nous jusqu'à le dire noir sur blanc, qui sait ?

— Mais je ne suis pas correspondant de guerre.

— Vous êtes ce que je veux que vous soyez, Alec. Oh ! Je ne dis pas que vous n'avez pas de qualités mais avec moi pour vous pousser aux talons, vous serez encore meilleur. Allez là-bas et faites cette enquête. Je vous ferai revenir lorsque je le jugerai utile et que vous vous serez fait un nom.

Le premier mouvement de McBride avait été de refuser et de donner sa démission. Le Vietnam et les cauchemars de ce genre ne le tentaient vraiment pas. Il ne niait pas qu'il n'avait aucune envie de mourir sur un champ de bataille. D'un autre côté, Marinker semblait réellement désireux de promouvoir son ascension professionnelle. Il fallait qu'il en discute avec Dorrie.

En ce qui concernait cette dernière, ils n'avaient pas régularisé, mais leur liaison était agréable et saine, au physique comme au moral. Ils aimaient les mêmes choses, riaient aux mêmes plaisanteries. Et ils faisaient l'amour avec plaisir et sans monotonie.

— Vas-y, Alec, lui dit la jeune femme quand il lui rapporta la proposition de Marinker. Quand tu reviendras, tu pourras demander une jolie somme. Suis mon conseil et tu décrocheras peut-être le prix Pulitzer.

Cette nuit-là, au lit, il fut surpris quand Dorrie remit la question sur le tapis.

— Tu sais, le taux de mortalité n'est pas très élevé chez les correspondants de guerre, Alec, insista-t-elle. Et, Marinker ou pas, tu pourras raconter exactement comment ça se passe là-bas à ton retour.

— Vous êtes tous les mêmes, les Américains, à vouloir qu'on dise comment c'est au Viêt-nam. Seulement, vous vous mettez le doigt dans l'œil. Chacun voit les choses selon son optique personnelle. Pour chaque troufion, pour chaque correspondant, c'est différent. Il y en a pour qui c'est une abomination, il y en a d'autres... les plus tordus... qui y prennent leur plaisir. C'est comme ça dans toutes les guerres.

Il aurait pu se demander comment il le savait mais il n'était pas d'humeur introspective.

— O.K. Tu n'auras qu'à dire comment tu vois la

situation, toi. Et peut-être même essayer de dire comment d'autres la perçoivent.

Ce n'était pas idiot. Il en arrivait presque à se convaincre lui-même qu'il valait la peine de tenter le coup. Seulement, il y avait un hic.

— Et nous, dans tout ça ?

Dorrie prit son temps pour répondre.

— Je serai là quand tu rentreras. Je sera là quand tu recevras ton Pulitzer. Bien... Maintenant que c'est réglé, fais-moi l'amour. Fort.

Il n'y eut pas de Pulitzer.

Il y eut la chaleur, la poussière et des soldats aux yeux caves, des étudiants qui, du jour au lendemain, étaient devenus des vieillards, de jeunes Noirs amers parce qu'ils croyaient qu'ils se battaient pour une mauvaise cause et pas là où il l'aurait fallu. Il y avait les récits d'atrocités que l'on colportait, les rumeurs, les coups de coude, les regards vides. Le lieutenant Calley attendait en prison de passer en cour martiale mais son incarcération n'empêchait pas les morts de May Lai d'être morts.

McBride n'avait pas mis longtemps à se rendre compte que les dépêches qu'il envoyait à Chicago étaient censurées et il avait la quasi-certitude que c'était Marinker en personne qui les caviardait. Oh ! C'était du bon boulot de spécialiste mais le tranchant des commentaires était émoussé, les scènes vécues qu'il rapportait n'avaient pas la limpidité que McBride avait voulu leur donner. La modification était subtile mais sans appel. Au fond, il aurait bien dû se douter que cela se passerait ainsi. Le journal avait toujours soutenu Richard Nixon.

Et puis, voilà qu'il avait rencontré le commandant Turvey et entendu à nouveau prononcer le nom de Bunker Hayward.

Le lendemain matin, pas de Turvey au petit déjeuner. Normal, pensa McBride. Un homme qui vient de passer des semaines dans la zone des combats, la jungle défoliée... Ce n'était que son deuxième jour de perm. A l'heure du déjeuner, toujours aucun signe de l'officier. McBride alla traîner dans le bar de la veille, avec, en tête, l'image lascive du commandant faisant toute la journée ses galipettes au lit avec la fille. Turvey ne se manifesta pas davantage pour le dîner.

Pourquoi Alec tenait-il tellement à le voir ? Peut-être pour avoir une conversation avec lui quand il était à jeun, pour passer ses souvenirs au crible et en savoir plus long sur Hayward. A quoi ressemblait physiquement le personnage, par exemple ? Ce serait déjà un début. Finalement, dans la soirée, il alla s'enquérir de Turvey au bureau de l'hôtel.

— Commandant pas là, lui répondit le réceptionniste, un jeune Vietnamien réformé pour des raisons évidentes : il avait perdu un bras et un œil. Parti ce matin. Rappelé par son unité.

Pourquoi diable avait-il si vite rejoint son corps ? Enfin... il avait, au moins, appris une chose à McBride : Bunker Hayward était venu au Vietnam.

McBride accomplit le meilleur de son travail à Saigon au cours des semaines qui suivirent. Il interviewa à l'hôpital militaire des garçons, certains horriblement blessés, d'autres qui s'en étaient sortis sans rien de trop grave. Il parla avec eux, les amadoua. Ses interlocuteurs et lui échangèrent même des blagues. Mais leurs plaisanteries semblaient porter le deuil. Ces garçons avaient vécu un cauchemar et leur seul soulagement était de prendre les choses à la rigolade. C'était cela ou le repli sur soi. Ce qui était le cas pour certains, les catatoniques qui, assis au bord de leur lit, serrant à pleine main leurs couvertures, contemplaient fixement le mur sans rien voir.

Les blessés du Vietnam, c'était, sur le plan journalistique, un truc énorme. Trop pour qu'on tente de le faire tenir dans le format d'une chronique hebdomadaire. McBride faisait le maximum et les lecteurs appréciaient ses papiers mais il avait le sentiment qu'il ne faisait qu'égratigner la surface de la réalité.

D'autres problèmes le tarabustaient. Il posa des questions sur un officier nommé Bunker Hayward au quartier-général de Saigon, prétextant que c'était un ami qu'il essayait de retrouver. Il prit rapidement l'habitude des regards vides, des haussements d'épaules, des excuses qu'il obtenait en guise de réponse. Quelqu'un ne pourrait-il consulter les archives militaires pour savoir si son vieux copain Bunker Hayward était encore au Vietnam ou pas ? Non, les archives militaires étaient strictement confidentielles et un correspondant de presse, vieux copain ou pas, n'avait pas le droit d'y mettre le nez.

En septembre, le président Nixon annonça le rapatriement de 35 000 hommes.

Le lendemain du jour où l'on apprit la nouvelle, un médecin-major en permission, qui avait soigné McBride au début de son séjour vietnamien pour une dysenterie relativement bénigne, contacta le journaliste.

— Vous êtes toujours à la recherche d'un dénommé Hayward ?

— Toujours.

— Je suis tombé sur lui il y a un mois.

McBride demeura flegmatique, sans réaction. Il avait appris que manifester de l'impatience ça allait à l'encontre du but recherché. S'il s'excitait, s'il s'énervait, les gens se refermaient comme des huîtres. Mieux valait attendre. Alors, ils se déboutonnaient plus facilement. Et, en ce qui concernait

Bunker Hayward, il avait l'habitude d'attendre. Six ans d'attente, c'est long.

— Oui, reprit le major, je l'ai vu à Dalat. J'étais allé là-bas avec une équipe médicale. Quelques-uns de nos gars avaient été méchamment touchés. Il y avait un capitaine qui venait apparemment d'arriver des Etats-Unis. Il travaillait pour les services de renseignements. Deux Viets, des personnalités locales, avaient été tués la veille. Ils étaient probablement passés à l'ennemi et quelqu'un les avait exécutés. On les a retrouvés chacun avec une balle dans la tête.

— Cet épisode avait quelque chose à voir avec Hayward ?

— Il disait qu'il était venu enquêter. Pourtant, il n'avait pas tellement l'air de mener des investigations. Il traînaillait, il échangeait des tournées avec un colonel des Marines. Et puis il a brusquement disparu de la circulation.

— C'est tout ?

— C'est-à-dire qu'une chose m'a semblé bizarre. Il avait débarqué la veille du jour du double assassinat sur lequel il était chargé d'enquêter.

Du calme, mon vieux, du calme ! Ne t'excite pas.

— Qu'est-ce qui vous chiffonne là-dedans, toubib ?

Le toubib demeura prudemment sur sa réserve, ce qui était caractéristique des officiers subalternes dans ce pays. Ne jamais s'engager était la règle d'or. Cela évitait les ennuis.

— Il était peut-être venu à Dalat pour entamer des pourparlers avec ces deux bonshommes. Raison d'Etat... Ou pour tâcher de savoir s'ils avaient trahi.

— Et ils ont été liquidés ?

— C'est le mot juste. Ce Hayward est peut-être un ami à vous mais, moi, il me fait froid dans le dos.

— J'ai dit que c'était un ami à moi ?

154

— Oui. Lors de notre première rencontre, vous m'avez précisé que c'était un de vos amis que vous recherchiez et que les militaires ne se montraient pas coopératifs.

Bien sûr qu'il avait dit ça, et pas seulement à l'état-major, mais aussi à tous ceux qu'il côtoyait. C'était plus simple que de dire qu'il était à la recherche d'un tueur professionnel.

— En effet, vous avez raison. Mais, en réalité, il s'agit plus d'une connaissance que d'un ami.

Le major plissa le front.

— En tout cas, il n'y avait pas d'atomes crochus entre nous. Un iceberg, ce mec, un produit typique des grandes villes, c'est l'impression qu'il m'a faite. Il avait beau dire qu'il était de Dallas, il avait plutôt l'air d'un New-Yorkais.

Une nouvelle description de Hayward. D'abord celle de Turvey, maintenant celle du major. Et le G.I. avec qui McBride avait parlé à l'hôpital, ce garçon qui avait sauté sur une mine américaine et avait eu la moitié de la jambe droite arrachée... Il avait dit qu'il avait été pendant quelques semaines sous le commandement d'un certain capitaine Hayward.

— Il travaillait pour les services spéciaux dans le secteur de Dalat. J'ai jamais su ce qu'on fabriquait dans le coin. Un hélicoptère est venu un jour chercher le capitaine. Il s'est tiré et nous a laissé avancer sans nous prévenir qu'on passerait à la tangente d'un champ de mines.

— A quoi ressemblait le capitaine Hayward ?

— Ben... Il était grand, toujours impec, le genre Buck Rogers, si vous voulez. Mais, dans le fond, froid comme un glaçon, la charogne. Il ne commençait à s'animer que quand il tirait sur une cible humaine. Alors, on aurait dit que la banquise se réchauffait. Quand il dégringolait un bonhomme, il prenait son pied. Enfin, je dois quand même lui avoir de la reconnaissance. Maintenant qu' j'ai plus qu'une jambe, je vais retourner chez nous. Pour de vrai. Vaut mieux rentrer avec un morceau en moins que de pas rentrer du tout.

C'était tout ce que McBride avait réussi à tirer du G.I.

Puis il reçut le télégramme de Chicago :

FAITES UN BOULOT SENSATIONNEL STOP NE RENTREZ PAS DANS IMMÉDIAT STOP NOTRE CORRESPONDANT SUR PLACE HARRISON INDISPONIBLE CAUSE MALADIE STOP LE REMPLACEREZ PENDANT TROIS SEMAINES STOP JE COMPTE SUR VOUS STOP MARINKER

Le salaud ! Alec lui avait bien dit qu'il n'était pas habilité comme correspondant de guerre. Eh bien, maintenant, il l'était.

Trois jours après avoir été officiellement accrédité, il fut convoqué au grand état-major par l'officier de presse, un certain capitaine Albert Manzetti.

Noiraud, le type italien, il faisait penser à un mafioso reconverti.

— C'est la première fois que vous allez dans la zone des combats, monsieur McBride, commença-t-il. Jusqu'à présent, vous n'avez pour ainsi dire pas quitté Saigon, n'est-ce pas ?

— En principe, je ne suis pas correspondant de guerre.

— Vous avez de la chance. Maintenant, vous en êtes un. Bon... Deux journalistes, dont un Anglais — très bien, ce garçon, soit dit en passant — vont aller dans le secteur de Danang. J'ai pensé que ce serait une bonne idée que vous les accompagniez.

— Parce que je dois aller là où vous me dites d'aller ?

— Naturellement ! Nous ne pouvons laisser ces messieurs de la presse cavaler dans tous les sens comme bon leur semble. Je suppose que vous n'avez pas envie de finir dans une cage à Hanoi.

— Pas plus que d'être grillé par votre napalm.

Un tic retroussa les lèvres de Manzetti.

— Il y a peu de chances. Nos bombardiers aiment la précision.

— La défoliation n'exige pas une précision folle.

Nouveau tic. L'irritation gagnait le capitaine Manzetti.

— Evidemment, vous soumettrez vos dépêches à mes services avant de les envoyer.

— Depuis quand ? N'avez-vous jamais entendu parler de la liberté de la presse, mon capitaine ? Ni du droit du public à être informé ?

A présent, le teint de Manzetti virait au cramoisi tellement il était en rogne.

— Nous devons vérifier l'exactitude de vos affirmations. Les journalistes ont souvent tendance à mal interpréter ce qu'ils voient.

— Ou trop bien.

Manzetti donna d'une voix glaciale à McBride ses consignes pour qu'il soit au rendez-vous et l'entrevue prit fin abruptement.

Le lendemain, McBride se retrouva dans une jeep qui soulevait des nuages de poussière en compagnie de ses deux confrères, l'Anglais, Amersham, une grande perche qui donnait une impression de décontraction, correspondant du *Manchester Guardian,* et Chivers, l'Américain, petit et trapu, l'un et l'autre des hommes prématurément vieillis chez qui la gouaille remplaçait les illusions perdues.

— Plus tôt on fera comme les Français en se tirant de ce pays, mieux ça vaudra, laissa tomber Chivers avec une conviction nonchalante.

Les nids de poules faisaient tressauter la jeep, arrachant à sa carroserie des grincements de protestation. Amersham essaya d'allumer une cigarette avec difficulté.

— Le Vietnam est un des endroits qu'on devrait déclarer d'insalubrité publique, soupira-t-il quand il y fut enfin parvenu.

McBride essaya de sourire. Mais il ne se sentait pas d'humeur à sourire. Il aurait plutôt eu envie de vomir. Il était livide. Chivers le dévisagea.

— On finit par s'habituer à tout, mon petit vieux, tu sais. C'est pour cela que l'enfer, c'est de la blague. Ses habitants s'y feraient, à la longue.

— En tout cas, qu'est-ce qu'on est chouchouté ! s'exclama Amersham. On n'aime pas, en haut lieu, que les journalistes se fassent descendre. C'est mauvais pour l'image de marque. Et si on épluche la liste des correspondants américains tués en service commandé, on constate que ce sont les Noirs qui fournissent le gros du bataillon. C'est drôle qu'aucun de vous, les correspondants américains, ne fassiez état de ce fait dans vos dépêches.

Chivers acquiesça.

— C'est vrai mais qui le laisserait filtrer ? Et je vais te dire un truc. Jamais le fils d'un sénateur ou d'un membre de la Chambre des Représentants, pas plus que les rejetons des grandes familles pleines aux as, ne sera tué au Vietnam. Je tiens le pari. Ça donne à réfléchir...

Les réflexions de McBride visaient plutôt son envie de vomir, qu'il s'efforçait de refréner. Et il pensait aussi au paysage, nouveau pour lui, qui défilait, encore que celui-ci ne fût pas d'un intérêt fou : des champs de paddy déserts striés de canaux d'irrigation qui se déployaient à l'infini de part et d'autre de la route. Parfois, on apercevait les entonnoirs creusés par les bombes. Une brume humide et chaude planait au-dessus des rizières. On entendait de lointains et sourds grondements que McBride préférait ne pas chercher à identifier.

— Evidemment, fit Amersham, il arrive qu'on tombe dans une embuscade mais, à ta place, je ne me ferais pas trop de bile. Ils aiment mieux attaquer les convois que des véhicules isolés.

— Tiens donc ! maugréa avec l'accent de l'Arkansas le caporal qui était au volant. Ils tirent sur tout ce qui bouge. Et on bouge, pas vrai ?

— Le caporal Anderson est un joyeux drille, dit Chivers. Sa mission dans l'existence est de nous faire hurler d'hilarité.

— Ma mission est de vous conduire là où j'ai l'ordre de vous conduire, rétorqua le chauffeur sans quitter des yeux le long ruban de la route qui s'étirait, rectiligne, devant la jeep. De préférence entiers. Et j'ai l'intention d'y arriver entier, moi aussi. Et puis, il y a aussi ces putains de mines. Qui sait si on ne va pas passer sur une de ces cochonneries qui nous réduira en bouillie ?

Une heure plus tard, ils atteignirent un P.C. de campagne tenu par des Marines débraillés placés sous les ordres d'un très jeune lieutenant qui, après avoir fait apporter du café pour les journalistes, leur demanda des nouvelles de la guerre.

— On ne sait pas ce qui se passe, vous comprenez ? (Il s'adressait à Amersham qui, étant le plus grand des trois, devait certainement être le chef.) Il arrive même parfois qu'ils oublient qu'on est là et qu'on ne soit pas ravitaillés pendant vingt-quatre heures. Comme j'ai été promu officier, ils me disent que je n'ai qu'à faire preuve d'initiative. Si je faisais preuve d'initiative, on regagnerait Saigon vite fait et on prendrait le premier bateau en partance.

Amersham lui exprima la sympathie qui convenait.

— Et quel chemin prenez-vous, maintenant ? s'enquit le petit lieutenant, plus par politesse que par curiosité. (Le caporal Anderson lui montra son itinéraire sur la carte.) Un peu plus haut, il y a un croisement et si vous suivez la route qui vous est indiquée là-dessus, vous êtes sûrs de vous planter. En tout cas, il n'était pas très recommandé de la prendre la semaine dernière. Peut-être que, depuis, ils l'ont nettoyée.

— Qu'est-ce qu'il y avait ? voulut savoir Chivers.

— Ça, ils ne nous tiennent pas au courant. On est averti, c'est tout.

Ils repartirent. Arrivé au croisement, le caporal Anderson prit la route qui lui avait été indiquée. Le caporal Anderson était un soldat discipliné.

Un quart d'heure plus tard, ils passèrent sur une mine.

DEUXIÈME PARTIE

Bunker Hayward

8

1970

D'abord, il n'y avait que des visages. Des têtes qui surgissaient des abîmes de sa conscience, nimbées de lumière, ou qui flottaient dans les ténèbres, rondes comme des lunes à leur plein. Peu à peu, elles gagnèrent en netteté. Elles eurent des traits, des yeux, des nez, des oreilles. Des figures penchées sur lui.

·Enfin, il reprit complètement pied. Il était dans un hôpital à Saigon. En piètre état. La mine avait explosé sous la jeep, tuant le caporal et blessant les trois journalistes. Chivers était dans un autre hôpital et il serait rapatrié à Londres dès qu'il serait en état de prendre l'avion. Amersham s'en était tiré avec seulement quelques égratignures et il était déjà retourné faire son travail quelque part dans la zone des combats. Mais McBride, lui, avait été sérieusement touché : fractures multiples à la jambe gauche, plusieurs côtes cassées, une fracture du crâne. Il était resté plus d'un mois dans le cirage.

On lui avait annoncé qu'il était maintenant hors de danger et que le pronostic était bon. Le chirurgien voulait l'envoyer à Tokyo où il se reposerait, récupérerait et où on lui rééduquerait sa jambe amochée. Mais avant son départ, il y avait un officier des services de renseignements qui désirait lui parler si McBride était d'accord et se sentait capable de le recevoir.

Le commandant Danvers était un homme de petite taille, blond, le regard pénétrant. Une seule chose l'intéressait : pourquoi diable la jeep se trouvait-elle sur une route minée dont l'accès était strictement interdit au personnel militaire ? On s'était aperçu qu'elle était utilisée par les guérilleros du Viêt-cong et elle avait été, en conséquence, truffée de mines.

McBride répondit que, d'après ce qu'il avait cru comprendre, l'itinéraire avait été tracé par les services de presse du haut quartier général.

Le commandant opina.

— C'est aussi l'opinion de Chivers et d'Amersham. Mais c'est au caporal Anderson qu'a été remise la feuille de route et le caporal Anderson est mort. Nous aimerions savoir qui a donné l'ordre d'emprunter cet itinéraire.

Malgré ses blessures, la mémoire de McBride était intacte.

— J'ai reçu, pour ma part, mes instructions de la bouche d'un certain capitaine Manzetti qui exerçait les fonctions d'officier de presse.

Danvers laissa échapper un juron sonore et bien senti.

— C'est toujours le même bordel ! Le bureau de presse affirme ne pas avoir donné cet itinéraire. Quant à votre capitaine Manzetti, il a été réaffecté aux Etats-Unis. Pas moyen de l'interroger.

McBride dévisagea le commandant Danvers.

— Vous voulez dire que... que l'on nous a fait délibérément prendre une route minée ?

Danvers sourit.

— Je dis cela, moi ? Pourquoi vous aurait-on délibérément fait prendre une route minée ? Expliquez-moi un peu ça.

164

McBride garda le silence. Il y avait un temps pour parler et un temps pour se taire. Il ne connaissait rien de Danvers.

— En réalité, poursuivit ce dernier, ce que je dis, c'est qu'une bavure a été commise quelque part. Et j'aimerais être sûr que l'on ne commette plus d'erreur de ce genre. En particulier quand les victimes sont des journalistes.

— Cela ferait mauvais effet si c'était publié dans la presse, c'est ça ?

— Exactement, McBride. Comment une bévue aussi monumentale a-t-elle pu se produire ? Je n'en ai aucune idée. Peut-être que cet enfoiré de Manzetti n'a pas tenu compte des consignes. Ou qu'il les a interprétées de travers. Si je le tenais, je lui démolirais volontiers le portrait. Au moins, là où il est maintenant, il ne peut plus faire de dégâts. (Danvers se dirigea vers la porte.) Enfin, il fallait que je vérifie pour être certain de ne pas être passé à côté de quelque chose de significatif. Vous êtes satisfait, ici, McBride ? Confortable ?

— Oui... oui, je pense.

— J'espère bien ! Ces chambres sont généralement réservées aux grosses légumes. Vous n'avez besoin de rien ? Des cigarettes ou autre chose ?

— Non merci. Je vais partir passer quelques semaines à Tokyo. Et après, je rentre à Chicago.

Danvers ouvrit la porte.

— Eh bien, je vous souhaite bon voyage.

McBride prit une profonde inspiration. Il avait une question à poser.

— Je voudrais vous demander quelque chose, mon commandant...

— Je vous écoute.

— Connaissez-vous un homme du nom de Bunker Hayward ?

Pendant une fraction de seconde, Danvers se

pétrifia. On eût dit une image fixe au milieu d'un film. Puis il referma lentement la porte.

— Pourquoi voulez-vous le savoir, McBride ?

Inutile de lui raconter que Hayward était un vieil ami. Cela pouvait prendre avec certains mais Alec devinait instinctivement que Danvers ne serait pas client.

— C'est quelqu'un que je voudrais rencontrer.

— Vous le connaissez ?

— Pas directement.

— Alors, pourquoi voulez-vous le rencontrer ?

— Pour des raisons personnelles.

— Eh bien oui, je connais, en effet, un dénommé Bunker Hayward.

Danvers se tut. McBride rompit le silence qui s'était établi :

— A quoi ressemble-t-il ?

— Physiquement, vous voulez dire ? Eh bien, il est grand. Bel homme. Parfois il est capitaine dans les services de renseignements, parfois il est autre chose.

— Qu'entendez-vous par là ?

— Qu'il m'est arrivé de le voir tantôt en uniforme, tantôt en civil, si vous voulez savoir, répondit Danvers avec irritation.

— Et en dehors de son physique, quel genre de personnage est-il ?

— Très intelligent. Le genre de type qu'on ne trouve généralement pas quand on soulève une pierre. Mais c'est pourtant là que vous le trouveriez, lui.

— Pourquoi dites-vous cela ?

Danvers se rebiffa :

— C'est moi qui pose les questions, nom de Dieu ! D'ailleurs, je ne devrais pas parler des autres officiers. Surtout quand les services spéciaux sont dans le coup.

Dans cette joute, j'ai marqué un point, pensa McBride. Ses questions avaient l'air d'embarrasser Danvers. Il poussa son avantage :

— Dites m'en davantage. Après tout, cet homme vous est antipathique, hein ?

— Je ne le connais pas. Et je ne tiens pas à le connaître. Il adore son travail et personne ne devrait prendre plaisir à faire le travail qui est le sien.

— Quel genre de travail, mon commandant ?

Danvers posa la main sur le bouton de la porte.

— Un genre de travail dont on ne parle pas. Peut-être qu'il est nécessaire de le faire mais de là à y prendre plaisir...

— Vous ne pouvez pas être plus explicite ?

Danvers se détourna pour éviter le regard d'Alec.

— Les sales boulots. Le nettoyage. C'est tout ce que je sais d'Hayward. Il fait les basses besognes des gens haut placés. Et j'ai déjà eu la langue trop longue. Si vous publiez un mot de cette conversation, je démentirai catégoriquement et je vous intenterai un procès.

— Je ne publierai rien. Je veux seulement avoir des tuyaux sur Hayward.

— Je ne sais rien de plus que ce que je vous ai déjà dit, et encore je ne suis sûr de rien. Ce sont seulement des rumeurs. Plus vite vous partirez pour Tokyo, mieux cela vaudra, McBride. Parce que, autrement, vous risquez de trouver une autre mine sous votre lit. Si vous êtes de près ou de loin mêlé aux affaires d'Hayward, je ne suis pas surpris que votre chauffeur ait pris la mauvaise route. Si vous savez quelque chose sur lui, ne me le dites surtout pas.

Danvers sortit.

McBride demeura les yeux fixés sur la porte que son visiteur avait fait claquer bruyamment. Des gens entendaient des rumeurs à propos de Hayward, on racontait des histoires sur lui mais personne n'avait envie d'en savoir plus long sur son compte. C'était un sujet qu'il était préférable de ne pas aborder. Et quand il posait des questions, la voix de son interlocuteur devenait un chuchotement. Quand le nom de Bunker Hayward, assassin présumé d'un chef d'Etat, était amené sur le tapis, c'était motus et bouche cousue.

McBride se demanda soudain d'où venaient les instructions que Manzetti avait reçues concernant l'itinéraire que devaient suivre les trois journalistes. Qui les lui avait données ?

Au moment où il se rendormait, il se remémora pour la première fois depuis qu'il avait repris conscience la dernière pensée qui lui avait traversé l'esprit au moment où la jeep sautait. Qu'est-ce qu'un type natif de Paisley en Ecosse venait faire en Asie du Sud-Est en bordure d'un champ de paddy ?

McBride resta quatre mois à Tokyo sans guère voir autre chose que l'hôpital militaire où il était traité et ses dépendances.

Il y avait quand même eu cette virée sur la Ginza, la grande artère commerciale. Il allait incessamment recevoir son bon de sortie et s'envoler pour les Etats-Unis. Il ne se rappelait pas grand-chose de cette nuit-là. Il avait beaucoup bu. Tout ce dont il se souvenait de la Ginza, c'était qu'il n'avait jamais vu tant de néons. Des néons et des braillements de musiques western. L'infiltration de la musique western dans la culture japonaise était quelque chose de terrible et il avait ri aux éclats.

Maintenant, il était à bord de l'avion qui le ramenait aux U.S.A.

Chicago n'avait pas changé. Sauf qu'il y faisait plus chaud à l'approche du printemps.

Marinker, avec son sourire en plaqué numéro 1, lui donna l'accolade et lui offrit généreusement quinze jours de vacances supplémentaires avant de reprendre le collier. McBride les accepta sans manifester une ombre de gratitude. Il avait acquis de l'expérience et savait maintenant qu'on ne devait jamais remercier personne. Il y a toujours une arrière-pensée quand on vous fait une fleur. Dans ce cas, la motivation de Marinker était la nécessité de modifier l'organigramme du journal. La chronique d'Alec avait été confiée à quelqu'un d'autre. L'intérimaire ne s'en tirait pas tellement bien, apprit-il plus tard. Il fallait le caser ailleurs. Ces quinze jours laissaient à Marinker le temps de se retourner, de tâter le terrain pour savoir si, en haut lieu, on était d'accord pour que McBride reprenne ses fonctions antérieures. Il devait s'avérer que, en haut lieu, on était d'accord.

En sortant du bureau du rédacteur en chef, Alec se retrouva nez à nez avec Anson. Clyde avait davantage de gris dans les cheveux et l'air rabougri. Son épiderme était tavelé, ses veines plus rouges et plus saillantes. Il buvait trop et il ne lui restait plus assez d'enthousiasme.

La reprise de contact fut cordiale mais McBride sentait la présence d'une barrière entre eux. Un mur dont les fondations dataient d'avant son départ pour le Vietnam. Le vieil homme lui retirait son amitié. Pourquoi ? Parce que Dorrie et lui ne s'étaient pas mariés officiellement ? Anson était le seul à avoir parlé mariage.

— Elle vous attend chez vous, mon petit. J'ai comme une idée qu'elle a envie de fêter vos retrouvailles dans l'intimité. Je ne suis pas invité.

Il avait parlé d'un ton jovial mais il y avait une ombre d'amertume dans ses derniers mots.

Dorrie l'accueillit à la porte de l'appartement. Ils

se jetèrent dans les bras l'un de l'autre sans prononcer un mot. La jeune femme laissa seulement échapper un petit sanglot. Ils se glissèrent dans le lit, toujours sans parler.

McBride était nerveux. Il y avait si longtemps qu'il était célibataire ! Et ses blessures étaient encore un peu douloureuses. Mais ses inquiétudes étaient sans objet. Dorrie le guida, le caressa, faisant lentement monter son excitation. Et lorsqu'il entra en elle, elle murmura seulement :

— Mon Dieu !

Après, il lui demanda ce que le bon Dieu avait à voir là-dedans et elle rougit.

Au moment où il la pénétrait, un extraordinaire sentiment de joie l'envahit. Ne plus faire qu'un avec l'être aimé. C'était plus de cette émotion qu'il avait besoin que de l'acte d'amour lui-même. Néanmoins, alors qu'elle se trémoussait sous lui, les seins dressés, leurs mamelons durcis, il songea pendant une fraction de seconde qu'elle avait un comportement mécanique. Elle faisait tout ce que l'on doit faire en pareil cas et pourtant cela semblait manquer de... de spontanéité. Puis cette pensée s'évanouit dans les déchaînements de la passion.

Ensuite, ils dînèrent. Aux chandelles. Elle avait pensé à tout.

Elle l'interrogea sur le Vietnam et il lui raconta tout ce qu'il se rappelait. Il lui parla, en particulier, de Bunker Hayward.

— Tu ne vas pas recommencer, Alec ! s'exclama Dorrie.

— Mais ne vois-tu pas que c'est une véritable preuve ?

— Je croyais que tu avais tiré un trait sur toute cette histoire.

Au fond, ce manque d'enthousiasme ne surprenait pas tellement Alec.

— Je suppose, enchaîna-t-elle, que tu vas me dire maintenant qu'il a aussi assassiné Bob Kennedy ?

McBride se remémora ce qu'il avait ressenti à la mort du second frère Kennedy. L'impression que le sol s'effondrait sous lui... Le seul homme qui l'aurait peut-être écouté, l'homme auquel il avait prévu de s'adresser lorsqu'il aurait réuni suffisamment de présomptions concluantes. Et lui aussi avait disparu.

— Bobby Kennedy a été abattu par Shiran je ne sais plus quoi. D'accord, il n'y a aucun doute là-dessus. Mais Hayward a très bien pu télécommander Shiran.

— A moins que Shiran n'ait été qu'un détraqué agissant seul.

Alec opina.

— Mais bien sûr ! Je l'aurais cru les yeux fermés et j'aurais cru que le meurtrier de J. F. K. était bien Oswald si je n'avais pas rencontré Sandrup. Si je n'avais pas entendu parler de Bunker Hayward. Je n'arrête plus d'entendre parler d'Hayward !

Dorrie apporta le café en silence.

— Et si tu oubliais un peu tout ça ? dit-elle quand elle eut servi. C'est de l'histoire ancienne. Cela n'a plus d'importance, aujourd'hui. Les Kennedy sont morts, voilà tout. Plus personne ne s'intéresse encore à cette vieille affaire.

— Hayward est toujours sur la brèche.

— A condition que ce soit le même homme. Et ça, tu n'en sais rien.

— Beaucoup de gens sont morts. Des innocents qui avaient simplement eu le malheur de voir quelque chose qu'ils n'auraient pas dû voir dans Dealey Plaza ce jour-là.

— Comment sais-tu qu'on les a liquidés ? Tout le monde meurt...

— La loi des grands nombres...

— Mais qu'est-ce que cela veut dire ? Les statistiques ne sont pas une loi immuable. C'est mon père qui t'a sorti ça et tu t'es empressé de l'avaler. A l'époque, il était saoul la moitié du temps. A présent, c'est plus de la moitié.

— Mais si j'arrive à le prouver, en dehors de tout autre considération, ce sera l'événement journalistique du siècle.

— La belle affaire ! Tu guignes le Pulitzer ? C'est vrai qu'ils ont oublié de te le décerner pour tes reportages au Vietnam...

McBride était à la fois irrité et étonné. Pourquoi était-elle aussi agressive ?

— Il faut croire qu'ils ne le méritaient pas. C'était le hochet que Marinker m'agitait sous le nez pour me pousser à aller là-bas. Mais, pour en revenir à Hayward, cet homme-là a quelque chose de bizarre. Il fait peur à tous ceux qui l'approchent.

Dorrie eut un petit rire de mépris :

— Ça y est, voilà le croque-mitaine qui ressort de sa boîte ! Et qu'est-il censé être, ton Hayward ? Un soldat complètement barjot ? Un coco ? Une taupe qui a réussi à s'infiltrer ? Mais oui ! Peut-être est-ce Khrouchtchev qui a ordonné l'assassinat de Kennedy...

— Pourquoi pas ? C'est une possibilité parmi d'autres. On peut également supposer que c'est Lyndon Johnson qui a organisé l'attentat pour devenir Président. Ou Nixon, pourquoi pas ? Ce n'est pas de savoir qui a tué J.F.K. qui est important... pas au stade où on en est. L'important, c'est qu'il n'y avait pas que le seul Lee Harvey Oswald dans le coup. Et il faudrait que ça se sache.

Dorrie se leva et posa sa serviette roulée en boule sur la table.

— Je crois que je vais rentrer, Alec. Je suis fatiguée.

— Je pensais que tu restais toute la nuit...

172

— Moi aussi. Mais je suis vraiment trop fatiguée. Je préfère coucher dans mon propre lit. O.K. ?

— Comme tu voudras, répondit McBride, cachant mal sa déception. Mais ce n'est pas une raison parce que nous nous sommes un peu empoignés...

— Ce n'est pas seulement parce que nous nous sommes disputés, c'est la cause de cette dispute, le coupa-t-elle. Cette histoire est vieille de sept ans — sept ans de ta vie, et elle continue à te ronger. Moi, je croyais que c'était terminé.

— Non, c'est une histoire inachevée et je veux en écrire la fin.

— Ils ont déjà essayé de t'éliminer une fois en plastiquant ton appartement. Maintenant, d'après ce que tu dis, ils t'auraient délibérément dirigé sur un champ de mines pour que tu sautes avec la jeep. Chaque fois que tu recommences à agiter le grelot, ils tentent de se débarrasser de toi. Et c'est ce qui arrivera au bout du compte.

— Peut-être mais tout le problème est là, justement, Dorrie. Qui sont ces « ils » ? Pour le moment, je n'ai qu'un seul nom : Bunker Hayward. Mais il y a sans aucun doute quelqu'un derrière lui. C'est ce — ou ces — quelqu'un que je tiens à coincer.

Dorrie était devant la porte, son manteau jeté sur les épaules. Elle se retourna et demanda :

— Pourquoi ?

Pas facile de répondre. McBride s'était plus d'une fois posé la question à Saigon et à Tokyo, mais en se gardant de l'approfondir. On pouvait considérer que c'était un genre d'obsession. L'obsession de découvrir la vérité. Il pouvait aussi se raconter que c'était un bon sujet de reportage, l'affaire dont rêvent tous les journalistes. Mais ce n'était pas suffisant comme explication. Le temps avait passé. Ce n'était plus de l'information, c'était de l'Histoire avec un grand H.

Alors ? Peut-être cherchait-il à rectifier une erreur historique ? Si seulement il savait la vérité !

On aurait presque dit que Dorrie lisait dans ses pensées.

— Eh bien, réfléchis. Et passe-moi un coup de fil.

— Quand ? Demain ?

— Quand tu auras décidé ce que tu comptes faire, fit-elle sans sourire en sortant.

Alec était maintenant seul. Chez lui pour la première fois depuis des mois. Et il était content d'être seul, heureux que Dorrie soit partie en dépit de la frustration qu'il éprouvait. Bah ! Il y aurait d'autres nuits. Il était préférable qu'il reste en tête à tête avec lui-même. Alors, il pourrait tirer le voile sur les interrogations qui le hantaient obscurément depuis sept ans, Sandrup et tout le reste. Refouler les questions gênantes... Il était très fort à ce petit jeu.

Cette nuit-là, il dormit d'un sommeil sans rêves.

Au bout d'une semaine, abrégeant son congé, il reprit le travail. Marinker y vit un signe d'enthousiasme et lui proposa de réaliser une enquête sur les ex-GI's de retour du Vietnam. McBride ne savait pas trop s'il était qualifié pour interroger des hommes qui avaient réellement vu cette guerre mais il releva le défi et accepta.

Il lui fallut sillonner toute l'Amérique. Il interviewa des garçons qui avaient laissé des parties de leur corps en Asie du Sud-Est et d'autres qui y avaient laissé une partie de leur esprit. Il interviewa des garçons extérieurement indemnes mais intérieurement vidés de leur substance. Il alla dans le Montana, en Californie, en Virginie, dans l'Alabama, le Nebraska, le Kentucky, le Kansas et encore bien d'autres Etats. Mais il s'abstint délibérément de se rendre au Texas. Trop de souvenirs. Et de peur.

A Washington, il compulsa les listes nominatives

du personnel militaire. Pas de Bunker Hayward. Ce fut seulement dans les archives des Marines qu'il trouva le nom de l'homme qui, en principe, avait trouvé la mort en 1959.

Lorsqu'il passait à Chicago, il ne voyait pour ainsi dire pas Dorrie. Il l'aperçut deux fois dans un bar avec des amies. Elle se contenta d'agiter la main dans sa direction avec une négligence étudiée. Il la vit à nouveau dîner en compagnie d'un homme qu'il ne connaissait pas. Ce fut douloureux. Il découvrit qu'il y avait en lui des abîmes de jalousie qu'il ignorait. Cette nuit-là, il ne put dormir, incapable qu'il était de chasser de son esprit l'image de Dorrie au lit avec cet homme. Le lendemain, il partit pour New York.

Un de ces hôpitaux militaires où échouaient les anciens du Vietnam mutilés. Des murs verdâtres et des hommes aux yeux vides, pelotonnés sur eux-mêmes dans les coins, sur les lits, dans un fauteuil.

De temps en temps, McBride prononçait le nom de Hayward. Un officier nommé Hayward mais, chaque fois, il revenait bredouille. Jusqu'au jour où, dans un hôpital de rééducation du Nebraska, ce nom éveilla une réaction chez l'homme qu'il interrogeait, un sergent amputé d'une jambe. Il s'était adapté à sa condition d'invalide et avait même pris ses dispositions pour retrouver son ancien métier — il était mécanicien auto — quand il serait appareillé.

— C'est bien Hayward que vous avez dit, monsieur McBride ?

— Oui, je vous demandais si vous n'étiez jamais tombé sur un officier qui s'appelait Hayward... Bunker Hayward.

— C'est un ami à vous ?

— Pas exactement. Je connaissais quelqu'un qui le connaissait, c'est tout. A Dallas. Moi, je ne l'ai jamais vu.

— Et c'était un officier d'infanterie ?

— Peut-être des Marines.

McBride se contrôlait pour conserver sa maîtrise de soi et calmer son excitation. Il avait visiblement touché une corde sensible.

— Le type auquel je pense était en civil.

— Mais son nom était bien Hayward ?

— Oui. Au début, on a pensé que c'était un haut fonctionnaire. Quelqu'un du département d'Etat, hein, ou un politicien. Peut-être même un membre du Congrès. Et puis, on a compris qu'on se gourait. Moi, j'étais sergent-chef. Mon patron, c'était le capitaine Ricketts. Il s'est fait tuer plus tard à Dalat. Il avait des ordres, le capitaine Ricketts. Il lui a donné tout ce qu'il demandait, ce M. Hayward.

— Et que voulait-il ?

— Des armes. Et du personnel. Il a examiné les dossiers de la compagnie et il a choisi cinq gusses. Les pires salauds qu'il pouvait y avoir. Il leur a distribué le matériel et ils sont tous partis vers le Nord.

— Ils sont revenus ?

Le sergent massa son moignon à travers la jambe vide de son pantalon.

— Par moments, elle me fait mal comme si je l'avais encore. Oui, Hayward est revenu, bien sûr. Mais seul.

— Vous n'avez aucune idée de ce qu'il était allé faire avec les cinq soldats de son escorte ?

— On ne l'a su que plus tard quand on a été envoyé dans le Nord à notre tour. Il y avait un village où on pensait qu'une ou deux huiles du Viet-cong se planquaient. Bref, on y est allé. Et plus de village. Il avait été complètement incendié. Des cadavres partout, dont ceux des cinq gars que je vous causais. Le toubib qui était avec nous les a examinés. Un massacre qu'aurait pu être signé du

176

lieutenant Calley, il a dit que c'était. Mais en pire.
D'après lui, après que Hayward et ses bonshommes
avaient détruit le village, il les avait descendus tous
les cinq. Pour pas qu'y ait de témoins.

— On n'a pas ouvert une enquête ?

— Eh non, pardi ! Le capitaine Ricketts avait
déjà des ordres. Qui venaient de Hayward et de plus
haut encore. C'était un type bien, Ricketts, et ce
qu'il a dû dire, ça ne lui plaisait pas. Foutre pas,
c'était visible. Ça avait du mal à passer. Il fallait qu'il
déclare que les mecs étaient allés défendre le village
et que c'était le Viet-cong qui était responsable de
cette boucherie. En fait, les balles qui ont été
extraites des corps des habitants, hommes, femmes
et enfants, provenaient d'armes américaines. Même
les cinq types de chez nous avaient été tués par une
de nos mitrailleuses. Et c'était une mitrailleuse du
même modèle que celle dont Hayward avait été
équipé.

— Ainsi, rien n'a été fait ?

— Je vous jure que si Hayward, cette espèce
d'iceberg ambulant, était venu traîner ses bottes par
là, y aurait eu des copains qui lui auraient fait son
affaire, à cette ordure, cet assassin.

« Cette espèce d'iceberg. » Chaque fois que quelqu'un parlait de Hayward, il y avait immanquable-
ment cette allusion à la froideur glaciale. Il se
dégageait de cet homme quelque chose de... d'inhu-
main.

Il n'était pas question, évidemment, d'exploiter le
tuyau du sergent. McBride connaissait suffisamment
Marinker : jamais le rédacteur en chef ne publierait
cette histoire. Et si par extraordinaire il le faisait, ce
serait le démenti immédiat.

Alec retourna à Chicago pour écrire le dernier
article de la série. Il faisait un froid de canard.
L'année approchait de son terme.

Cinq jours après le Nouvel An, le téléphone sonna chez McBride tard dans la soirée.

— Ne quittez pas, je vous prie...

Puis une voix familière retentit. Vieillie, un peu vacillante. Et lasse.

— Dorfmann à l'appareil. Il faut que je vous voie, Alec. Je vous attends demain à Dallas. Je préviendrai Marinker. Prenez le premier avion.

— Je ne sais pas si je pourrai me libérer...

— Puisque je vous dis que je m'arrangerai avec Marinker... Il faut que vous veniez d'urgence. Il ne me reste plus beaucoup de temps.

9

Un break flambant neuf attendait McBride à
l'aéroport. Le cow-boy taciturne qui conduisait
traversa la ville à vive allure et prit la route du ranch.
Maintenant, l'horizon était hérissé de torchères, de
cuves, d'usines de pétrochimie et de stations de
raffinage. C'était comme si la Prairie avait été deux
fois violée : d'abord par les trépans, les derricks et
les pompes, ensuite par les silhouettes biscornues de
ces édifices et de ces appareillages.

Dorfmann avait changé, lui aussi. Bien sûr,
McBride s'y attendait. Mais il n'avait pas imaginé
que l'âge exercerait de tels ravages. Le magnat du
pétrole s'était desséché, sa peau diaphane était
jaunâtre et ses yeux presque vitreux. Assis sur la
terrasse du ranch, il faisait penser à un mort qu'on
aurait oublié d'enterrer. Il se leva quand Alec
descendit du break, ce qui parut lui demander un
effort de volonté considérable.

— Content de vous voir, mon petit.

La voix était grêle et vacillante.

— Moi aussi, je suis heureux de vous voir.

Il fallait bien mentir.

— Asseyez-vous, asseyez-vous, dit le vieillard en
lui désignant un fauteuil à côté du sien. On va nous
apporter de quoi nous rafraîchir. Citronnade ou
bourbon, choisissez.

Le journaliste opta pour le bourbon. Un domestique arriva avec un plateau. McBride prit une gorgée de bourbon tout en regardant Dorfmann boire sa citronnade à petits coups.

— Le docteur m'interdit l'alcool. J'en aime tellement l'odeur que, de temps à autre, je débouche une bouteille rien que pour la renifler.

Il se tut et se perdit dans la contemplation de la prairie. Sans la voir.

— Pourquoi m'avez-vous demandé de venir? s'enquit McBride.

— Parce que vous êtes un poids sur ma conscience.

Il faudrait attendre que Dorfmann se décide à répondre à la question quand il le jugerait bon.

— Je vous ai dit au téléphone qu'il ne me restait plus beaucoup de temps, reprit le potentat. En réalité, je suis au bout du rouleau. Avec de la chance, j'en ai encore pour un an. C'était en moi, ça se développait à l'intérieur de mon corps.

— Le cancer?

— Un mot que les Britanniques sont capables de prononcer. Ici, c'est moins facile. Même à la télévision, on s'en abstient. Mais ce n'est pas seulement dans la poitrine que ça me ronge. Il n'y a pas que le corps qui est atteint. L'âme aussi.

Un appel à la compassion, songea McBride. A la fois métaphysique et physique. Incroyable mais vrai: Dorfmann croyait en l'âme. Le journaliste n'avait jamais été affleuré par l'idée qu'il y eût de la place pour l'âme au Texas. Le moteur à combustion interne, tant qu'on voudra, mais l'âme était confinée aux sermons dominicaux de la radio et aux habitants des bidonvilles.

— C'est drôle, enchaîna Dorfmann. J'ai toute la puissance financière possible et imaginable, et je ne peux que rester cloué dans un fauteuil à attendre. Ça

180

ressemble à une fable morale sur la richesse, non ? Pas moyen d'échapper à la dame à la faux.

McBride ne se sentait pas ému pour deux sous.

— Enfin... ne vous apitoyez pas sur mon sort, Alec.

Comment dire au vieil homme qu'il demeurait froid ? Qu'il n'éprouvait nulle compassion ? Ce serait enfoncer le fer dans la plaie. McBride préféra garder le silence.

— Je crois que c'est la punition. Si on doit me juger, eh bien qu'on me juge. Tout a commencé quand ils ont tué le Président. Quand j'ai tué le Président.

McBride eut la soudaine impression que la prairie vacillait. Un mini-tremblement de terre qu'il était seul à percevoir.

— J'y suis pour quelque chose, poursuivit Dorfmann. Je savais que cela se produirait. J'ai versé ma contribution pour qu'il en soit ainsi. Et puis, j'ai attendu dans la coulisse. Ce n'est même pas la mort de Kennedy qui me bouleverse. C'était une responsabilité dont j'étais déterminé à supporter les conséquences le temps qu'il faudrait. Non, je pense aux autres. A tous les autres. Le défilé des fantômes qui ne cesse de s'allonger. Il est nécessaire de les éliminer, voilà ce qu'on disait. Mais cela ne me plaisait pas. Cela dérangeait ce que l'on pourrait appeler ma conscience. Vous, par exemple. Vous troubliez ma conscience. Il devait m'en rester encore un peu puisque après qu'ils ont essayé de vous tuer, je leur ai dit que je pouvais vous tenir en main.

— C'est pour ça que vous m'avez envoyé exercer mes talents à Chicago ?

— En partie, mon petit, en partie. C'était une des raisons. Oh ! Vous connaissiez bien votre métier et ça a facilité les choses. Et j'avais une sorte — comment dire ? — d'affection pour vous. J'ai pensé que je parviendrais à éviter la liquidation d'Alec McBride. Après tout, vous n'aviez pas été témoin de l'attentat. Vous n'étiez pas dans Dealey Plaza quand il a eu lieu.

— J'ai été témoin du meurtre de Sandrup.

— Officiellement, il était mort plusieurs années auparavant. Et son corps n'a jamais été retrouvé. Des on-dit, vous n'aviez rien de plus à vous mettre sous la dent — pas la moindre preuve. L'ennui, c'est que le temps a beau passer, vous vous accrochez. Comme si vous étiez obsédé.

— Ne pas savoir, c'est ce qui a abouti à cette obsession. Maintenant, vous pouvez réellement m'aider, monsieur Dorfmann. En me disant tout.

Dorfmann essuya du dos de la main son front que la souffrance rendait humide de transpiration.

— Il fallait que Kennedy disparaisse. Il coûtait cher. Trop cher aux gens d'ici. A ceux de New York, de Washington et de Californie. A Wall Street. Voilà le problème avec un Président riche comme Crésus : il se moquait éperdument de saigner à blanc les grosses fortunes. Il essayait de mater les multinationales. Elles ne voulaient plus de lui au pouvoir. Elles ont pris contact avec des personnes comme moi. Et elles se sont entendues avec les Cubains... les Cubains anticastristes. Elles ne lui ont jamais pardonné l'échec de la Baie des Cochons.

Dorfmann hésita. Ses lèvres étaient sèches. Il but un peu de sa citronnade.

— Continuez, fit McBride d'un ton froid.

— Et... il y avait aussi la Mafia. Elle ne portait pas précisément les Kennedy dans son cœur. C'est comme ça que le projet est né. Dresser les ennemis l'un contre l'autre. Au début, ce n'était qu'une ébauche d'idée. Et puis, les types qui savaient comment passer de la théorie à la pratique ont pris les choses en main.

182

— Les mafiosi ?

— Non. Ils ont apporté leur concours mais ce n'étaient que des amateurs. Ce sont les autres... les professionnels... qui sont passés à l'action.

Dorfmann était loquace mais il se cantonnait dans les généralités. Et l'heure n'était plus aux généralités. McBride voulait des faits précis.

— J'ai besoin d'avoir des noms. Et des détails.

— Les noms, il y en a des masses. Des noms de gens qui ont de la surface. D'ailleurs, vous en connaissez un : Sidney Dorfmann. Mais il y en a d'autres... des gens qui occupent des places plus importantes. Beaucoup... beaucoup d'autres. Vous mettre au courant de tout sera long. Et, à présent, je suis fatigué. Fatigué jusqu'à la moelle des os. Accordez-moi la nuit. Je vous établirai la liste de tous ces noms. Revenez demain. Je vous la donnerai.

— Je peux passer la nuit ici...

— Non, ce serait trop révélateur. Ça pourrait mettre la puce à l'oreille à trop de personnes.

— Mais ces personnes, comme vous dites, sauront n'importe comment que je suis ici.

— Une visite au ranch n'est pas significative. Vous êtes venu me parler du journal. Mais vous ne devez pas avoir l'air de vous incruster. J'ai fait réserver une chambre au Hilton. Demain matin, vous louez une voiture ou vous prenez un taxi, vous vous débrouillez pour semer d'éventuels suiveurs et vous revenez. D'accord ?

McBride accepta la proposition, mais non sans réticence. Il n'avait pas le choix. Dorfmann était livide, les traits tirés, épuisé. Alec se leva pour prendre congé mais son hôte l'agrippa par le bras.

— Vous raconterez tout ça dans un livre, n'est-ce pas, McBride ? Ils ne vous laisseront pas le publier ici, il faudra qu'il sorte à l'étranger. Vous vous cacherez quelque part pour l'écrire. Oui, il est indispensable que vous vous cachiez. Ils ont le bras long — et la mémoire aussi. Vous écrirez ce livre, hein ?

— Oui, je l'écrirai. Mais pourquoi maintenant ? Pourquoi avoir attendu si longtemps ?

— Parce que, maintenant, je n'ai plus de raison d'avoir peur. Qu'ils me tuent s'ils le veulent, cela n'a plus d'importance. Ils ne tueront qu'un homme déjà mort. Revenez demain le plus tôt possible. Tout sera prêt.

L'hôtel était autrement confortable que celui où était descendu Sandrup en 1963. McBride pouvait — devait — se détendre. Son esprit était embrumé, ses paupières pesaient leur poids de plomb. Cependant, il vibrait d'impatience. Demain, il en saurait plus, beaucoup plus. Il saurait le rôle qu'avait tenu Sandrup et celui que Bunker Hayward continuait encore de tenir. Et il saurait qui tirait les ficelles. Des noms qui comptaient, des noms connus. Des gens dont on parlait. Eh bien, ils allaient désormais nourrir encore davantage les conversations.

Il se fit monter à dîner dans sa chambre. Dehors, le Dallas nocturne commençait à se réveiller. La circulation se faisait plus dense, les lumières étincelaient, les néons étaient éblouissants. McBride contempla la ville de sa fenêtre. Un monument à la gloire du mauvais goût, une statue érigée à la plus grande gloire du pétrole, un cénotaphe célébrant la toute-puissance de l'automobile. La grande cité dégoulinante de fric. Les Etats-Unis... Bon Dieu ! Quelle image de la société pour la postérité !

Abandonnant son poste d'observation, il alla aux W.C. Il trouvait que c'était là le commentaire qui s'imposait. Il prit un bain, puis se coucha et resta assis dans son lit à regarder fixement l'écran vide du

184

poste de télévision. A la longue, il finit par s'endormir.

Et ce fut le matin. Après avoir fait tourner son taxi dans la ville pendant une heure, il prit le chemin du ranch Dorfmann. Durant tout le trajet, il surveilla la vitre arrière mais ne remarqua pas de voiture suspecte. Tout au moins, il n'en repéra aucune. A moins qu'il n'y en eût plusieurs qui se relayaient ? Mais il n'en avait pas l'impression. Plus tard, il se rendrait compte qu'il n'y avait nulle raison de le prendre en filature. La besogne avait été faite sans que personne eût besoin de s'attacher à ses pas.

Des voitures étaient arrêtées devant le ranch. Plus que de coutume. Dont deux de la police municipale. Il y avait aussi une ambulance.

Un employé du ranch, un Texan dégingandé et taciturne plus vrai que nature, ouvrit à McBride et le fit entrer dans une petite pièce à gauche de la porte. Le journaliste y resta seul quelques minutes, puis un homme corpulent en costume gris, coiffé d'un stetson, entra.

— Qui êtes-vous ?

— McBride. Alec McBride. Je travaille à Chicago pour un journal dans lequel M. Dorfmann a des intérêts.

— Ah bon ? Votre nom me dit quelque chose. Je crois bien avoir lu quelques-uns de vos articles. Qu'est-ce que vous lui voulez, à Dorfmann ?

— J'avais rendez-vous avec lui ce matin pour discuter d'affaires concernant le journal.

C'était la meilleure réponse. L'appréhension glaçait McBride. Il ne demanda même pas ce qui était arrivé. C'était inutile.

— J'ai bien peur que vous ne soyez obligé de discuter de vos affaires avec quelqu'un d'autre. Je me présente : Dan Trasker, shérif du canton, et nous sommes ici dans ma juridiction. Bon... Pas la peine de tourner autour du pot. Dorfmann est mort.

Les pires craintes de McBride étaient confirmées. Il s'y était attendu. Mais des questions se posaient.

— Comment est-il mort ?

— Vous saviez qu'il était malade ? Le fameux mal incurable.

Alec acquiesça.

— Oui, il me l'a dit hier.

— Parce que vous l'avez vu hier ?

— Oui.

— Pourquoi êtes-vous revenu aujourd'hui ?

— Il nous restait encore des questions à régler.

Le shérif toussa et se gratta le cou. Un cou rougeaud. Tout à fait en situation.

— Dans la nuit, il s'est fait sauter la cervelle en se tirant un coup de fusil sous le menton.

McBride resta un long moment silencieux. Quelque part dans la maison, un cartel égrena onze heures. Je ne devrais pas être surpris, soliloquait-il. C'est tout à fait comme dans les vieux romans policiers. L'assassin est sur le point d'être démasqué, et pan ! On lui tire dessus par la fenêtre.

Sauf que, cette fois, ça avait été un coup de fusil en pleine nuit. A moins que Dorfmann ne se fût vraiment suicidé ? Non, pas possible. Pas quand il avait décidé de soulager sa conscience. C'était Dorfmann qui avait pris l'initiative de lui donner cette liste, de faire éclater la vérité sur la mort de Kennedy.

— Vous êtes sûr qu'il s'agit bien d'un suicide ?

Le shérif leva brusquement la tête :

— Quoi ? Qu'est-ce que vous racontez ? Qui d'autre aurait pu faire ça ? Le pauvre vieux était condamné. C'est douloureux, un cancer, monsieur McBride. Affreusement douloureux. Et je vous parle en connaissance de cause. J'ai eu un cas dans

186

ma propre famille. Dorfmann a fait ce qu'il devait faire.

— Il était indispensable que nous nous voyions ce matin.

— Vous croyez que ce genre d'obligations compte pour un type qui souffre le martyre ? Vous n'avez pas d'imagination ou quoi ?

— J'en ai peut-être trop, au contraire. Quelqu'un d'autre aurait pu poser le canon du fusil sous son menton.

Le shérif devint écarlate.

— Vous êtes bien tous les mêmes, les journalistes ! Avec une taupinière, vous faites un Himalaya. Vous voulez voir le corps ? Je vais vous le montrer. Peut-être que ça vous empêchera de vous faire des idées rocambolesques.

Trasker pilota McBride jusqu'à la pièce en vis-à-vis à droite dans l'entrée.

Dorfmann était assis à son bureau, face à la baie vitrée. Le fusil avait légèrement glissé après que le coup avait été tiré. La balle était entrée sous le menton, fracassant la mâchoire, puis elle avait traversé la bouche et avait transformé le cerveau en bouillie. La fenêtre était éclaboussée de flaques rouges. La calotte crânienne avait cessé d'exister.

— Vous pouvez vous assurer qu'il s'agit bien d'un suicide, monsieur McBride, dit Tasker. Allez-y, ne vous gênez pas. Parce que je ne veux pas parler de meurtres quand il n'y a pas de meurtriers. (Il tendit le menton en direction d'un petit bonhomme qui, dans un coin du bureau, était en train de refermer une mallette.) Je vous présente le docteur Morrish, le médecin légiste du canton. Eh ! toubib, racontez donc à M. McBride ce qui s'est passé ici.

Le Dr Morrish ne daigna même pas lever la tête.

— Il s'est fait sauter la cervelle en se tirant une

balle sous le menton. Il y a plein de matière cérébrale sur les vitres. Pas de problème.

— Qu'est-ce que je vous disais ? fit le shérif d'un air suffisant. Pour quelle raison a-t-il fait cela, docteur ?

— Son médecin traitant nous a fait savoir que M. Dorfmann avait un cancer de l'estomac en cours de généralisation. Inopérable. Voilà la raison de son geste.

McBride fit un pas en direction du légiste.

— Quelqu'un n'aurait-il pas pu lui mettre le fusil dans les mains, poser l'extrémité du canon sous le menton et faire feu ?

— Vous n'abandonnez pas facilement, monsieur McBride, soupira Trasker.

Cette fois, le médecin légiste leva la tête et regarda le journaliste.

— Bien sûr qu'on aurait pu. Seulement, les choses ne se sont pas passées de cette manière, je vous en fiche mon billet. Les paumes sentent la poudre.

— Mais je vous le répète... On a très bien pu lui fourrer ce fusil entre les mains et l'obliger à appuyer sur la détente.

— Ça suffit comme ça, laissa tomber Trasker. Si les cochons avaient des ailes, ils seraient chefs d'escadrille, je ne dis pas le contraire, monsieur McBride. Mais, maintenant, soyons sérieux. M. Dorfmann a mis fin à ses jours, c'est aussi simple que ça. Alors, ne construisez pas de châteaux de sable là où il n'y a pas de sable. Surtout, pas d'histoires à la gomme dans les journaux, hein ? Tenez-vous-en aux conclusions officielles.

Il n'y avait rien à faire. McBride était coincé, il le savait.

— J'attendrai d'avoir le verdict du district attorney sous les yeux pour me prononcer.

Le shérif regarda McBride droit dans les yeux.

— Vous le lirez à Chicago, mon vieux, pas ici. Parce que vous allez retourner là-bas en vitesse, pas vrai ?

— Il est possible que je reste encore quelques jours à Dallas.

— Restez-y aussi longtemps que vous voudrez mais n'écrivez pas de conneries dans les journaux, c'est tout ce qu'on vous demande.

McBride fut ramené en ville par une voiture de police. En réalité, il n'avait pas l'intention de rester plus longtemps à Dallas, il avait seulement voulu tester les réactions de Trasker. Et il ne tenait pas à s'attarder outre mesure. Juste une question à poser à quelqu'un et il prendrait le premier avion à destination de Chicago.

La rue n'avait pas changé. Le Prairie Traveller Hotel non plus, à part sa façade peut-être un peu plus décrépite. En dehors de cela, il n'avait pas bougé.

Ce n'était plus le même réceptionniste. Celui-ci était jeune et blond.

— Bonjour, monsieur, dit-il à McBride, le sourire engageant.

— Bonjour.

Alec jeta un coup d'œil autour de lui. L'entrée et le salon étaient minables. Des fauteuils usés, une table dont le revêtement avait pris une teinte pisseuse.

— C'est pour une chambre, monsieur ?

— Non. Je voudrais seulement vous demander une chose. Il est possible qu'un de mes amis soit descendu ici.

Ce serait quand même le diable... Il n'y avait pas de raisons. Pas la queue d'une. Mais le hasard a parfois de ces ironies... Non, il perdait certainement son temps, c'était une idée idiote...

— Quel est le nom de votre ami, monsieur ?

— Hayward. M. Bunker Hayward.

Le réceptionniste tendit le bras vers un gros registre rouge mais n'alla pas jusqu'au bout de son geste.

— Pas la peine, dit-il avec un large sourire. Vous l'avez raté, mon pauvre monsieur. Il est parti depuis à peu près une heure. Il m'a dit que quelqu'un viendrait peut-être le demander et m'a chargé de l'excuser.

Hayward avait le sens de l'humour. Et des dons de télépathie, ce qui n'étonnait pas McBride outre mesure : il avait toujours une tête d'avance sur lui. L'important, c'était qu'il s'était trouvé à Dallas quand Dorfmann s'était fait sauter la cervelle. Ou quand on s'en était chargé.

Alec prit un taxi pour aller à l'aéroport où une surprise l'attendait : Trasker était là. Seul. Le shérif le prit par le bras et l'entraîna dans un coin tranquille de la cafétéria.

— Votre avion ne décolle pas avant au moins une demi-heure.

— Vous êtes venu vous assurer que je monterai bien à bord ?

— Non. Je veux vous dire une chose. Mais entre nous. Pas un mot dans les journaux. Ni à personne. Vous prenez un café ?

McBride acquiesça. Quand le serveur eut apporté les cafés, le shérif s'accouda sur la table, le buste penché en avant, son stetson repoussé sur la nuque.

— Je suis un flic honnête, McBride, commença-t-il.

— C'est censé être une rareté ?

— Des fois, oui. Tout à l'heure, au ranch, je vous ai donné la version officielle en ce qui concerne la mort de Dorfmann.

— J'ai compris. Si j'écris autre chose, ce sera à mes risques et périls.

— Allons! Je parlais pour la galerie. Il y avait mes subordonnés et le coroner. Vous pouvez écrire tout ce qu'il vous plaira. L'ennui, c'est que personne ne le publiera. Vous devriez le savoir.

— Vous avez sans doute raison.

— Pardi! Alors, c'est à cette thèse que je dois m'en tenir. Mais il se peut que le vieux se soit effectivement suicidé...

McBride n'en crut pas ses oreilles.

— Vous voulez dire que... qu'il n'est pas à exclure que...

— Il avait les poignets écorchés. Il est possible qu'on l'ait forcé à prendre le fusil dans ses mains... et peut-être même à appuyer sur la gâchette.

— Mais, dans ce cas, pourquoi ne faites-vous rien, bon Dieu?

— Parce que ce serait inutile. Je ne suis qu'un petit shérif de canton. Ça ne pèse pas lourd, vous savez. Je pourrais attraper la grippe demain et me retrouver sur le sable. Je serais bien avancé après. Et vous aussi. Officiellement, Dorfmann s'est donné la mort. Je suis obligé de m'en tenir à cette version. Merde, quoi! Le coroner avait été mis au parfum avant même d'arriver au ranch et de voir le corps.

— En ce cas, pourquoi me racontez-vous tout ça?

— Parce qu'il me reste encore un peu de respect humain. Parce que je voulais que vous sachiez.

— Mais si je publie vos déclarations, vous démentirez?

— Comment faire autrement? On ne peut rien faire, je vous dis. Il y a des manigances plus importantes dans la coulisse, des trucs que je ne connais pas. Vous peut-être mais pas moi. Et je ne veux pas les connaître. Ça risquerait de me retomber sur le nez. (Le shérif porta sa tasse à ses lèvres.) Et il y a autre chose.

— Quoi encore ?

Trasker sortit de sa poche une épaisse enveloppe commerciale.

— Ceci. Elle vous était adressée. C'est un carnet. Je l'ai trouvé dans le tiroir du bureau de Dorfmann.

— Vous savez ce qu'il y a dedans ?

— Evidemment. Je l'ai lu. Cela fait partie de mon travail. Aucun intérêt pour moi à ma connaissance. Rien qui soit en rapport avec la mort de Dorfmann. Alors, j'ai pensé que je devais vous la remettre.

McBride s'empara de l'enveloppe.

— Merci mais faites-moi grâce du suspense. Qu'y a-t-il dans ce carnet ?

— Des noms. Des listes entières de noms. Prenez-le, essayez d'en tirer ce que vous pourrez mais laissez-moi en dehors de tous ces micmacs.

— Pour que vous puissiez rester honnête... et ignorant ?

— Exactement.

McBride examina le carnet dans l'avion. C'était un banal calepin, un agenda imitation cuir. Mais qui ne contenait aucun rendez-vous. Uniquement des listes.

La première comportait environ soixante-dix noms suivis de l'adresse. La plupart ne disaient strictement rien à Alec. La plupart mais pas tous. Il y avait celui de Kathy Raymond et celui de son mari. Le nom de Billy Sandrup et le nom d'Orin Buncey. C'était clair comme de l'eau de roche. A moins qu'il se trompe, toutes les personnes figurant sur cette liste étaient mortes. Toutes avaient d'une manière ou d'une autre vu quelque chose qu'elles n'auraient pas dû voir. Quelque chose qui prouvait que Lee Harvey Oswald n'était pas l'assassin de John Kennedy.

La deuxième liste était plus courte et les noms n'étaient pas accompagnés d'adresses. Tous étaient inconnus de McBride. A une exception près. Le sien. Alexander McBride. En toutes lettres.

Les gens qui restaient encore à abattre ? Le travail n'était pas tout à fait achevé ?

La troisième liste se trouvait à la dernière page et on aurait dit un extrait de cotation en Bourse comme en publie n'importe quel journal. Sauf que les cours n'étaient pas indiqués. Rien que les noms de grosses sociétés. La Trans-Texican, celle qui appartenait à Dorfmann, l'International A & I, la World Communication Inc., la Bethseda International Trading Corporation et d'autres encore. Treize en tout dont trois multinationales.

McBride se laissa aller contre le dossier de son fauteuil. Des contrats remplis, des contrats qui ne l'étaient pas encore et treize sociétés dont trois multinationales... Facile de comprendre, maintenant, qui tirait les ficelles. Les fameux « ils » étaient répertoriés dans tous les annuaires commerciaux. Ce qui est bon pour treize grosses entreprises dont trois multinationales est bon pour l'Amérique. Une variante de la célèbre formule.

Les gros bonnets du commerce et de l'industrie étaient-ils derrière l'assassinat de Kennedy ? Ou n'étaient-ils que les seconds couteaux ? Des sympathisants ? Une partie d'un tout plus vaste ? L'ennemi ? Et comment un homme seul pourrait-il se dresser contre un pareil ennemi ? Impossible. Il n'existait aucun moyen de le combattre. Il n'y avait rien à faire.

McBride eut une bouffée de colère à cette idée. Non, il devait sûrement y avoir un moyen. La guerre d'usure. Remonter une piste qui aboutissait uniquement à un homme. Mais qui mènerait peut-être à

193

quelqu'un d'autre. A un autre homme, à un autre groupe. Plus haut placé.

Impossible.

Sa colère se dissipa. Il s'enfonça plus profondément dans son fauteuil et ferma les yeux. Il serait bientôt à Chicago. Et il aurait tout le temps de réfléchir. En attendant, mieux valait ne plus y penser.

10

1975

Le 1er janvier 1975, les accusés du Watergate, Mitchell, Haldeman, Ehrlichman et Mardian, furent reconnus coupables de conspiration et d'obstruction à la bonne marche de la justice. Le scandale du Watergate avait longtemps occupé la première page. Il y avait aussi d'autres informations et Alec en avait traité un certain nombre. En cinq ans, il s'était taillé une place de chroniqueur réputé et ses articles, repris dans d'autres journaux, étaient lus dans toute l'Amérique.

En cinq ans, les souvenirs prennent la poussière. Après la mort de Dorfmann, McBride s'était attaché à oublier. Oublier Kennedy. Oublier Sandrup. Oublier le nom de Bunker Hayward. Désormais, tout cela appartenait au passé. Et à l'avenir. Il ne fallait plus y penser avant l'heure propice. Il n'était cependant pas resté totalement inactif. Dès son retour de Dallas, en 1970, il avait de nouveau appelé le F.B.I.

— Est-ce qu'on sait, chez vous, ce qui est arrivé à Dorfmann ? avait-il demandé au fonctionnaire anonyme qui avait pris la communication.

— M. Sullivan a été avisé que M. Dorfmann, atteint d'un mal incurable, s'était donné la mort.

La voix était monocorde, le débit monotone. C'était sans doute un assistant du directeur-adjoint.

— M. Sullivan a-t-il été avisé qu'il existe des indices permettant de penser qu'il ne s'agit peut-être pas d'un suicide?

— Nous avons les constatations et les procès-verbaux de la police. Il n'y figure rien de tel. Néanmoins, M. Sullivan examine toute l'affaire en détail. C'était un ami personnel de M. Dorfmann.

— Et que fait M. Sullivan en ce qui concerne l'autre affaire?

Une pause, puis:

— A quoi faites-vous allusion, monsieur McBride?

Il y avait eu une ombre d'hésitation dans la voix monocorde.

— A la mort de John Fitzgerald Kennedy.

La seconde pause fut plus longue que la première.

— Il ne m'est pas possible de vous fournir de renseignements sur les enquêtes menées par le Bureau.

— J'ai été parmi ceux qui lui ont donné des informations relatives à l'attentat.

— Nous sommes toujours reconnaissants aux personnes qui nous apportent leur concours. M. Hoover a dit que de bons contacts avec le public étaient la preuve que la police fait bien son métier.

— Mais, bon Dieu de bois, c'est de la mort du Président que je vous parle!

— Les conclusions sont formelles: l'assassin était sans contestation possible Lee Harvey Oswald. Aucune présomption ne nous autorise à penser que d'autres individus aient été mêlés...

McBride avait brutalement raccroché au nez de son correspondant.

En cinq ans, le carnet de Dorfmann avait pris de la poussière, lui aussi.

Lorsque McBride était rentré de Dallas, Dorrie était revenue. Comme si de rien n'était. Un jour, elle avait ouvert la porte de l'appartement et avait repris sa place dans sa vie. Alec n'avait pas soulevé d'objections. Il n'avait pas eu envie d'en soulever. En prenant de l'âge, il devenait un homme d'habitudes, ce qui ne voulait pas dire que Dorrie n'était rien de plus qu'une habitude. Il était amoureux d'elle, il le savait, et il pensait qu'elle était amoureuse de lui. Leurs retrouvailles étaient la réunion normale de deux êtres profondément épris l'un de l'autre. Telle était le point de vue de McBride. Il faisait l'amour comme avant, plein de désir et de passion. Et pourtant, comme avant, aussi, il ne parvenait pas à se débarrasser du vague sentiment qu'il y avait entre eux une sorte d'étrange et indéfinissable barrière.

Ils vécurent quatre ans ensemble mais, maintenant, personne ne parlait plus mariage. Ils souhaitaient tous les deux que la situation actuelle ne change pas.

Clyde Anson, cédant aux pressions discrètes de Marinker qui le considérait un peu comme un passager qui devait faire place nette, avait pris sa retraite. De temps en temps, il faisait encore quelques piges pour améliorer sa pension dont il ne cessait de déplorer la modicité. Et McBride lui faisait rechercher de la documentation pour ses articles chaque fois que l'occasion s'en présentait.

Il lui arrivait de temps en temps de repenser à l'assassinat de Kennedy. Ce serait le sujet du livre qu'il écrirait tout à loisir pendant son congé sabbatique. Ce fut un soir qu'il avait invité Dorrie et son père à dîner qu'il évoqua ce sujet.

Il les avait emmenés dans un restaurant en retrait de Lakeside Drive dont le chef ferait son chemin mais qui était encore suffisamment jeune pour se préoccuper de gastronomie, chose en train de devenir une rareté en Amérique.

Ce fut au moment du café qu'il leur parla de ce projet.

— Non, laissa tomber Anson. Oubliez tout ça.

— Il y a trop longtemps que j'ai oublié. Mais c'est toujours là, quelque part au fond de ma cervelle. Il faut faire quelque chose.

— Tout le monde se moque de Kennedy comme de sa première couche-culotte, aujourd'hui. Il est avec les immortels. Autrement dit, c'est aux historiens qu'il appartient. Vous prétendez que ce n'est pas Oswald qui l'a tué mais les gens s'en foutent. Vos éventuels lecteurs n'y verraient qu'une œuvre d'imagination. D'ailleurs, pourquoi vous intéresseriez-vous encore à cette histoire ?

McBride but une gorgée de café.

— Je me suis déjà posé la même question. Chaque fois que j'avais renoncé, que j'avais réussi à la chasser de mon esprit, il s'est produit quelque chose. Turvey à Saigon, Dorfmann avant de mourir. A tous les coups, le nom de ce Hayward refait surface.

— C'est une obsession, Alec, dit Dorrie.

— Oui. Mais je... je ne peux pas oublier cette nuit à Dallas. Les confidences de Sandrup. Et il y a aussi le carnet.

Anson leva les yeux.

— Quel carnet ?

— Un carnet que m'a laissé Dorfmann et qui contient des listes de noms. Les noms de toutes les personnes mortes après l'assassinat de Kennedy. A cause de l'assassinat de Kennedy. Il y a aussi des listes de grosses sociétés industrielles... celles que Dorfmann croyait avoir été mêlées à l'assassinat.

Dorrie et son père échangèrent un coup d'œil.

— Vous seriez bien avancé après. A supposer que ce soit vrai, vous ne pourriez rien faire contre des gens comme ça.

— Si. Crier comme un chien qui aboie dans la nuit. Tout dire dans un livre. Dans ma chronique.

— Parce que vous croyez qu'ils vous laisseraient imprimer ça ? Le canard appartient probablement à quelques-unes des puissances en question, ce qui signifie que nous leur appartenons aussi, Alec, que cela nous plaise ou non. S'ils veulent qu'on la boucle, il leur suffit de couper nos sources de revenus. Plus de boulot, plus d'argent et, finalement, plus de personnalité. La destruction économique, quoi. C'est efficace et ils sont très forts à ce petit jeu. (Anson alluma une cigarette avant de poursuivre :) Et s'ils n'arrivent pas à vous bâillonner de cette manière, ils vous exécuteront. Comme ils ont exécuté les types figurant sur la liste de Dorfmann. Sans doute parce qu'il était plus simple de les tuer que de les démolir en employant l'autre méthode.

— C'est justement pour cela que je ne peux pas laisser tomber, Clyde. Parce qu'ils tuent des hommes et des femmes. Comme si c'était une pratique courante dans les affaires.

— Bien entendu ! Et il leur est nécessaire de vous mettre sur la touche. Vous êtes un empêcheur de comploter en rond. Vous vous interposez peut-être entre eux et un pactole de deux millions de dollars. Comme, dans la rue, un malfrat qui vous agresse pour deux dollars. Les affaires sont les affaires. C'est la libre entreprise poussée à son point extrême.

McBride haussa les épaules.

— Vous avez peut-être raison. C'est vrai, il vous arrive de temps à autre d'avoir raison, Clyde. C'est lassant. J'en reviens au carnet de Dorfmann. Il comportait d'autres noms. Le mien, notamment. Des noms de gens encore vivants. L'un d'eux était Giancana... Sam Giancana.

Anson leva les yeux. Il y avait de l'étonnement dans son regard.

— Giancana ? répéta-t-il.

— Celui qui couchait avec la même fille que Kennedy.

— Je vous ai raconté l'histoire. Tout le monde la connaît, maintenant. Giancana... le *padrone* de Chicago, le *capo* de la branche locale de la Mafia. A votre place, je ne parlerais pas trop de lui. Je ne dirais même pas que son nom figure dans votre fameux carnet — encore que ça ne signifie rien.

— J'aimerais rencontrer Giancana.

— Non, Alec, n'y pensez pas.

— Peut-être qu'il aurait envie de me rencontrer s'il savait que son nom est inscrit sur une liste d'hommes à abattre établie par Dorfmann. Parce que ces gens-là sont au courant de quelque chose à propos du meurtre de Kennedy. Dites-le-lui, Clyde. Dites-lui que son nom est en bonne place dans le carnet. Et que je vais en parler dans ma chronique.

Cette nuit, quand ils furent rentrés, Dorrie ne desserra pratiquement pas les lèvres. Alec avait l'impression qu'elle semblait triste. Elle dormit en lui tournant le dos.

La semaine suivante, il évoqua la mort de Kennedy dans sa rubrique. Douze ans après l'événement.

« Qui a tué le président Kennedy ? La question revient à l'ordre du jour. On commence à écrire des livres là-dessus et la culpabilité de Lee Harvey Oswald paraît de moins en moins vraisemblable. Allons-nous nous pencher à nouveau sur cette vieille question ? La réponse est oui. Trop de points d'interrogations demeurent et de nouveaux doutes surgissent. Y avait-il plus d'un tireur ? On continue à se poser des questions. Le moment est venu de les poser publiquement. »

Le lendemain, Marinker convoqua McBride dans son bureau.

— Je sais ce que vous voulez dire, Alec, commença le rédacteur en chef. Et vous n'êtes pas le seul à poser ces questions. Mais il ne faut pas que vous vous embarquiez dans des spéculations qui sont à présent du domaine de l'histoire. Ce n'est pas pour cela que ce journal vous emploie.

— Je crois que l'affaire Kennedy est d'actualité. Et de plus en plus.

— Je vous répète qu'ici, nous ne nous occupons pas de l'Histoire avec une majuscule. Ce qui nous intéresse, c'est un autre Président. C'est de savoir si Nixon démissionnera ou s'il sera destitué. Parlez plutôt de cela dans votre chronique.

— Je l'ai déjà fait. Il est possible que tout cela ne fasse qu'un. Kennedy est mort, Johnson est parti et des fripouilles ont pris le pouvoir.

Marinker fronça les sourcils. Il était inscrit au parti républicain.

— Je n'apprécie pas ce genre de commentaires, McBride. Nixon a peut-être commis des erreurs. Ça ne signifie pas pour autant...

McBride le coupa :

— Ça signifie ce que certains veulent que ça signifie. Est-ce un crime ou une stupidité ? Quelle importance ? Mais l'assassinat de Kennedy, lui, était un crime.

— Qui a tourné chez vous à l'obsession, semble-t-il. Mais gardez vos hantises pour vous. Elles n'ont pas leur place dans votre chronique. C'est sans intérêt. Une fois de plus, cette affaire est du domaine de l'histoire.

— C'est la ligne politique officielle ?

Marinker vira au violet :

— C'est ma politique. Ecoutez... vous aviez raison dans votre papier. Les gens s'interrogent sur la mort de Kennedy. Soit. Mais les questions qu'ils se posent demeureront sans réponse, croyez-moi. Donc, c'est un exercice futile. Alors, parlez d'autre chose. Je ne veux pas que l'espace réservé à une rubrique soit gaspillé. Sauf si cela fait vendre et un assassinat vieux de douze ans ne fait pas recette.

McBride se dit en sortant que Marinker avait peut-être raison. Il n'y aurait pas de conclusion à l'affaire Kennedy. Peut-être que la hantise personnelle d'Alec aboutissait à un cul-de-sac. Peut-être que Marinker avait d'autres mobiles qu'il valait mieux ne pas creuser.

Ou peut-être était-ce le début du cauchemar.

Le même soir, Anson lui téléphona.

— Giancana veut vous voir, lui annonça-t-il.

Le lieu de rendez-vous était un petit restaurant italien qui ressemblait à s'y tromper à un décor pour film de gangsters. La spécialité de la maison était les lasagnes. Le patron était le portrait craché d'un ancien acteur spécialisé dans les rôles de composition, Henry Armetta.

Anson et McBride attendaient devant un café.

Deux hommes entrèrent quinze minutes après l'heure fixée et se dirigèrent vers eux. Clyde se leva. Le plus petit des deux avait le teint brouillé et la peau chiffonnée comme un vieux parchemin. Il avait l'air mal en point.

— Bonsoir, monsieur Giancana, dit le vieux journaliste en lui tendant la main.

Giancana se contenta de hocher le menton et s'assit en face de McBride. Il semblait exténué.

— Je vous présente Alec McBride, reprit Anson.

Nouveau hochement de menton. Clyde se tourna vers l'autre homme — grand, distingué, d'une élégance irréprochable, des cheveux gris qui commençaient à s'argenter, le regard vif et scrutateur. Il faisait penser à une personnalité du monde politique. Anson désigna Alec de la main.

— M. McBride... M. John Roselli.

Roselli, lui, serra la main d'Alec avant de s'asseoir.

— Qu'est-ce que tu prends, Sam ? demanda-t-il à Giancana.

— Un peu de lait chaud, peut-être.

— Un laid chaud pour M. Giancana, lança Roselli au sosie de Henry Armetta. Et, pour moi, une fine.

Le patron apporta les consommations et tourna les talons. Giancana fut pris d'une brève quinte de toux. Quand l'accès fut passé, Roselli ouvrit le feu :

— Il paraît que vous êtes en possession d'une certaine liste ?

McBride opina. Il ne se sentait pas à son aise. Ce qu'il pouvait faire chaud !

— Parlez-nous un peu de cette liste.

— C'est un legs de Sidney Dorfmann.

Les deux Italiens échangèrent un regard. McBride avait de plus en plus chaud. On n'était encore qu'au début de l'été, il n'aurait pas dû faire une chaleur pareille.

— Et qu'est-ce qu'elle dit, cette liste, mon petit ?

— C'est une liste d'hommes à abattre...

Alec ne se rendit compte qu'après coup que l'espèce de gloussement haché qu'avait émis Giancana était un rire.

— M. Giancana trouve la chose amusante, fit Roselli. Il a figuré sur tellement de listes d'hommes à abattre, depuis le temps !

Giancana se pencha en avant et ouvrit la bouche pour la première fois :

— Alors comme ça, je suis sur une nouvelle ? Une dont vous ne savez rien.

Roselli se sentit apparemment tenu d'expliquer :

— M. Giancana vient d'arriver à Chicago aujourd'hui même. Avant, il était dans une clinique de Houston, au Texas. Il a les foutus flics aux talons et il est en mauvaise santé. Alors, mon petit, dites ce que vous avez à dire et qu'on en finisse. On est pressés.

McBride sentit brusquement la moutarde lui monter au nez.

— Ecoutez un peu... vous avez demandé à me voir. Parfait. Moi aussi, je voulais vous voir. Mais figurez-vous, monsieur Roselli, qu'il fut un temps où j'étais un petit garçon. Depuis, j'ai grandi. Comme vous. Et je n'aime pas qu'on m'appelle « mon petit ».

Anson tressaillit visiblement. Giancana fut pris d'une nouvelle quinte de toux. Et Roselli, après avoir regardé fixement Alec pendant quelques secondes, éclata de rire :

— Et en plus, il a une grande gueule, le môme ! Bon, on reprend tout depuis le commencement. D'après vous, le nom de M. Giancana figure sur ce que vous croyez être une liste d'hommes à abattre inscrite dans le carnet que Dorfmann vous a donné. Anson nous en a parlé, naturellement.

— Votre nom y figure aussi, monsieur Roselli.

— Et où est-il, ce fameux carnet ?

— En lieu sûr. Je l'ai confié à mon avocat, pour que si jamais il m'arrivait malheur, il soit remis au gouvernement.

— Le gouvernement..., grommela Giancana. Comme s'il faisait quelque chose ! Qui figure sur cette liste ?

— Le nom des personnes qui ont des informations sur l'assassinat du président Kennedy.

Les Italiens échangèrent un nouveau coup d'œil.

— Parce qu'on est supposé avoir aussi tué Kennedy ? demanda Roselli.

— C'est entièrement faux, maugréa Giancana. Chaque fois que quelqu'un meurt, c'est moi qui l'ai tué. Voilà leur nouveau truc. La commission sénatoriale veut à toute force que je lui raconte comment j'ai essayé de dégringoler Castro. Et Castro est toujours bien vivant.

— Ce dont nous parlons n'a rien à voir avec Castro...

— Vous croyez ? Eh bien, figurez-vous que longtemps avant la Baie des Cochons, ils sont venus nous trouver, moi et Johnny. La C.I.A. Ils ont dit qu'ils voulaient descendre Castro et ils voulaient que je m'en charge. Moi ! Le F.B.I. fait tout ce qu'il peut pour me mettre à l'ombre et la C.I.A. veut que je tue Fidel. Vous ne trouvez pas ça drôle, monsieur McBride ?

— Je trouve que c'est intéressant.

— C'est vrai, dit Roselli. Oh ! on leur a suggéré quelques idées techniques. On est des patriotes, nous autres. Mais, finalement, il ne s'est rien passé. Et vous dites, maintenant, que je ne sais quel milliardaire du Texas, qui est d'ailleurs mort, prétendait qu'il voulait s'assurer les services de quelqu'un pour assassiner le Président ! Non mais je rêve !

Giancana toussa et reprit la parole :

— Je n'avais rien contre Kennedy. Je l'aimais bien. On avait des connaissances communes, précisa-t-il avec un rire rauque. Même qu'il y a eu des livres écrits là-dessus. Mais je n'aurais pas marché. Même quand ils sont venus me tâter, je les ai envoyés se faire voir.

Roselli se pencha en avant :

— Oh ! Sam... *dolce, dolce...*

McBride était maintenant en état d'alerte.

— On s'est adressé à vous, dites-vous ? Qui ?

Mais une nouvelle quinte de toux empêcha Giacana de répondre et Roselli prit le relais :

— Que voulez-vous de M. Giancana ? Ce n'est plus un jeune homme. Il a pris sa retraite. Ce qu'il peut dire ne signifie pas forcément...

— Il a dit, en tout cas, qu'il avait été contacté au sujet d'un projet d'assassinat dont Castro aurait fait les frais.

— Exact. Nous avons été contactés tous les deux, M. Giancana et moi.

— Si on a tenté de vous engager pour exécuter Castro, on a aussi pu vous proposer un contrat pour exécuter Kennedy. Et M. Giancana a laissé entendre que des contacts avaient effectivement eu lieu. Si tel est le cas, je voudrais savoir par qui ils ont été pris.

— Ecoutez-moi, monsieur McBride. M. Giancana est ami avec tout le monde. Avec les politiciens, avec de gros industriels, avec le maire de Chicago, celui de New York et celui de Los Angeles. Il est ami avec Frank Sinatra et avec d'autres vedettes. Maintenant, il est à la retraite. Harcelé par une commission sénatoriale, par le F.B.I., par ses propres associés. Tout ce qu'il demande, c'est qu'on le laisse en paix.

— Vous n'avez pas répondu à ma question.

— Vous l'avez eu, votre réponse. M. Giancana vous a dit qu'il n'avait en rien trempé dans l'assassinat de Kennedy. Vous voulez savoir qui l'a contacté ? C'est non. M. Giancana n'est pas un donneur. Maintenant, nous allons nous en aller. M. Giancana est fatigué.

Roselli aida le vieil homme à se lever avant de reprendre :

— Nous ne sommes pas venus ici ce soir,

McBride. Nous ne vous avons jamais vu. Nous ne causons pas aux journalistes. Vu ?

Sur ces mots, Roselli posa sur la table un billet comportant plusieurs zéros et se dirigea vers la porte, Giancana accroché à son bras.

— Il s'est trahi, dit Anson quand les deux Italiens furent partis. Sa petite histoire selon laquelle on l'a contacté et il a refusé...

— Je sais.

— C'est quand même drôle. Ils avaient peur qu'on les voie parler avec vous.

McBride raccompagna Clyde et rentra chez lui. Dorrie l'attendait et, à sa grande surprise, elle ne lui posa pas de questions. Il s'en félicita. Il n'avait pas envie de parler de la conversation qu'il venait d'avoir : il avait besoin de réfléchir. Qui avait contacté Giancana ? S'il parvenait à avoir un autre entretien avec lui, peut-être le vieux truand finirait-il par lâcher le nom du négociateur. Etait-ce Bunker Hayward ? Non, Hayward était un exécutant. Le contact avait certainement été pris par quelqu'un d'autre, quelqu'un de plus important. Quelqu'un qui avait peut-être des liens avec les sociétés que Dorfmann avait notées dans son carnet. Roselli et lui savaient qui était l'émissaire : c'était suffisant pour qu'ils figurent l'un et l'autre sur la liste des personnes à éliminer.

Mais comment se faisait-il qu'ils ne soient pas déjà morts ? Pourquoi n'avaient-ils été victimes d'aucune tentative d'assassinat ? Giancana avait été un gros ponte de la Mafia, autrefois. Le chef d'une des Familles. Ça pouvait être une assurance sur la vie. Les mafiosi ne passent pas à table. Le sursis dont il bénéficiait pouvait très bien être définitif.

Telles étaient les pensées que McBride tournait dans sa tête au soir du 17 juin 1975.

Deux jours plus tard, alors que Sam Giancana était en train de se préparer un dîner tardif dans sa cuisine, quelqu'un s'introduisit dans l'appartement et l'abattit de cinq balles en pleine tête.

11

— Ils ont tué un homme mort, dit Roselli. Un vieil homme usé. Fini. Il avait raccroché les gants. Et ils lui ont quand même flanqué cinq pruneaux dans le chou !

C'était deux jours après la mort de Giancana. Roselli avait pris l'initiative de la rencontre. Il avait fixé rendez-vous à McBride pour dîner dans le petit restaurant italien. Mais, cette fois, Anson n'était pas invité. La doublure d'Henry Armetta apporta deux assiettées de lasagnes accompagnées d'une bouteille de chianti et laissa discrètement les deux hommes en tête à tête.

La tristesse qu'affichait Roselli n'était pas entièrement feinte, ce qui était surprenant compte tenu de sa réputation et de ses activités.

— Ils auraient pourtant pu lui foutre la paix ! Combien de temps qu'il lui restait à vivre ? On lui avait enlevé la moitié des tripes. Il avait subi une ablation partielle du côlon à Houston.

— Savez-vous qui l'a tué ? lui demanda McBride.

— Bien sûr. Peut-être Aiuppa, peut-être Joe Batters. Et vous, vous savez pourquoi on l'a tué ?

— Je compte sur vous pour me le dire.

— Il devait être entendu par la commission d'enquête du Sénat. Il n'aurait rien dit. Ils connaissaient la règle du jeu. Ou alors, il leur aurait raconté des boniments. Peut-être qu'il aurait parlé de la C.I.A. et de l'histoire Castro mais pas des affaires de la famille, ça, vous pouvez en être sûr.

— Peut-être qu'il aurait aussi parlé de l'assassinat de Kennedy ?

C'était un coup lancé à l'aveuglette. Roselli dévisagea McBride.

— On vous a déjà causé de ça. Sam ne s'est pas mouillé là-dedans. Et moi non plus.

— N'empêche que vous avez été contactés...

— Et puis après ? Ça n'a rien à voir.

— Peut-être que ceux qui vous ont contactés ont eu peur que Sam se montre trop bavard.

— Qu'ils aient eu peur, je ne dis pas le contraire, mais ils auraient dû savoir que Sam ne se serait pas allongé. (Brusquement, l'Italien agrippa le poignet d'Alec.) Est-ce que vous avez parlé à quelqu'un de notre conversation de l'autre soir ?

La question prit McBride de court. Pas un mot n'avait été prononcé. Ni écrit. Il aurait fallu qu'il en sache plus long, qu'il revoie d'abord Giancana. Trop tard, maintenant.

— Sam est convoqué par la commission, enchaîna Roselli. Et « on » apprend qu'il a eu une entrevue tout ce qu'il y a de secrète avec un journaliste très en vue. Qu'est-ce qu'on en conclut logiquement ? Que l'ami Sam se prépare à lâcher le morceau. Vous êtes sûr de ne pas avoir eu la langue trop longue ?

— Evidemment, Roselli. Je n'en aurais parlé à personne pour la bonne raison que je voulais revoir Giancana pour savoir qui l'avait contacté. Ça aurait tout gâché.

Roselli alluma une cigarette.

— S'ils savaient que j'ai discuté avec un journaliste, il m'arriverait la même chose qu'à Sam, laissa-t-il tomber d'une voix dépourvue d'émotion. Mais ils ne le savent pas. Pas par vous, tout au moins.

— Pas par moi.

— Mais ce type… Clyde Anson… Il a pu ouvrir sa grande gueule, lui.

McBride demeura silencieux. C'était Anson qui lui avait conseillé d'oublier toute l'affaire, de la boucler. Anson… lui qui n'arrêtait pas de parler !

— Je vous parie qu'il n'est pas là où il est censé être, McBride. Je vous parie tout ce que vous voulez qu'il s'apprête à changer d'air. (Il exhala une bouffée de fumée.) Peut-être qu'on devrait en faire autant, nous aussi.

Alec baissa les yeux sur son assiette qu'il n'avait pas touchée.

— Ecoutez, Roselli, si Clyde Anson a été trop bavard, celui — ou ceux — à qui il s'est confié sait que je me suis entretenu avec Giancana. Deux jours plus tard, il est tué. Un certain nombre de personnes n'ignorent pas que je m'intéresse à l'assassinat de Kennedy. Peut-être que ceux qui se sont adressés à Giancana autrefois et lui ont proposé le contrat Kennedy ont paniqué à l'idée qu'il pourrait m'en dire trop long.

Roselli, apparemment perdu dans la contemplation de la nappe, resta muet.

— D'accord, peut-être qu'ils se sont entendus avec Aiuppa pour qu'il liquide Giancana…

L'Italien assena un coup de poing sur la table :

— Peut-être… peut-être ! Toujours des peut-être ! Un contrat pour Kennedy, nous n'avons jamais cherché à savoir de quoi il s'agissait. Vous devriez faire pareil.

— Je veux savoir qui vous a contactés, Giancana et vous.

— Je ne me rappelle pas. Ça remonte à si loin…

— Je veux un nom !

— Je ne peux pas vous en donner. Je ne les connais pas. Deux types nous ont contactés, c'est tout. Ils savaient qu'on nous avait fait des avances au sujet de Castro. Ils nous ont demandé de traiter Kennedy. On a répondu non.

— A quoi ressemblaient ces deux hommes ?

— Il y en avait un fringué impec. Comme... comme un avocat d'affaires. Un *consiglieri*. L'autre était plus jeune. Grand, blond...

— Hayward ? S'appelait-il Hayward ?

— Je vous répète que je ne connais aucun nom. (L'Italien se leva brusquement.) Un bon conseil, McBride, et je vous parle dans votre propre intérêt. Laissez tomber. Ne faites rien, ne publiez rien. Et, comme je vous disais, vous feriez peut-être aussi bien de partir en cavale.

— Et vous ?

— Moi, je disparais de Chicago. J'ai des affaires à régler à Los Angeles. Après, direction la Floride. N'importe comment, ils ne toucheront pas à un seul de mes cheveux. Je la connais dans les coins. Ils le savent. Ils savent que je ne ferai pas de vagues et que je ne moufterai pas. Suivez mon exemple. Maintenant, McBride, je vous dis au revoir. Oh ! Une dernière chose. Faites gaffe à Anson. Il n'est pas franc du collier.

Quand McBride rentra chez lui, une heure plus tard, l'appartement était vide. Pas de Dorrie. Et ses vêtements n'étaient plus là, eux non plus. Elle avait fait sa valise et était partie sans même laisser un mot d'explication. Partie...

Il décrocha le téléphone et forma le numéro de Clyde Anson. Ce fut Dorrie qui répondit.

— Qu'est-ce que cela signifie, Dorrie ?

Un silence, puis :

— Mon père n'est pas bien.

— Tu aurais pu laisser un mot.

— Je n'ai pas eu le temps.

212

— Tu as pourtant eu le temps de vider la penderie.

Nouvelle pause. Plus longue.

— Il se fait du souci. A cause de la mort de Giancana.

— Ça ne m'étonne pas qu'il soit inquiet. Il a parlé du rendez-vous de l'autre soir. A qui, Dorrie?

— Je n'en sais rien.

— Demande-le lui!

— Il dort.

— Eh bien, réveille-le.

— Je t'ai déjà dit qu'il n'est pas très bien.

McBride prit une profonde inspiration. L'exaspération le gagnait. Elle aurait dû l'aider mais, au lieu de cela, elle lui mettait des bâtons dans les roues. Et Anson aussi faisait de l'obstruction.

— S'il garde le silence, il risque d'aller encore plus mal. Aussi mal que Giancana.

— C'est bien cela qui l'inquiète, Alec.

A nouveau, McBride respira à fond. Cette fois, il fallait prendre une décision.

— Toute l'histoire paraîtra demain dans ma chronique. Enfin... tout ce que je sais. C'est-à-dire qu'on a fait appel au concours de Giancana pour assassiner Kennedy. Et ce ne sera qu'un début. La suite au prochain numéro.

— Tu ne peux pas faire ça, Alec! (La voix de Dorrie trahissait son effroi.) Ce serait suicidaire.

Ce fut comme s'il recevait un coup de poignard. Pourquoi était-elle aussi sûre d'elle en disant cela?

Il lui posa la question.

— Ils... ils ont dé-déjà essayé de t-te... tuer. (Elle bégayait, ce qui n'était pas dans ses habitudes.) Si tu parles de ça, ils recommenceront, c'est fatal.

L'explication n'était pas suffisante. Elle avait parlé avec trop d'assurance, son ton avait été trop catégorique.

— Il n'y a pas que cela, Dorrie. A t'entendre, on dirait que tu sais quelque chose — quelque chose de plus. Sais-tu quelque chose d'autre, Dorrie ?

— Je ne sais rien. Que veux-tu que je sache de plus ? (La question soulignait le mensonge.) Ecoute... il faut qu'on se voie demain. Disons au Lake Bar... tu connais ?

— C'est l'un des abreuvoirs favoris de ton père.

— Je t'y retrouverai demain à l'heure du déjeuner. A une heure.

— Entendu. Si Clyde est trop mal en point pour venir avec toi, demande-lui à qui il a parlé de notre conférence avec Giancana.

Il y eut un déclic. Dorrie avait raccroché.

McBride se prépara un whisky très largement étendu d'eau, posa son verre sur le bureau, s'assit, glissa une feuille dans le cylindre de la machine à écrire et commença à taper. De temps en temps, il s'interrompait pour boire une gorgée. C'était la chronique qui paraîtrait le surlendemain. Elle avait pour titre : « Quand meurent les rois » et établissait un rapprochement entre la mort du Président et celle du vieux mafioso.

Quand il eut finit, il remplit son verre vide et alla se mettre au lit. Après avoir regardé la télévision, le verre à la main, il s'assoupit. Il dormit comme un enfant. Il avait pris une décision. L'affaire serait rendue publique de A à Z.

Il péchait par excès de naïveté.

Le lendemain, Chicago rôtissait sous une chaleur tropicale. Il se rendit au journal, remit son texte à qui de droit. Puis attendit la suite des événements.

Il prévoyait que Marinker, qui, depuis le Vietnam, exigeait qu'aucun article de McBride ne soit publié sans son bon à tirer, soulèverait des objections, mais il s'était préparé à la discussion et il était sûr de lui. Il se sentait capable de réfuter tous les arguments du rédacteur en chef.

Il n'eut pas longtemps à attendre.

— Le patron vous demande, vint lui annoncer la secrétaire de Marinker, blonde et lisse comme une poupée Barbie en plastique soudain venue à la vie.

Marinker, installé dans un fauteuil et non derrière son bureau, était plongé dans la lecture de la maquette du numéro du lendemain et McBride hésita une seconde avant de s'asseoir. Le rédacteur en chef ne leva pas la tête. Rien n'indiquait qu'il s'était aperçu de l'entrée d'Alec. C'était la méthode habituelle qu'il employait pour démonter ses subordonnés. Mais McBride ne voulait pas se laisser démonter. Il croisa les jambes avec une évidente décontraction et se laissa aller contre le dossier de son fauteuil. Voyant que sa technique d'intimidation serait sans effet sur ce client-là, Marinker posa le paquet d'épreuves par terre et se tourna vers Alec.

— Non, laissa-t-il tomber. Je ne publierai pas votre papier demain. Pas sous cette forme, en tout cas.

— Pourquoi ?

— Je vous l'ai déjà dit. L'assassinat de Kennedy, c'est de l'archéologie. Plus aucun intérêt.

— Ce n'est plus vrai maintenant que la télévision a passé le film de Zapruder.

Ce film où l'on voyait les derniers instants de Kennedy avait été programmé au mois de mars. Les images contredisaient la version Oswald.

— C'était en mars et nous sommes en juin. Il n'y a pas eu d'autres faits nouveaux depuis.

— Si. Tout est dans mon article. J'ai vu Giancana deux jours avant sa mort. C'est l'histoire qu'il m'a racontée...

Marinker se leva. Son irritation était visible.

— Il n'y a pas de corroboration.

— Clyde Anson était avec moi. Même si tout était faux, les allégations de Giancana sont matière à un bon papier.

— Je n'ai pas l'intention que ce journal se mette à poser des questions sur la mort de Kennedy. Toutes ces rumeurs... comment dire ? Elles sapent le moral de la nation. Nous avons eu le Watergate. Maintenant que Nixon est parti, il nous faut reconstruire quelque chose que l'on appelle la fierté nationale. Bien sûr, vous n'êtes pas américain, McBride, mais vous devez vous rendre compte de la catastrophe que ce serait si... enfin, si ce n'était pas Oswald qui avait tué Kennedy.

— Tout ce que j'ai écrit est vrai. Et nouveau. Et important. Il faut le dire au grand jour.

Marinker pivota presque brutalement pour faire face à McBride.

— Pas dans ce journal ! Inutile de discuter. Vous faites un autre papier ou vous ne paraissez pas dans le numéro de demain.

— Eh bien, soit, je ne parais pas, dit calmement McBride.

Ce fut comme si la tension qui habitait le rédacteur en chef s'évaporait d'un seul coup. Ses épaules s'affaissèrent.

— Ecrivez un livre, c'est le seul moyen. L'année prochaine, je vous donne six mois de congé sabbatique et vous l'écrivez. Un congé sabbatique payé.

— C'est maintenant qu'il faut le dire, Marinker. Et pas dans un livre. Un livre peut disparaître des rayons d'une librairie. Il faut que ça passe dans le journal.

— Je ne peux pas imprimer ça. De deux choses l'une, McBride : vous laissez tomber ou vous prenez la porte. Réfléchissez. Vous avez de la notoriété dans la profession, vous vous êtes fait un nom mais vous pouvez être oublié du jour au lendemain. Je

216

peux faire en sorte qu'aucun autre journal de ce pays ne vous donne de travail.

McBride se livra à un rapide calcul. Il était bien, très bien payé. Il avait quelque chose comme 90 000 ou 100 000 dollars à son compte. Selon les normes américaines, c'était de la roupie de sansonnet mais pour un petit gars de Paisley, Ecosse, devenu grand, c'était beaucoup d'argent. Il pourrait vivre modestement pendant deux ans, peut-être même trois, avec ce capital. Il pourrait écrire ce livre quelque part en pleine cambrousse. Au bout de trois ans, peut-être lui serait-il possible de reprendre son métier de journaliste. Et peut-être que le bouquin marcherait bien.

Marinker, debout devant lui, le regardait avec un petit sourire satisfait qui s'élargissait. Il avait brandi la menace suprême, le cauchemar ultime, aux Etats-Unis, pour un homme qui gagne du fric à la pelle : la lente dégringolade sociale.

— Soit, dit McBride. Vos souhaits seront exaucés.

Le sourire du rédacteur en chef s'épanouit encore un peu plus.

— Vous allez refaire un autre papier ? Très bien. Je ne vois d'ailleurs pas d'inconvénient à ce que vous consacriez votre rubrique à Giancana. Le vieux *padrone* de la mafia de Chicago... un nouveau Capone qui a mal fini... quelque chose dans ce goût-là. La seule condition, c'est que vous ne fassiez aucune allusion à Kennedy.

McBride se mit debout. En prenant son temps. Avec une sorte de jubilation. Même le suicide professionnel a ses charmes.

— Je crois que vous m'avez mal compris, Marinker. Je vous présente ma démission.

Marinker grimaça comme s'il avait reçu une gifle en pleine face. Il était touché dans sa vanité.

— Vous parlez sérieusement ? Vous savez ce que vous faites ?

— Je parle on ne peut plus sérieusement et je sais très bien ce que je fais. Maintenant, si vous permettez, je vais vider mon bureau. Au revoir, Marinker.

Alec avait déjà la main sur la poignée de la porte quand le rédacteur en chef recouvra l'usage de la parole :

— Je suis désolé, McBride, mais ils ne me laisseraient pas sortir votre histoire.

— Qui ça, « ils » ?

— Les propriétaires de ce journal. (Marinker se redressa comme un coq.) Et... et ils auraient raison. Dans l'intérêt de la nation.

— Ou dans leur intérêt personnel.

La porte claqua.

Il vida son bureau sous les regards attentifs de tous ceux qui se trouvaient dans la salle de rédaction, pas mécontent, au fond, d'être l'objet de l'attention générale. Quand il eut rangé tous ses objets personnels dans une vieille serviette, il jeta un coup d'œil circulaire autour de lui. Il connaissait la plupart des types qui l'observaient en silence depuis son arrivée à Chicago, et il les aimait bien. Le brouhaha habituel, les plaisanteries, la voix de ces hommes et de ces femmes qui faisaient de leur mieux pour dire ce qui se passait dans une ville malade dans un monde malade et affichaient les apparences de l'humour pour ne pas craquer — tout cela lui manquerait.

Son regard croisa celui de Cardwell, un journaliste sportif pour qui son métier n'avait pas de secret, un vieux de la vieille qui approchait de la soixantaine.

— Alors, tu te prépares à écrire le grand roman américain du siècle, Alec ? demanda-t-il à McBride.

— Le grand roman écossais, Jos. Rappelle-toi mes origines.

Cardwell haussa les épaules.

— C'est vrai, j'oubliais que tu appartenais à une minorité ethnique. J'ai toujours dis que je ne voyais pas d'inconvénient à travailler avec un Ecossais mais que je ne laisserais jamais ma fille en épouser un.

— Je suis content de t'entendre dire ça. Nous devons veiller à maintenir la pureté de la race.

Tansy Walker, une grande brune à la silhouette élancée qui faisait de temps en temps un papier sur la mode entre deux articles féministes exaltant la « nouvelle femme américaine », lui sourit.

— Alors quoi, Alec ? Tu ne nous laisses même pas le temps de taper les gens pour qu'on te fasse un cadeau.

— Toute la ferraille que tu récolterais ne tiendrait pas dans mes poches. Mais si tu veux me faire un cadeau d'adieu personnalisé, passe donc chez moi sur le coup de minuit.

— Mon petit Alec, les futurs grands romanciers ont besoin de toute leur énergie. Je ne voudrais surtout pas émousser tes forces créatrices.

McBride serra la main à tout le monde. Tansy et deux de ses consœurs l'embrassèrent avec suffisamment d'enthousiasme pour qu'il se demande si, depuis toutes ces années, il n'avait pas gaspillé son temps avec Dorrie.

Il n'y avait pas foule au Lake Bar à l'heure du déjeuner. Quelques journalistes désœuvrés qui entraient et sortaient, quelques vieux habitués qui sirotaient leur bière. McBride prit place dans un box, commanda un manhattan et attendit en le buvant distraitement.

Une heure. Une heure et demie. Deux heures moins le quart.

Il se leva et s'approcha du comptoir.

— Il n'y a pas de message pour moi ? Au nom de McBride.

Le barman le regarda. Le blanc de ses yeux était jaunâtre.

— C'est pas la Western Union, ici.

Et il poursuivit son cérémonial d'astiquage de verres. Il était taillé comme une enclume et avait des sourcils broussailleux. Noirs. Un Polack, se dit McBride. Et hargneux, en plus. Au bout d'un moment, l'enclume releva la tête.

— Y a pas de message. Pour personne.

— Je peux téléphoner?

Le présumé Polack désigna d'un bref coup de menton un coin mal éclairé de la salle et Alec discerna vaguement la silhouette d'une cabine.

Il composa le numéro d'Anson mais personne ne répondit. Il revint s'asseoir et commanda un second manhattan. Il attendit encore une demi-heure, puis sortit.

Il se rendit directement à sa banque où il prit les dispositions nécessaires pour pouvoir retirer de l'argent dans toutes les succursales locales des Etats-Unis, puis appela un taxi et rentra à l'appartement.

Malgré le chauffage et le soleil, il avait une impression de froid. Il tourna en rond d'une pièce à l'autre une demi-heure durant avant de se mettre à faire ses bagages. Deux valises suffiraient. Plus la machine à écrire. Le reste, il l'abandonnerait. Il glissa dans une des valises quelques livres. Ceux auxquels il attachait de la valeur : *La Vie de Lincoln* de Sandburg, *La Foire aux Vanités,* une édition populaire des œuvres de Paul Whitman, deux policiers qu'il n'avait pas encore lus, le théâtre de Tchekhov, *Guerre et Paix.* Les autres, il les quitterait sans regret. D'ailleurs, quand il était arrivé à Chicago, il n'avait qu'une valise et pas de compte en banque.

— Vous avez un message, monsieur McBride, lui

dit le concierge auquel il remit les clés de l'appartement.

Il prit d'une main qui tremblait l'enveloppe libellée à son nom. L'écriture de Dorrie. Au moins, elle lui avait envoyé un mot.

Bref et qui allait droit au fait sans débordement de sentimentalité : « *Alec, cela ne sert à rien. Cette fois, ils te tueront. Crois-moi, je le sais. Il n'y a rien à faire. Sauve-toi. Si tu cours assez vite, tu réussiras peut-être à leur échapper. Bonne chance.* » Dorrie.

Pas un mot affectueux, pas de regrets, pas d'explications. Alec avait eu, en tout cas, raison sur un point : elle en savait plus qu'elle ne lui avait dit. Beaucoup plus. Et maintenant, il n'y avait plus que quelques lignes visiblement griffonnées à la hâte, d'une encre noire et impersonnelle. Il froissa la lettre, la fourra dans sa poche, adressa un coup de menton au concierge et descendit dans le parking souterrain de l'immeuble.

D'abord, quitter Chicago.

Il prit la direction du sud-ouest. Il n'avait pas de destination précise. Sa seule idée était de trouver un coin où il sentirait qu'il pourrait s'arrêter et respirer.

12

1975—1978

Même si l'on n'est jamais allé au cœur de l'Amérique profonde, on a dans la tête une image de la Middle-America. Et les images se mélangeaient comme un kaléidoscope dans celle de McBride. C'était l'Amérique de Hollywood et des films d'Andy Hardy, les bourgades aux rues bordées d'arbres à l'ombre desquels vivaient les vieux pleins de sagacité et les jeunes, enthousiastes et piaffants. Monsieur-Amerique-de-Demain. L'Amérique, c'était Dieu (un Dieu très blanc et très protestant), le Président (comme Dieu mais en plus puissant encore), la tarte aux pommes de Mom, la fille d'à côté et la bouteille de Coca-Cola qu'on pelotait à tour de rôle dans une voiture découverte. Et le sexe se limitait exclusivement au pelotage.

Carvel, la ville natale d'Andy Hardy, était devenue Peyton Place, et pire encore. Elle était devenue l'Amérique de *Easy Rider*. Des populations baignant jusqu'au cou dans une ignorance crasse, une police brutale, des fascistes patibulaires en chemises à carreaux criardes. Quand les héros bagarreurs de John Ford se tapaient dessus, ça ne laissait pas de bleus. Ces gens-là, eux, cognaient à coups de poing et à coups de pied, ils blessaient, ils tuaient. C'était le miroir que l'Amérique se tendait à elle-même.

Et cette image qu'il avait dans la tête, cette

Amérique, McBride allait bientôt la voir à son tour en chair et en os.

Il était décidé à fuir l'assassinat de Kennedy, sa quête pour trouver Bunker Hayward, l'idée que des gens en voulaient à sa peau. Il fuyait pour pouvoir avoir le temps d'écrire son livre en paix.

Il traversa Springfield, la ville natale d'Abraham Lincoln, l'un des quatre Springfield des Etats-Unis. Il traversa une région minière dont les gueulards lui rappelaient les carreaux du centre de l'Ecosse. Il couchait dans des motels ou dans de petites chambres meublées. Il allait toujours plus au sud. Il traversa Saint Louis et longea le Mississippi en direction de Cairo, voyageur solitaire et taciturne.

Et un beau soir, dans un trou perdu, il se surprit à regarder fixement le barman qui officiait dans le bar du petit motel où il s'était arrêté. Il avait envie de parler, besoin d'un semblant de communication dans cette société que, en dehors de la radio et de la télévision, la communication n'intéressait guère. En Amérique, la communication était devenue un processus à sens unique ; quelque chose que l'on recevait mais que l'on ne transmettait pas. Bien sûr, les barmen étaient l'exception qui confirmait la règle.

— Et voilà, l'ami, dit-il en posant un scotch bien tassé devant McBride. Vous voulez des glaçons ?

— Non merci, pas de glace.

Le barman haussa les épaules.

— Je pensais que tout le monde en mettait dans son whisky.

— Pas les Ecossais.

— Ah bon ? Alors, comme ça, vous êtes écossais ? C'est ben la première fois que j'en vois un, d'Ecossais. Dites, chez vous, vous portez des... comment que ça s'appelle... ces espèces de jupons, quoi ?

— Des kilts. Non, je ne porte pas le kilt.

Il y eut un silence, puis un large sourire sabra le visage du barman. L'hospitalité de l'Amérique envers les étrangers reprenait ses droits.

— Vous n'étiez encore jamais venu ici ?

— Non, jamais.

— C'est une gentille petite ville. Nous faisons de l'exploitation forestière et on cultive des céréales. Vous restez un moment ?

McBride se borna à un haussement d'épaules. Dans quel endroit resterait-il longtemps ? La question demeurait pendante.

Le barman insistait :

— Vous devriez rester. Les perspectives d'avenir sont bonnes par chez nous.

McBride vida son verre d'un trait. Le scotch le réchauffait. Il se sentait en veine d'amabilité.

— Remettez-moi ça. Et je vous paie un verre.

— Merci à vous. Vous buvez vite, vous.

— J'ai soif.

Alec se demanda brusquement s'il ne commençait pas à oublier l'art de la conversation. Et il n'y avait que quelques semaines qu'il avait quitté Chicago !

Le barman remplit son verre et se servit une bière. Le bar était une salle étroite, toute en longueur et basse de plafond, avec l'inévitable rampe de néon.

— Où c'est que vous allez comme ça ?

— Je n'en sais rien. C'est comme si je marchais dans un tunnel obscur.

Seigneur ! En voilà une réponse ! Mais elle parut suffire au barman.

— Vous êtes un migrant, quoi ? Il n'y en a plus des masses, de nos jours. C'est pas comme dans les années où tout un chacun prenait la route. Les gens partaient à la recherche d'on ne sait quoi. De l'Eldorado. De l'Eldorado, tout simplement ou d'un coin où ils avaient de quoi manger à leur faim. Qu'est-ce que vous cherchez, vous ?

225

— On pourrait appeler cela... une sortie de secours. Disons, pour être plus précis, un endroit où je serais tranquille.

— On en est tous là. Le problème, au jour d'aujourd'hui, c'est que les gens qui s'en vont le font pour d'autres raisons. Des raisons bizarres. Ils ne sont pas à la recherche de travail. Ni de leur âme. Ni d'une femme. C'est la faute à la bombe atomique. Elle les a détraqués. C'était plus simple dans le temps. Tenez, j'avais un cousin. Il a traversé toute l'Amérique à pied, de bout en bout. De l'Atlantique au Pacifique. En 1929, c'était. Il cherchait du boulot et une femme qui ferait ses quatre volontés. Et il se trimbalait avec un canari en cage qui ne le quittait pas. Il avait été gazé pendant la Première Guerre et il continuait d'avoir peur d'une attaque par les gaz. Si ça arrivait, le canari aurait été le premier à claquer et ça l'aurait prévenu.

— Pas très drôle pour le canari.

— Les mineurs s'en servent pareil pour le grisou et il pensait, mon cousin, que si c'était valable pour les mineurs, y avait pas de raison pour que ce ne soit pas valable aussi pour lui. Le plus marrant, c'est qu'il est mort le premier. Fauché par un camion. Le canari, lui, a survécu. Moi, j'ai pas tellement le temps de m'occuper des oiseaux.

Ils palabrèrent ainsi pendant une bonne heure et la conversation avait des méandres si tortueux que c'en était surréaliste. Le seul fait de bavarder ragaillardissait McBride.

Il reprit la route le lendemain matin, toujours en suivant le Mississippi. Il franchit la frontière du Tennessee. Il loua pour six mois une petite maison dans une bourgade au bord du fleuve et commença son livre.

Il passait ses matinées à taper. L'après-midi, il prenait la Chevrolet et allait manger un morceau au

226

restaurant routier. Le soir, il restait devant la télévision à regarder des insanités, buvait un verre au bistrot ou allait parfois voir un film au cinéma en plein air le plus proche.

La serveuse du restaurant, une grande fille blonde, lui rappelait un peu Dorrie, et aussi une actrice de cinéma du temps de sa jeunesse, June Havoc. Elle était logée nourrie, se prénommait Gloria, avait un joli minois aux traits déjà usés par la vie, mais aussi un sens inné de la repartie qui séduisait McBride. Gloria, qui s'était mariée à quatorze ans et était devenue veuve à vingt, accepta ses avances avec un rien d'ironie. Ils sortaient quand elle était de repos. Ils allaient au bar ou au cinéma. Finalement, après leur troisième rendez-vous, ils couchèrent ensemble à la ville.

McBride aimait faire l'amour avec elle. C'était une liaison agréable et sans lendemain. Gloria, qui lui avoua plus tard qu'elle s'appelait en réalité Lettice, n'escomptait rien de plus que le plaisir du moment. Elle avait maintenant trente-deux ans, disait-elle, et en avait vu des vertes et des pas mûres.

— Tout ce que je demande, c'est trois repas par jour et un peu d'amusement. Peut-être aussi un peu d'amour, mais je sais très bien que ça ne durera pas.

— Tu dois bien espérer quelque chose de la vie.

— Peut-être qu'il y aura un jour un garçon... probablement un fermier ou un bûcheron... qui en demandera plus que toi, Alec McBride. S'il me plaît, je lui dirai « d'accord » et qui sait si je ne me retrouverai pas mariée ? Mais même ça, c'est pas une garantie. C'est comme pour Tommy... mon mari. N'importe quel type peut caner d'une minute à l'autre. Alors, que veux-tu ? Je n'ai pas d'espérances, comme on dit. Je vis au jour le jour, sans savoir de quoi demain sera fait.

C'est exactement ce que je fais, songea McBride.

Vivre au jour le jour sans penser à l'avenir. Sauf pour ce qui était de son livre.

Gloria savait qu'il était écrivain mais cela ne l'impressionnait pas. Lui, il écrivait un bouquin ; elle était serveuse dans une gargote — c'était son expression. C'était pareil : un travail. Un travail qu'il fallait bien faire mais auquel il n'y avait pas lieu de s'intéresser.

McBride l'aimait bien mais elle ne comblait pas le vide laissé par Dorrie. Plus il y réfléchissait, plus il était convaincu d'avoir été le dindon de la farce. Il était tombé amoureux de la fille de Clyde et celle-ci avait répondu à sa flamme pour des raisons pour l'instant impénétrables, mais ce n'était pas de l'amour. Gloria était dix fois plus honnête que ne l'avait jamais été Dorrie Macklin. C'était quelque chose qui comptait.

Au bout de quatre mois, « ils » le rattrapèrent. Ils se manifestèrent sous l'apparence d'un homme de haut taille qui commençait à prendre du ventre, vêtu d'un costume gris foncé chiffonné, coiffé d'un feutre gris clair.

Ce soir-là, Gloria était de service et McBride en fut heureux. Il n'arriverait malheur à personne d'autre que lui. Il ne pouvait oublier Genine Marks malgré le passage du temps.

Il était neuf heures quand on frappa à la porte. McBride regardait la télévision. Il pensa que c'était Gloria qui avait fini plus tôt que d'habitude ou, peut-être, Jess Loper, un pilier de bistrot qui passait de temps en temps faire une partie d'échecs et auquel Alec réservait toujours bon accueil.

Il alla ouvrir. Un homme en gris se tenait sur le seuil. Son visage épais portait encore les traces d'une acné juvénile depuis longtemps oubliée. Il était corpulent.

— Monsieur McBride ?

228

McBride hocha la tête. Et le canon d'un gros revolver, un Magnum, s'enfonça dans son estomac, le repoussant à l'intérieur.

— Qui diable êtes-vous ? s'exclama-t-il.

Mais il avait compris. Ils l'avaient retrouvé.

— L'homme qui était à tes trousses, McBride. Et tu n'as pas été facile à rejoindre.

— Que me voulez-vous ?

Une ébauche de sourire creusa le visage mafflu de l'inconnu.

— Tu dois bien t'en douter. Fais surtout pas de mouvements trop rapides. Il suffit d'un rien pour que ça parte, un Magnum, et je voudrais pas être forcé de te descendre ici. Ça ferait négligé.

— Et trop de bruit — c'est trop près de la ville. Comment m'avez-vous retrouvé ?

— C'est une longue histoire. Y a pas mal de monde qu'est sur tes talons. Bon... maintenant, tu t'habilles et on s'en va.

— Où ça ?

— Dans un coin tranquille où on dérangera personne.

— Et si je ne vous suis pas ?

— Alors là, on risque de déranger le monde.

McBride dévisagea le visiteur. Il transpirait. Pourtant, l'homme n'avait rien d'effrayant. C'était peut-être cela qui le rendait encore plus terrifiant.

— Vous avez l'intention de me tuer ?

— A quoi bon entrer dans les détails, mon vieux ?

Il fallait continuer à parler, ne serait-ce que pour gagner du temps, faire durer les quelques minutes qui lui restaient à vivre.

— Mais pourquoi voulez-vous me tuer ? A cause de Dallas ?

L'autre secoua la tête.

— Dallas ? Pas au courant. Je ne sais rien de rien. Tiens, je vais te dire. J'ai reçu un coup de téléphone.

On m'a indiqué tes coordonnées et on m'a donné l'ordre de venir faire le travail. Alors, me voilà. C'est mon métier. C'est comme ça que je gagne ma vie. Il est à tel endroit, tu y vas et tu t'occupes de lui, voilà. Je pose pas de questions. Je fais rien de plus que ce que je suis payé pour faire.

— Qui vous paie ? Ce ne serait pas un certain Hayward, par hasard ?

— Je ne demande pas leur nom à mes employeurs. Je suis... je suis pareil à un acteur avec un imprésario qui organise ses tournées.

Gagner du temps, pensait McBride. Le maximum de temps. Et, pour ça, s'accrocher au moindre fétu.

— Combien vous paient-ils ?

Le tueur fit la moue.

— Est-ce que je te demande tes revenus, moi ? Je cause pas d'argent avec les gens que je connais pas, et vice versa.

— Je vous donnerai davantage si vous renoncez au contrat.

— Davantage que 5 000 dollars ?

— Le double.

L'homme en gris se gratta le menton.

— Ça demande réflexion. C'est bien joli mais si j'acceptais, on ne me confierait plus de boulot. Je reconnais que l'offre est tentante mais je suis malheureusement forcé de dire non. Maintenant, va chercher ta veste.

L'autre le tenait toujours en respect. McBride tendit le bras pour prendre sa veste, vibrant comme une corde de guitare. Il fallait qu'il fasse quelque chose et il allait le faire.

Il fit brusquement volte-face et, se servant de la veste, à la manière d'un fouet, fit dévier le Magnum d'un coup sec. Les doigts moites du tueur glissèrent sur l'acier aux reflets bleutés tandis que, plié en deux, McBride chargeait tête baissée. Une feinte qu'il avait apprise quand il était gosse à Paisley. Le coup de boule à l'écossaise.

Son crâne entra en collision avec la pomme d'Adam de l'homme en gris avec une telle violence que ce dernier fut catapulté contre le mur, le souffle coupé. Le Magnum fit un bruit sourd en tombant par terre. L'agresseur était désormais désarmé, c'était un premier point d'acquis.

Mais il y avait un autre handicap : la taille de l'agresseur. Il se décolla du mur, ses énormes battoirs tendus en avant. S'ils l'atteignaient, McBride savait qu'il serait dans de sales draps. Sans même réfléchir, il se détendit et frappa à nouveau à la gorge du tranchant de la main. Cette fois encore, l'homme en gris fut plaqué contre le mur. Hoquetant, la bouche grande ouverte.

McBride frappa pour la troisième fois en visant le même point faible, toutes ses forces concentrées dans sa main droite. Il y eut un léger bruit, une sorte de craquement et le sang jaillit des lèvres frémissantes de l'assassin. McBride recula, pétrifié d'horreur.

Mais ce n'était pas fini. Alec allait apprendre combien il est difficile de mettre hors de combat, voire de tuer, un être humain. Les bras du tueur, cessant de mouliner, se raidirent et ses yeux hagards se posèrent sur le plancher. Il se laissa lourdement tomber à genoux et tâtonna à la recherche du revolver.

McBride exhala — Dieu sait pourquoi — une espèce de sanglot et l'expédia du bout du pied hors de portée des mains qui rampaient sur le sol. Il lança à nouveau sa jambe en avant et, cette fois, la pointe de son pied s'enfonça dans le flanc gauche de l'homme qui roula sur le côté avec un grognement sourd. Alec réitéra. Cette fois, il entendit distinctement craquer les côtes. L'autre émit un râle mais il

continua à se propulser en direction du Magnum.
McBride bondit, le contourna et se rua sur l'arme
dont il s'empara. Le métal était tiède, humide de
sueur. Il sentit des doigts l'agripper, fit volte-face, et
recula. Il tenait le revolver par le canon, résistant à
l'envie de l'utiliser normalement. S'il tirait, les
voisins entendraient les détonations. Il y aurait des
questions, cela ferait trop de remue-ménage, même
si la presse mettait l'affaire sur le compte de la
légitime défense : « Un homme tue un individu qui
s'était introduit chez lui avec le propre pistolet du
malfaiteur. »

McBride assena un coup de crosse sur la tête du
tueur qui roula sur lui-même. Un bruit sec. Comme
une branche qu'on casse. Je lui ai fracturé le crâne,
pensa Alec. Sûrement. Il doit presque être mort.

Presque.

Mais pas encore tout à fait.

L'homme se dressait en effet sur ses genoux, au
prix d'un gigantesque effort. Il y avait du sang dans
ses cheveux, du sang qui coulait de ses narines, du
sang qui lui sortait de la bouche. Il gargouillait et
hoquetait plus que jamais. Il avait les yeux vitreux,
sa tête ballotait mais il essayait toujours obstinément
d'avancer pour s'accrocher à son adversaire.

McBride avait envie de vomir. Il lança un coup de
pied dans le menton du tueur, le repoussant, mais
celui-ci ne se déclarait pas encore vaincu. Il tenta à
nouveau d'avancer, de se cramponner à la vie.

Il faut que je le tue, se dit McBride. Sinon, ça ne
finira jamais. C'est un assassin à gages et il faut que
je le tue. Je n'arriverai pas à le mettre K.O.
autrement. Il pouvait lui donner le coup de grâce,
mais pas question de tirer.

La crosse de Magnum s'abattit une deuxième fois
sur le crâne de l'homme. Puis une troisième. A

genoux devant sa victime, les doigts ensanglantés, McBride s'acharnait.

Soudain, la porte s'ouvrit et Gloria entra.

— J'ai terminé tôt... Oh ! Mon Dieu !

Les yeux exorbités, elle se figea sur place à la vue du spectacle.

— Il... il était venu pour m'abattre, haleta McBride en faisant un geste d'impuissance. Impossible de le maîtriser. Il revenait toujours à l'attaque.

Gloria l'écarta et contempla le colosse adossé au mur, la figure barbouillée de sang. Elle lui palpa la gorge, lui prit le poignet pour lui tâter le pouls. Enfin, elle se remit debout et aida McBride à se relever.

— Il ne viendra plus te chercher des bricoles. Il est mort.

McBride secoua la tête.

— J'ai été forcé de le tuer. Mais il ne voulait pas mourir.

— Maintenant, ça y est. Qui c'était ?

— Je ne sais pas. Il était payé pour m'assassiner.

— Pourquoi ?

— A cause de quelque chose que je sais... quelque chose que j'ai appris quand j'étais journaliste.

L'explication parut suffire à Gloria. C'était une fille à l'esprit pratique. Elle regarda le corps.

— Il n'est pas d'ici.

— Non. Il ne venait pas de très loin. De St-Louis, peut-être. C'est un... un tueur professionnel.

Elle dévisagea McBride. Elle souriait presque. Du moins, c'était l'impression qu'elle donnait.

— Comment tu as fait ? C'est un colosse.

— Je pense qu'il ne s'attendait pas à ce que je lui résiste. Et j'ai eu de la chance. Je l'ai touché à la gorge. De la chance...

— Ici, sa disparition passera inaperçue. (C'était maintenant la fille à l'esprit pratique qui parlait.) Et

St-Louis c'est grand. Il n'y a qu'à se débarrasser du cadavre.

McBride acquiesça.

— Oui. Oui, tu as sans doute raison. Mais, maintenant, ils savent où me trouver. Ils en enverront un autre.

— Alors, il faut que tu t'en ailles, répliqua-t-elle d'une voix calme. C'est ton vrai nom, McBride ?

— Oui.

— Et tu n'as pas eu l'idée d'en changer ? Tu n'as pas pensé à effacer tes traces ? A brouiller les pistes ?

— Non, je n'y ai pas pensé.

Cette fois, elle sourit vraiment. Un large sourire réconfortant.

— Moi, c'est ce que j'ai fait. Personne n'a essayé de me tuer mais il y avait un type qui s'accrochait. Et je n'avais pas envie d'avoir à le traîner. Alors, je suis partie et j'ai pris un autre nom. Bon... A présent, au travail. Commence par te laver la figure et les mains.

Quand McBride revint de la salle de bains, elle lui dit :

— Il n'y a qu'à le flanquer à l'eau. On le lestera d'abord. Il finira bien par remonter à la surface mais loin d'ici, en aval, et il n'y aura aucun moyen d'établir un rapport avec lui. Commençons par le fouiller.

Le portefeuille contenait une carte de sécurité sociale au nom d'Edward Jepson, la somme de 200 dollars et un bout de papier portant le nom et l'adresse de McBride. Ils brûlèrent la carte et le pense-bête. Les 200 dollars, Alec les donna à Gloria qui les accepta sans faire de façons. Ils trouvèrent dans sa poche deux porte-clés. A l'un d'eux était accrochée la clé de contact de la Ford cabossée arrêtée devant la maison.

Ils tassèrent le corps dans le coffre et McBride se mit au volant. Gloria le suivait dans sa propre voiture. Elle l'attendit pendant qu'il abandonnait la Ford à l'écart d'un chemin creux près du fleuve. Elle l'aida à envelopper le cadavre dans un drap, à le ficeler avec une corde et à le lester avec de lourdes pierres.

Les eaux boueuses du Mississippi se refermèrent sur Edward Jepson entortillé dans son linceul improvisé. McBride ne sut jamais si on l'avait retrouvé ni même si sa disparition avait été remarquée. Peut-être n'était-il jamais remonté à la surface. Peut-être s'était-il décomposé et désagrégé dans le fleuve. Et il était peu vraisemblable qu'on s'inquiète du sort d'un personnage de cette espèce. Néanmoins, McBride avait tué un homme et cela lui pesait sur la conscience. Il était incontestablement en état de légitime défense. C'était sa vie ou celle de Jepson. Et Jepson avait pour mission de l'exécuter. Il n'empêche qu'il était horrifié par l'acte qu'il avait accompli et il ne l'oublierait pas de sitôt.

De retour chez lui, McBride se servit un scotch et se laissa choir dans un fauteuil tandis que Gloria nettoyait la pièce pour effacer toute trace du combat. Quand il voulut se lever pour l'aider, elle lui fit signe de ne pas bouger et ce ne fût que lorsqu'elle en eut terminé qu'elle le rejoignit et accepta le verre qu'il lui tendait.

— Ainsi, tu es en cavale et tu n'as même pas essayé de changer de nom ?

— Non. Probablement parce que je ne croyais pas qu'ils me retrouveraient.

— Les types qui t'en veulent, c'est des gens importants ? Ils ont du fric ?

— Je suppose que oui.

— Il faut que tu files. Tu prendras un autre nom, tu vendras ta bagnole. Tu dois absolument devenir quelqu'un d'autre, McBride.

Il hocha la tête, se forçant à l'écouter. Il se revoyait encore massacrer Jepson, s'acharner sur lui.

— Ecoute-moi ! insista Gloria. Tu vas m'écouter, oui ou non ? Maintenant, va-t'en d'ici. Mets le plus de distance possible entre ce bled et toi. Ensuite, fais comme je t'ai dit. Deviens quelqu'un d'autre.

— Viens avec moi, lui proposa impulsivement McBride.

Elle sourit et, se penchant, l'embrassa sur la bouche.

— Tu es gentil mais pas question. Pas dans ces conditions. Je t'aime bien, McBride. J'aime bien baiser avec toi. Mais nous appartenons, toi et moi, à deux mondes différents. Tu finirais par te lasser de moi ou ce serait moi qui finirais par en avoir assez de toi. Et ce serait aussi moche dans les deux cas.

— Sans toi, je n'aurais pas pu me débarrasser du cadavre.

Cette fois, elle éclata de rire.

— Ce n'est pas tout à fait la meilleure base pour édifier une union éternelle.

— Que vas-tu faire ?

— Ce que je ferai ou ne ferai pas est sans importance. Personne ne cherche à me tuer, moi. Il y aura toujours des types qui essaieront de coucher avec moi. De quoi veux-tu que je me plaigne ? S'ils me plaisent, je me laisserai faire. Si j'ai de la chance, peut-être que je tomberai sur un brave garçon pas trop malin. Avec nos petites économies à tous les deux, on ouvrira un restau pour les routiers. Et quand on aura mis assez d'argent de côté, on s'installera en Floride.

McBride fit mine de sortir son portefeuille mais Gloria l'arrêta net, une flamme de colère dans les yeux.

— Non ! J'ai couché avec toi parce que ça me plaisait. Je ne suis pas une putain. Je n'ai eu aucun

236

scrupule à prendre 200 dollars à un mort qui n'en avait plus besoin mais je n'accepterai pas un sou de toi.

Ils firent l'amour avec une passion presque brutale. Ensuite, Gloria aida McBride à faire ses valises et à les charger dans la voiture.

— Oublie ce qui s'est passé, lui dit-elle, debout dans l'encadrement de la porte à l'heure où le ciel rosissait. Comme s'il n'était rien arrivé. Change de voiture le plus vite possible et change de nom. Maintenant, grouille-toi de décamper sinon tu auras droit aux grandes eaux.

Il l'embrassa avec douceur.

— Tu ne m'as pas demandé une seule fois pourquoi je me cachais ni pourquoi on veut me tuer.

— Si, mais tu ne m'as jamais répondu. Et je préfère ça. Je ne veux rien savoir parce que si je savais quelque chose, peut-être qu'on voudrait me tuer, moi aussi. La vie est déjà assez difficile sans que j'aie besoin de ça en plus. Allez... Fais attention.

— Je te dis la même chose.

McBride démarra.

13

C'était une petite ville un peu au nord de Baton Rouge. « Ville » n'était pas vraiment le terme approprié — celui de village aurait mieux convenu. La cabane, dominant le Mississippi, en était le point culminant. Vue de l'extérieur, en tout cas, on aurait dit une cabane mais, à l'intérieur, c'était différent. On entrait directement dans une longue pièce de plain-pied qui allait d'un mur à l'autre. Derrière, une grande chambre, une cuisine, petite mais équipée de manière tout à fait fonctionnelle. Il y avait le chauffage central en hiver et elle était climatisée en été. Elle était entourée d'un hectare de prairies.

L'homme qui l'avait louée disait s'appeler Max Alexander et était écossais. Il était poli, aimable même, avec les gens du pays, mais d'un mutisme total sur son passé.

Au début, Jeb Mallon, qui tenait l'unique magasin du village, le considérait avec la méfiance rébarbative que l'on réserve habituellement aux étrangers mais lorsqu'il avait fait sa première livraison d'épicerie au cottage, le nouveau locataire l'avait invité à boire une bière ou quelque chose de plus raide, au choix. Jeb avait opté pour le quelque chose de plus raide et son hôte lui avait servi un plein verre du whisky que le commerçant affectionnait. Pendant qu'il le dégustait, Max Alexander lui avait expliqué qu'il était écrivain et qu'il cherchait le calme et la tranquillité pour écrire un livre et des nouvelles. La chaleur du whisky aidant, la méfiance de Jeb fondit comme neige au soleil lorsque Max Alexander lui eut précisé qu'il comptait se fournir exclusivement au village. Il avait l'air d'un homme tranquille, désireux de s'adapter à la communauté.

Ainsi les habitants apprirent-ils par Jeb Mallon que le nouveau venu ne les menaçait pas, non plus que leurs filles ou leur us et coutumes.

En un second temps, Alexander se présenta au shérif qu'il invita à son tour à passer chez lui, et il ne fut pas avare de son whisky. Au bout d'un mois, la population ne voyait plus en lui qu'un personnage inoffensif qu'on pouvait tolérer, au bout de six mois comme un visiteur sympathique et, au bout d'un an, il était, sinon l'un des leurs, du moins un ami dont la réserve de whisky semblait inépuisable.

On nota qu'il écrivait beaucoup. On entendait le bruit de sa machine toute la journée. Il expédiait par la poste des tas de manuscrits à différentes publications et le seul qui fit froncer quelques sourcils fut celui qu'il adressa à *Playboy*. Alexander expliqua à Jeb Mallon qu'il s'agissait d'une histoire d'aventures qui n'avait rien à voir avec le côté malsain du magazine de M. Hefner. Et, en effet, quand la nouvelle fut publiée huit mois plus tard, les rares habitants du village qui lisaient *Playboy* (et qui l'avouaient) assurèrent aux autres que c'était une sacrément chouette histoire et que si on n'en tirait pas un film, c'est qu'ils avaient la tête à l'envers à Hollywood.

Ceux qui l'avaient lue remarquèrent un détail curieux qui ne manqua pas d'alimenter les conversations. *Playboy* avait coutume de faire précéder les textes d'une brève introduction résumant la carrière de l'auteur. Or, en ce qui concernait Max Alexander, on indiquait simplement qu'il collaborait pour la première fois à la publication et qu'on soupçonnait que c'était le pseudonyme d'un auteur anglais très en vue.

— Qu'est-ce que c'est, un pseu... machin? demanda Jeb Mellon à Carter Dewsbury, le correspondant du journal local.

— Un nom de plume. Ça lui sert seulement à signer ce qu'il écrit.

— C'est comme ça qu'il s'appelle, pourtant, à ce qu'il dit, non?

— Va-t-en savoir! Il y a des écrivains qui adoptent définitivement leur nom de guerre. D'ailleurs, je lui ai posé franchement la question. Je passais justement par chez lui, ce matin, et, comme j'avais soif, je suis entré. Il m'a offert de quoi me rafraîchir un brin.

— Je parie que c'est pas de l'eau qu'il t'a donnée, fit Jeb avec un rire gras.

— En tout cas, je lui ai causé de son nom de plume, enchaîna Dewsbury en riant à son tour. Il m'a dit que son ex-femme le cherche pour lui réclamer une pension alimentaire. Et que *Playboy* a fait une erreur. Il est pas anglais, il est écossais.

— Une bonne femme aux fesses pour avoir une pension alimentaire, c'est une bonne raison pour qu'un type change de nom, ma foi. En tout cas, moi, tout ce qui m'intéresse, c'est qu'il ne manque ni de whisky ni de sous. Cet homme-là, il est hospitalier et il se mêle pas de ce qui le regarde pas.

Seul dans sa maison, l'homme connu sous le nom de Max Alexander feuilletait le numéro de *Playboy* où avait paru la nouvelle en se demandant s'il avait ou non commis une erreur en la faisant publier. Il était assez content de son œuvre et l'avait à tout hasard envoyée à un agent littéraire de New York qui l'avait accueillie avec enthousiasme, convaincu d'avoir découvert un nouveau William Faulkner. Alexander avait exigé que tous les textes qu'il pourrait éventuellement lui soumettre soient entourés du secret le plus strict. Il s'était rendu à Baton Rouge pour insister de vive voix sur ce point par téléphone. Si *Playboy* acceptait de publier la nouvelle, la seule indication à donner à la rédaction était que Max Alexander était peut-être le pseudo d'un auteur britannique dont les œuvres relevaient d'un tout autre genre. A la fin de la conversation, l'agent avait abandonné son rêve d'avoir déniché un nouveau Faulkner.

Mais ce qu'il y avait de plus important pour l'homme qui se faisait appeler Max Alexander, c'était que l'écriture de la nouvelle ne rappelait en rien le style journalistique d'Alec McBride, chroniqueur jadis célèbre qui avait disparu de Chicago depuis plus d'un an. McBride était assez fier du personnage qu'il avait créé, cet homme tranquille et sans histoire dénommé Max Alexander.

Parallèlement à ses incursions dans le domaine de la fiction, McBride travaillait à son ouvrage sur l'assassinat de John F. Kennedy, qui formait maintenant déjà un épais manuscrit. Il s'attachait à passer au crible les mille jours de la présidence pour tenter de déterminer les ennemis que s'était faits Kennedy et la véhémence de leur animosité. Cela avait exigé un travail de documentation considérable et il avait dû aller de nombreuses fois fureter à la bibliothèque municipale de Baton Rouge, quand ce n'était pas celle de la Nouvelle-Orléans. Il faisait œuvre d'historien et quand on écrit l'histoire, il faut que les hypothèses (car il ne s'agissait encore que d'une hypothèse) soient étayées par le plus grand nombre de faits possible.

Le livre avançait lentement, très lentement. En outre, de plus en plus de bouquins qui remettaient en question la version officielle de l'assassinat de Kennedy sortaient en librairie. Il se consolait en se disant que le sien serait l'ouvrage définitif. Il donnerait le nom des véritables meurtriers. Sandrup, Buncey et Hayward étaient ses atouts maîtres. Et il avait l'espoir que cela obligerait les vrais responsables à se découvrir.

Ecrire des nouvelles était pour lui un moyen de détourner son esprit de ce manuscrit qui, il s'en rendait compte, tournait à la hantise. Il était maintenant capable d'accepter l'idée que durant toutes ces années la quête qu'il avait menée pour retrouver Hayward avait pris un caractère obsessionnel. Et ses nouvelles étaient toujours davantage l'illustration de son idée fixe. Elles étaient toutes placées sous le signe de la peur, leurs héros étaient toujours pourchassés, traqués. Quelques-unes étaient par trop narcissiques et elles furent refusées. Cependant, *Playboy* lui en acheta encore deux et plusieurs autres parurent dans différentes publications. Son agent lui suggéra de les réunir en recueil, mais comme il voulait à toute force que l'auteur vienne à New York pour assurer la promotion de l'ouvrage, McBride déclina sa proposition. Max Alexander devait demeurer dans l'ombre.

Mais, au village, ce n'était pas la même chose. La population l'avait adopté et, à présent, il avait une certaine notoriété. Pour Jeb Mallon et ses amis, Max Alexander était un peu leur gloire littéraire locale. Ils lui rendaient visite, buvaient son whisky et lui racontaient des anecdotes du cru susceptibles de l'intéresser.

— Vous comprenez, monsieur Alexander, nous autres qu'on vit dans le delta du Mississippi, on est un peu particuliers, lui expliqua Jeb un jour de l'été 1976. On voit pas les choses pareil que les gens qui habitent plus au nord. On a nos usages à nous, notre justice à nous. Je ne suis pas sanguinaire mais j'ai participé à trois lynchages au cours de mon existence. Et un seul de ceux qu'ont été pendus était un moricaud. Notre credo, c'est de protéger les nôtres. Est-ce que vous avez déjà tué un homme, monsieur Alexander ?

— Non.

Il était plus simple de mentir. McBride n'était jamais parvenu entièrement à admettre la mort de Jepson. C'était comme si cet épisode était arrivé à quelqu'un d'autre. Et puis il ne savait pas très bien comment la conversation avait pris ce tour.

— Je viens de lire dans le canard qu'on a retrouvé un gangster assassiné à Miami. C'est pas moi qui le pleurerai. La mort d'un rat, c'est la mort d'un rat. Y a pas de quoi s'arracher les cheveux.

Jeb était venu livrer de l'épicerie et il avait aussi apporté le journal. Il posa le doigt sur un titre en première page. McBride jeta un coup d'œil et un nom lui sauta littéralement au visage. Il eut soudain très froid.

LE CORPS D'UN CHEF DE LA MAFIA
DÉCOUVERT
DANS UN FÛT D'ESSENCE AU LARGE DE MIAMI

disait le titre. Et le sous-titre précisait :

ROSELLI ASSASSINÉ AVANT SON AUDITION
PAR LA COMMISSION SÉNATORIALE

L'homme aux cheveux argentés qui se croyait intouchable était mort. McBride se rappelait le calme et l'assurance que Roselli affichait lors de leur dernière rencontre dans le restaurant italien. Ce qui était arrivé à Giancana ne pouvait pas lui arriver, à lui. Et voilà... ça lui était arrivé. Encore un témoin qui ne dirait rien à la commission.

L'intérêt de son interlocuteur n'échappa pas à Jeb Mallon.

— D'après ce qu'on dit, c'est un règlement de comptes de la Mafia. Si les loups se dévorent entre eux, faut pas qu'ils se gênent.

C'est trop facile, songea McBride. La mort violente d'un homme ne s'efface pas d'une pichenette. Et John Roselli avait, à sa manière, une certaine séduction. Finir au fond d'un baril, les jambes sciées... L'affaire Kennedy s'enrichissait d'un cauchemar supplémentaire.

Mallon le dévisagea avec curiosité.

— Cette histoire a rudement l'air de vous intéresser, pas vrai ?

McBride leva les yeux :

— C'est seulement... que c'est une façon moche de mourir.

Le second mensonge était sorti sans plus de mal que le premier.

— Finir lynché, ça ne vaut pas mieux. Mais quand il le faut, il le faut.

La conversation n'alla pas plus loin. C'était impossible de discuter avec Mallon. Son échelle des valeurs était simple et sans appel. Mais le personnage de Max Alexander ne pouvait pas se mettre l'opinion à dos en désapprouvant la façon de voir du village. Ça n'aurait servi à rien.

Mallon prit congé sur un dernier mot aimable.

Et le temps continua à s'égrener.

Malgré la solitude et le célibat. McBride travaillait. De temps à autre, il se rendait à Baton Rouge ou à la Nouvelle-Orléans. Le delta était un cocktail mélangeant le vieux Sud — le Sud des créoles, du jazz, de la courtoisie fleurie — au nouveau Sud aux paysages futuristes, avec leurs raffineries et leurs usines pétrochimiques, leurs oléoducs traçant leurs méandres à travers la campagne où la laideur de l'industrialisation souillait l'architecture insolite des édifices d'une époque révolue.

Le temps passait et le moment où les cauchemars allaient atteindre le point critique approchait. McBride le pressentait sans pouvoir expliquer comment.

Le dénouement s'amorça fin 1978.

Le livre était presque terminé mais McBride commençait à se rendre compte que donner les noms de Sandrup, de Buncey et d'Hayward était insuffisant. Tout ce qu'il savait du premier, c'était ce que lui en avait dit sa sœur — et elle n'était plus de ce monde. Et qui était Orrin Buncey qui, d'après les dires de Sandrup, avait été tué dans un accident de voiture ? Etait-il vraiment mort ? Et Bunker Hayward, cette ombre qui planait au-dessus de lui depuis quinze ans ?

Pour mettre la dernière main au livre, il lui était indispensable de retourner à Dallas. De boucler la boucle, en quelque sorte. McBride ne pouvait pas faire autrement mais cette perspective l'angoissait. Il retarda à plusieurs reprises la date de son départ.

A l'automne succéda l'hiver.

— Est-ce que vous vous connaissez des ennemis, monsieur Alexander ? lui demanda un jour à brûle-pourpoint Jeb Mallon à l'occasion d'une de ses livraisons hebdomadaires.

— Des ennemis ?

— Y a des gens qui vous cherchent. Enfin... vous ou quelqu'un qui vous ressemble. Ils venaient de Baton Rouge. Ils voulaient trouver un type du nom de McBride.

Le sang d'Alec se glaça dans ses veines. Puis l'adrénaline gicla dans le torrent circulatoire.

246

— Tout le monde a des ennemis, j'imagine. (Il tremblait mais il était le seul à s'en apercevoir.) Mais je ne vois personne qui perdrait son temps à chercher Max Alexander.

— En tout cas, c'étaient pas des flics. Parce que, si ça avait été des flics, j' leur aurai rien caché. Mais ils étaient pas de la police, ça, j'en suis sûr. Si vous étiez un criminel en cavale, sûr et certain que j'aurais craché le morceau. Vous vous seriez foutu de nous, alors tant pis pour vous, on vous le pardonnerait pas, ici. Mais j' crois pas que c'est le cas. J' m'ai dit que c'était peut-être bien à cause de c't affaire de pension alimentaire. Alors, j'l'ai bouclée.

— Je vous en suis reconnaissant.

Mallon se mit à pouffer.

— Si c'était à cause d'une greluche que vous vous étiez fait la paire, je comprendrais et j'y verrais pas d'inconvénient. Mais il y a autre chose, hein ?

— Oui, Jeb, il y a autre chose. Mais je n'ai rien fait qui soit contraire à la loi. (Facile d'oublier le cadavre jeté dans le Mississippi. Mais cela aussi, Mallon l'aurait compris.) Il y a des gens qui veulent ma peau. Ils ont peur de moi parce que je sais certaines choses. Je ne vous dirai pas quoi, cela risquerait de vous mettre en danger.

Dans le silence qui suivit ces mots, le tic-tac de la pendule était assourdissant.

Mallon reprit la parole au bout d'un moment :

— J'ai eu raison de faire comme j'ai fait. Vous êtes franc comme l'or, Alexander... si c'est bien votre nom. C'est ce que je pense et je crois que j'ai toujours su juger les hommes. Enfin bref, on a dit à ces types qu'y avait pas d'étranger par chez nous. Vous serez tranquille quelque temps mais qui sait si quelqu'un d'autre leur dira pas que vous habitez ici ?

Je ne peux rien faire de plus que de vous prévenir. Maintenant, vous êtes averti.

— Je vous remercie, Jeb. (McBride ménagea une pause.) Il est possible que je m'absente quelque temps. Mais je veux conserver la maison. J'aimerais y laisser pas mal d'affaires.

— Je jetterai un coup d'œil de temps en temps. Vous reviendrez ?

— Plus tard. Si...

— J'ai pas entendu le « si ». J'ai juste entendu que vous reviendrez.

Le lendemain, McBride prit la route de Dallas.

Routes de nuits. Rien qu'un ruban gris miroitant sous la pluie, s'étirant à longueur de ténèbres. La pluie qui rafraîchissait l'atmosphère. Rien que les phares, la route et la pluie. En plein jour, la luxuriance de la Louisiane qu'interrompaient seulement la lèpre des villes et les cimetières de voitures qui les ceinturaient.

L'auto-radio allumée en permanence pour les informations. Le Mississippi, roulant ses eaux bourbeuses, menaçait de sortir de son lit et d'inonder le delta. A Guyana, un membre de la Chambre des Représentants qui enquêtait sur la secte dite du Temple du Peuple avait été abattu. L'émeute grondait à Téhéran.

McBride ne se pressait pas. Il zigzaguait, faisait des tours et des détours, roulait tantôt vite, tantôt lentement, rebroussait parfois chemin pour brouiller les pistes au cas où il aurait été suivi. Il traversa une ville de l'Arkansas baptisée Delight, une autre portant le nom de Lockesburg et franchit la frontière de l'Oklahoma. Les motels où il s'arrêtait pour passer la nuit lui faisaient l'effet d'être les copies conformes de l'hôtel de *Psychose*.

Il aurait pu être à Dallas en vingt-quatre heures. Il

fit le trajet en trois semaines. A Lockesburg, il avait téléphoné à Dallas. A la rédaction de son ancien journal.

La conversation avait été brève.

— Pourrai-je parler à Charlie Neaman ?

— Il y a deux ou trois ans que M. Neaman est à la retraite, lui fut-il répondu.

La standardiste avait l'accent traînant du Texas.

— Harry Schuyler tient-il encore la rubrique des faits divers ?

— Ne quittez pas. Je vous le passe.

Un déclic, puis la voix de Schuyler retentit. Plus usée, maintenant. Quinze ans avaient passé.

— Ici Schuyler. Qui est à l'appareil ?

— Alec McBride. Vous vous rappelez ?

— McBride ? Mince alors ! Si je m'attendais... Qu'est-ce qui t'est arrivé ?

— Pourquoi me serait-il arrivé quelque chose, Harry ?

— Eh bien... le grand chroniqueur que tous les journaux s'arrachent et qui disparaît brusquement... d'un jour à l'autre ! Le bruit a couru que tu étais tombé sur un vieux truand de la belle époque et que tu avais fini au fond du lac Michigan dans un pardessus en ciment.

— Vous lisez trop d'histoires de gangsters, mon vieux.

— Non, j'essaie de les vivre. Qu'est-ce que je peux faire pour toi ?

— Il faut me trouver un max de renseignements sur trois personnes dont je vais vous donner les noms. Si elles ont des parents proches encore en vie, des amis, des femmes, tout le bataclan, quoi.

— Donne-moi leurs noms.

— Billy Sandrup...

— Non mais je rêve ! Tu fais encore la chasse à ses copains au bout de quinze ans ?

— Eh oui. Je continue. Orrin Buncey. Bunker Hayward. Peut-être qu'ils sont de Dallas, peut-être pas, mais je pense qu'ils étaient texans tous les trois.

— Mais qu'est-ce que tu veux que je fasse ? Que je passe une petite annonce ?

— Débrouillez-vous. Vous n'avez qu'à fouiner. Buncey est presque sûrement mort, comme Sandrup, mais prudence en ce qui concerne Hayward.

— Qu'est-ce que tu cherches au juste ?

— J'ai besoin de documentation pour un livre. Les trois mousquetaires texans, si vous voulez. Vous serez défrayé. Tout ce que vous dénicherez, vous le garderez sous le coude. Je serai à Dallas dans quelques jours.

— Ah ! si je suis payé, tu es le patron. A tes ordres. Et à bientôt.

McBride reprit la route.

Un soir, il fit halte dans une minuscule bourgade. Rien que la grande rue. Au-delà, c'étaient les faubourgs. Encore un motel d'inspiration hitchcockienne. Le jeune réceptionniste, qui menait un combat perdu d'avance contre son acné, était d'humeur revêche.

— Bien sûr qu'on a une chambre.

— Je la prends. Je pourrais manger quelque chose ?

— Nous ne faisons pas restaurant. Et il est interdit de faire de la cuisine dans les chambres. Et il faut payer d'avance.

McBride s'exécuta.

— Il n'y a pas un endroit où je pourrais casser la croûte ?

— Vous trouverez un restau un peu plus bas dans la rue. Il est ouvert jusqu'à minuit.

Alec gara la voiture et jeta un coup d'œil dans la chambre. La télévision était en panne et la douche fuyait. Tant pis, il faudrait faire avec. Il décida d'aller à pied au restaurant pour se dégourdir les jambes.

Les façades des maisons qui bordaient la rue étaient obscures, les trottoirs défoncés. Ce n'était plus *Psychose* mais *Easy Rider*. Deux vieux bonshommes prenaient le frais devant un salon de coiffure fermé. Un groupe de jeunes aux jeans effrangés entouraient deux filles en robe de coton qui n'arrêtaient pas de glousser. Lequel tirerait le gros lot, aujourd'hui ? A moins qu'ils ne se les envoient chacun leur tour ? Un adolescent noir qui marchait à pas pressés cracha juste devant les pieds de McBride qui ne releva pas la provocation.

Il est temps que je quitte ce pays, se dit-il. L'Amérique commençait à lui donner franchement la nausée. En 63, il aurait peut-être mieux fait d'aller au consulat, de raconter l'histoire de Billy Sandrup et de ne plus y penser. Au lieu de cela, il cultivait son obsession depuis quinze ans. Obsédé par une obsession ! Il s'était piégé lui-même.

Le restaurant était du genre graillonneux. Les vieilles taches d'aliments dont étaient parsemées les nappes à carreaux qui habillaient les tables auraient aussi bien pu faire office de menus détaillés. La serveuse avait dans les quatorze ans mais était si outrancièrement peinturlurée qu'elle semblait en avoir cinquante. Contrairement à toute attente, elle ne mâchonnait pas de chewing-gum, Dieu soit loué.

McBride commanda un steak-frites. Au moins, dans une région d'élevage, on pouvait toujours avoir un steak correct. Pour terminer, il prit un café. Noir et presque solide.

Une heure plus tard, il regagna son motel.

La nuit américaine. Des ténèbres ponctuées de flaques de lumière. Irruption des cauchemars dans la réalité. Les échos de ses pas qui se télescopaient. Il lui semblait avancer dans un interminable tunnel sous la voûte noire du ciel. Le tunnel dans lequel il s'enfonçait depuis la nuit de Dallas, attendant à tout instant que quelque chose arrive.

Ils sortirent d'une ruelle sombre avec une agilité silencieuse. Ils étaient deux.

La première pensée de McBride fut qu'ils l'avaient rattrapé. Cette fois, ils lui en avaient expédié deux pour être sûrs qu'il n'en réchapperait pas. Cette fois, ils allaient le tuer pour de bon.

Ils commencèrent par lui assener un coup derrière le crâne avec un objet contondant, un bout de tuyau ou un nerf de bœuf. Il bascula en avant mais réussit à se recevoir sur les mains. Un voile noir zébré d'éclairs tomba devant ses yeux.

Il les entendait :

— Vite ! Grouille-toi !

Des mains qui tâtaient sa veste, retournaient ses poches.

— Qu'est-ce qu'il a sur lui ?

— Attends. Laisse-moi le temps…

Les mains s'emparèrent de son portefeuille.

— Y a que dix dollars.

Soulagement. Ce n'étaient pas des assassins, ce n'étaient pas des émissaires de Hayward. Rien que de petites frappes. Ils en voulaient à son argent, rien de plus, mais tout le liquide qu'il possédait était dans sa valise fermée à clé au motel.

— Y devrait y avoir plus. Il a une bagnole grosse comme ça, c'est un mec plein aux as.

— C'est tout ce qu'il y a.

— Passe son morlingue que je regarde.

Quelle ironie du sort ! Après ce long tunnel de quinze ans, il allait se faire assassiner pour dix dollars !

Une main se referma brutalement sur l'épaule de McBride qui se sentit soulevé. Il avait maintenant devant les yeux deux visages déformés, crispés par la colère.

— Alors, ducon, où c'est qu'est ton oseille ?

McBride essaya de dire quelque chose. Ses lèvres remuèrent mais aucun son n'en sortit.

— Où qu' t'as planqué la fraîche ?

— Tu vas pas faire attendre deux gentils petits gars comme nous ?

— Aboule le fric.

Un dialogue de truands dans un film de troisième ordre.

McBride ébaucha un vague sourire et reçut un coup de pied dans les côtes.

— Pourquoi que tu lui a balancé ce coup de latte ?

— Pour l'encourager à être plus causant...

Soudain, un appel lointain parvint aux oreilles d'Alec, suivi d'un bruit de galopade.

— Merde ! Les poulets...

Les deux visages s'évanouirent. Les deux loubards prirent leurs jambes à leur cou.

Quelqu'un soulevait à nouveau McBride, mais précautionneusement, cette fois. Il distingua les bords d'un stetson.

— Ça va, monsieur ?

— Couci-couça.

— Il vous ont détroussé ?

Il était content d'avoir retrouvé l'usage de la parole.

Le shérif était avec son adjoint. Ils aidèrent McBride à se remettre debout.

— Oui, mais l'opération n'a pas été très rentable.

— Pour moi, c'est encore un coup du petit Kramer et de ce fumier de Polack.

— Les enfants de salaud ! Nous les connaissons bien, monsieur. On va leur mettre la main au collet pour que vous les identifiiez.

Ce serait une perte de temps. Il devrait déjà être en route pour Dallas.

— Je regrette mais je n'ai pas vu leur figure.

Le shérif hocha le menton d'un air sombre.

— Vous voulez qu'on appelle le docteur ?

— Tout ce que je veux, c'est quitter cette ville.

— Il n'y a pas que des crapules, chez nous, protesta l'adjoint. C'est une petite ville tout à fait tranquille.

— Comme partout. C'est la maladie du xxᵉ siècle.

Comme Dallas en 1963, comme le Viet-nam, comme l'Amérique d'aujourd'hui. Peut-être comme le monde entier.

— Je suis désolé de ne pouvoir vous être d'aucun secours, shérif.

Ses côtes étaient douloureuses, son crâne le lancinait mais, à part ça, il tenait à peu près sur ses jambes.

Le lendemain matin, il partit en direction de Dallas.

14

— Le retour de l'enfant prodigue! s'exclama Harry Schuyler. Bienvenue à Dallas.

Les deux hommes s'étaient retrouvés au bar du Hyatt Regency.

— Pourquoi as-tu quitté ton journal de Chicago? enchaîna le vieux journaliste. Tu étais en pleine ascension.

— C'est une longue histoire. Je vous la raconterai peut-être un jour. Vous avez trouvé quelque chose?

— C'est plutôt maigre. Sandrup avait une sœur mais elle est morte.

— Je le savais. Et à part ça?

Schuyler secoua la tête.

— Buncey n'était pas d'ici. Il est né dans un petit bled près de San Anton. C'est drôle. Il est censé avoir été tué dans un accident après sa démobilisation en 1959.

— Ça aussi, je sais.

— On a retrouvé son corps dans le désert en 1964. Ses papiers ont permis de l'identifier. L'homme qui mourut deux fois. On a fait un papier à son sujet après que tu nous as quittés pour Chicago. Le seul de ses parents proches encore en vie était sa mère. Elle a reconnu une chevalière et quelques photos. Ça aurait pu être un sérieux point d'interrogation mais...

— Mais quoi ? Elle n'a pas reconnu le corps ?

— Justement... Qu'est-ce qui reste d'un corps enfoui dans le désert depuis plus d'un an ? Une poignée d'ossements, c'est tout. Que voulais-tu que sa mère puisse identifier ?

— Et les archives des Marines ?

— Pour les Marines, Buncey était déjà bel et bien mort. Et pas question de compulser les dossiers. Ils auraient été malencontreusement égarés. Tout ça ne tient pas très bien debout mais tout le monde s'en fout. Toujours est-il que, d'une manière ou d'une autre, ton Buncey est mort et enterré.

Ainsi, Sandrup avait eu raison. Ils l'avaient éliminé dans les meilleurs délais.

— Et sa mère ?

— Ecrasée par un chauffard en 1965.

— J'aurais pu vous dire d'avance qu'il lui était arrivé quelque chose dans ce goût-là.

Harry Schuyler eut un haussement d'épaules.

— Il s'agit de l'assassinat de Kennedy, hein ? Toujours ta vieille marotte.

— Je n'ai jamais prétendu le contraire.

— Mais, bon Dieu, Alec, c'est une histoire qui date de quinze ans !

— Cela fait environ cinq cents ans que Richard III est mort. Cela n'empêche pas que l'on continue imperturbablement à s'interroger sur les princes enfermés dans la tour.

— Ça, c'est en Angleterre. Ici, nous sommes au Texas. Notre histoire à nous ne commence qu'avec la bataille d'Alamo.

— C'était avant ou après Kennedy ?

McBride commanda une autre tournée, ce qui n'était pas facile. Le bar était plein. Une petite foule représentant l'équivalent de vingt milliards de dollars de pétrole.

— Je suis content de ne faire que passer, dit Alec.

— Où es-tu descendu ?

— Tu te souviens de l'hôtel de Sandrup ? Le Prairie Traveller ?

— Tu ne vas pas me dire que c'est là que tu as pris une chambre ?

— L'idée m'en a effleuré l'esprit. Mais non. Ç'aurait été pousser un peu trop loin la nostalgie. Et puis, je suis allergique aux balles dans la tête. Non, je suis au Hilton. Il y a moins de magnats du pétrole. Et davantage d'éleveurs.

Quand les consommations arrivèrent, Schuyler, à son tour, demanda immédiatement au serveur de remettre ça. Pour gagner du temps.

— Tu ne m'as pas encore interrogé sur Hayward, Alec.

— J'allais y venir, je le gardais pour la bonne bouche. C'est lui l'homme dangereux. Il est encore vivant.

Schuyler sourit. Un sourire las.

— Je sais. Je l'ai rencontré.

Le sang de McBride se glaça.

— Vous voulez répéter ?

— Il est venu me voir au journal il y a quatre jours. Il m'a posé des questions sur toi. Il s'est présenté sous le nom de Hayward. Bunker Hayward. Un grand type blond avec la carrure de Paul Newman. Mais en plus grand. Tu savais que Paul Newman était tout petit ?

— Vous avez vu Hayward ? Vous lui avez parlé ?

— Je l'ai vu. Il avait l'air de savoir que tu devais venir.

— Et vous le lui avez confirmé ?

Schuyler fit un signe de dénégation.

— Je ne dis jamais rien à personne, surtout quand il s'agit d'un vieux copain. Bref, il m'a dit qu'il voulait te voir. Qu'il avait un mot à te dire avant que la commission sénatoriale se réunisse. Il y avait

On ne chevauche pas les tigres. 9.

quelque chose en lui qui ne me revenait pas. Il avait apparemment l'air O.K. et pourtant... je ne sais pas... Qu'est-ce qu'il fait dans la vie, ton Hayward ?

— Il assassine les gens.

Dans le taxi qui les conduisait au Hilton, McBride demanda soudain à Schuyler :

— Tout à l'heure, vous m'avez dit que Hayward avait fait allusion à une commission sénatoriale. Quelle commission ?

— Mais où étais-tu donc ? Tu ne lis plus les journaux ?

— J'ai vécu dans un bled paumé. Les seuls journaux sont des feuilles de chou locales. Si la fin du monde était annoncée, ils le signaleraient en dernière page dans la rubrique des chiens perdus. Alors, qu'est-ce que j'ai manqué ?

— Ce que tu attendais. Le Sénat a désigné une commission d'enquête chargée de rouvrir le dossier sur la mort de Kennedy. Elle doit commencer ses travaux l'année prochaine.

L'alcool embrumait un peu le cerveau de McBride. Quinze ans après. Quinze ans d'obsession. Rien d'étonnant si Hayward était à sa recherche. Etait toujours à sa recherche. S'il était ici. A Dallas.

— Il est encore à Dallas ?

Schuyler le dévisagea.

— Qui ?

— Hayward, bien sûr.

— Je n'en sais rien. Il m'a seulement dit qu'il y resterait un jour ou deux. Et que je te prévienne qu'il était passé.

Le cauchemar continue, songea McBride.

Le lendemain soir, McBride était seul. Il l'avait dit carrément à Schuyler : il voulait être seul, il fallait qu'il soit seul. Comme s'il devait défier le cauchemar. Si jamais Hayward était encore à Dallas, il saurait qu'il était seul. Et peut-être qu'il se montrerait à visage découvert. McBride ne l'avait jamais vu mais il lui semblait qu'il connaissait cet homme mieux que personne.

Dans l'après-midi, il avait fait l'acquisition d'un revolver. Exactement le genre d'instrument qu'il était de bon ton d'avoir sur soi à Dallas, encore qu'il ne connût strictement rien aux armes à feu. Mais il était décidé à agir selon les règles. Il avait l'impression que le holster fixé sous son aisselle était aussi visible que le nez au milieu de la figure, mais la bosse qu'il faisait sous sa veste avait quelque chose de rassurant.

McBride savait où il allait mais il ne se l'avoua à lui-même que lorsqu'il arriva devant le Prairie Traveller Hotel. Celui-ci n'avait pas changé. Une ampoule de l'enseigne était grillée et il manquait une lettre. La réception était toujours aussi chichement éclairée mais on avait refait les peintures. Comme un vieux boudin qui se fait faire un lifting pour être à peu près présentable. La nouvelle décoration était dans le style Alamo haute époque. Dans la fausse cheminée pur placo-plâtre luisait un pseudo-feu marchant sur le secteur. Deux sombreros étaient accrochés au mur au-dessus du poste de télévision. Des banquettes sur lesquelles étaient éparpillés des coussins remplaçaient les fauteuils d'antan.

L'employé de réception, un jeune gars aux cheveux longs qui portait un jean moulant et un polo, leva les yeux.

— Vous désirez? demanda-t-il avec un manque total d'intérêt.

McBride eut l'impression de revivre un vieux rêve.

— Mais qu'est-ce que c'est, ici? O.K. Corral?

Pas un soupçon de sourire. Pas un embryon de réaction. Rien que de l'ahurissement.

— Hein ?

— Aucune importance. Je voudrais voir une de vos chambres.

— Vous voulez prendre une chambre, c'est ça ?

— Je n'irai pas jusqu'à ces extrêmes. Je veux seulement jeter un coup d'œil à une de vos chambres.

L'employé se tortilla nerveusement.

— A quoi est-ce que vous jouez ? Ce n'est pas un musée, ici.

— Tiens ? Pourtant, c'est l'effet que cela fait. Admettons que j'aie envie de voir une de vos chambres... par nostalgie.

— Qu'est-ce que ça veut dire ?

— Disons, si vous préférez, que je suis Philip Marlowe, que je fais une enquête et que j'ai besoin de voir une de vos chambres.

McBride posa sur le comptoir deux billets de dix dollars que son interlocuteur considéra avec intérêt.

— Il y en a quelques-unes de libres, monsieur Marlowe. Mais je ne peux pas vous montrer celles qui sont occupées.

— La chambre 300 est libre ou occupée ?

Le réceptionniste feuilleta un registre fatigué.

— Vous avez de la chance. Le client vient de partir.

Il décrocha une clé au tableau, puis empocha distraitement les vingt dollars.

La chambre 300, et cela ne fut pas sans étonner McBride, n'avait pour ainsi dire pas bougé depuis quinze ans. Les mêmes fissures au plafond, la même fenêtre encrassée d'où l'on apercevait l'alignement des toits et la lueur lointaine des néons. Le dessus de lit avait été remplacé mais il n'était pas moins effiloché que son prédécesseur. On avait repeint les murs mais il y avait si longtemps qu'on aurait dit que c'étaient les mêmes à quelques nuances de couleur près.

Le jeune homme se tenait planté dans l'encadrement de la porte, l'air toujours aussi ahuri.

— Laissez-moi seul, lui dit McBride. Pour vingt dollars, j'ai bien droit à quelques minutes de méditation solitaire. O.K. ?

Le réceptionniste ne savait plus sur quel pied danser. Il se gratta la poitrine à travers son polo.

— Je ne sais pas si… vous pourriez être un voleur, soit dit sans vous offenser.

— A supposer que je sois mû par des intentions inavouables, qu'est-ce que vous voulez que je sois venu voler ici ? Les serviettes ? Vous parlez d'un butin !

— D'accord, fit l'adolescent, le front plissé. (Ce n'était pas sans efforts qu'il avait pris finalement sa décision.) Vous n'aurez qu'à refermer et me remettre la clé en redescendant.

Sur ce, il sortit, le front toujours plissé, persuadé que McBride projetait de se livrer en solitaire à une occupation contraire aux bonnes mœurs. Mais pour vingt dollars, libre à lui de faire ce que bon lui semblerait.

Alec ne savait pas lui-même pourquoi il avait demandé à voir la chambre. C'était peut-être là que son obsession avait pris naissance. Il pouvait presque voir le corps ensanglanté de Sandrup gisant sur le lit, la tête fracassée. Sandrup qui savait qu'en parlant avec un inconnu dans un bar, il signait son arrêt de mort. Pourquoi s'était-il ainsi confié à lui ? McBride s'était rarement posé la question. Un acte de contrition ? Que Dieu et le monde me pardonnent ce que j'ai fait. Que je sois absous du crime d'avoir tué les grands de ce monde. Mais McBride doutait que le Texan eût une conscience. Non, c'était pour d'autres raisons qu'il avait parlé. Pour deux raisons, au moins. La première et la moins importante, était le désir de crâner. De faire de l'épate. Regardez ce que j'ai fait : j'ai tué un chef d'Etat. Oui, certainement, mais l'autre raison était plus puissante. Sandrup se savait condamné à mort. Ils avaient liquidé Orrin Buncey. Ils l'élimineraient fatalement, lui qui s'était étalé. Mais il pouvait avant de mourir raconter à quelqu'un ce que Buncey, Hayward et lui avaient fait. Ce serait une manière de se venger de ceux qui allaient l'exécuter pour le réduire définitivement au silence. Et le hasard avait voulu qu'Alec McBride se trouve là pour jouer le rôle de confesseur.

Et quinze ans de sa vie étaient devenus un enfer à cause des aveux que Billy Sandrup avait cru bon de lui faire !

Mais le cauchemar approchait peut-être de sa fin. Une commission sénatoriale entendrait sa déposition. Et, après, McBride n'aurait plus besoin de se terrer, il n'aurait plus à craindre pour sa vie.

Le téléphone sonna. Alec resta quelques instants à contempler l'appareil avant de décrocher.

— Monsieur Marlowe, il y a quelqu'un qui m'a demandé de lui passer la chambre 300. J'ai répondu qu'il n'y avait personne mais le monsieur voulait parler à un M. McBride.

— Passez-le-moi.

Une chape glacée s'était abattue sur les épaules d'Alec. Un froid qui le pénétrait jusqu'à la moelle des os.

Son correspondant vint en ligne.

— Monsieur McBride ?

La voix était monocorde.

— C'est moi.

— Je croyais que c'étaient les assassins qui revenaient sur les lieux de leurs crimes, pas leurs victimes.

— Qui est à l'appareil ?

— Je présume que vous le savez déjà. Mon nom est Bunker Hayward. Maintenant, s'il vous plaît, écoutez-moi bien. Retournez là où vous vous cachiez et vous aurez peut-être la vie sauve. Si vous songez à vous rendre à Washington, annulez votre projet. Si vous aviez la mauvaise idée d'y mettre les pieds, vous êtes un homme mort. Une autre chambre d'hôtel et un autre cadavre. Le vôtre, cette fois.

— Vous êtes très mélodramatique, Hayward. On dirait un mauvais série B.

Un léger rire à l'autre bout du fil.

— Les films de série B ont bercé toute ma jeunesse. Vous suivrez mon conseil ?

— Comment saviez-vous que j'étais au Prairie Traveller ?

— Nous vous avons repéré à l'instant où vous êtes arrivé à Dallas. Jusque-là, vous étiez en sécurité. Nous ignorions totalement où vous vous étiez planqué. Maintenant, faites ce que je vous dis.

— Allez-vous faire voir, Hayward.

— Je n'aime pas la grossièreté, répliqua Hayward après un bref silence. Retournez là où vous vous cachiez et on vous oubliera peut-être. Sinon... à bientôt.

Il y eut un déclic. Hayward avait coupé. McBride raccrocha. N'importe comment, ils me descendront, se dit-il. Cela fait quinze ans qu'ils essaient. Pourquoi renonceraient-ils maintenant, même si je ne vais pas à Washington ? Ce coup de téléphone faisait partie de la guerre psychologique.

Il savait qu'il lui fallait se rendre à Washington.

De retour au Hilton, la première chose que fit McBride fut de déplier sa carte routière pour établir son itinéraire. Il utiliserait la même méthode que celle qu'il avait employée pour gagner Dallas. La diversion. Il commencerait par se diriger vers le Sud pour semer ses éventuels poursuivants, puis ferait demi-tour et prendrait la route de Washington. Il roulerait lentement mais pas trop. Entre-temps, il se débrouillerait pour savoir qui présidait la commission. Il suffirait de passer un coup de fil au Capitole.

Et il pouvait encore prendre une précaution supplémentaire. Il composa le numéro de son ancien journal à Chicago.

— Ici la rédaction, j'écoute.

Cette voix lui était vaguement familière. Brusquement, il la reconnut. Bill Senior... Un garçon sympathique. Et un excellent professionnel.

— Bill Senior ? Alec McBride.

Senior n'en revenait pas.

— Alec ? Eh bien ça alors ! Si je m'attendais... Où étais-tu passé ? Ça fait une paie !

— Une sacré paie, Bill, en effet.

— Ma chronique n'a plus jamais été pareille depuis que ce n'est plus toi qui la tiens. Marinker a été forcé de reconnaître qu'il n'aurait pas dû te laisser partir. Comment vas-tu ?

— Bien, merci. Et je suis content d'avoir eu la chance de tomber sur toi. Je voudrais te demander un service.

— Tout ce que tu voudras si je peux.

— Je vais t'envoyer le double d'un manuscrit avec une lettre expliquant de quoi il s'agit. Maintenant, écoute-moi bien, Bill. Si jamais il m'arrivait quelque chose, il faudra que tu fasses l'impossible pour qu'il soit publié. Ce manuscrit ne manque pas d'intérêt mais je préférerais que tu ne le lises pas à moins... à moins enfin, qu'il ne m'arrive quelque chose, je te le répète.

— D'accord, mais qu'est-ce qui peut t'arriver ?

— Ne me le demande pas. Tu seras, en quelque sorte, mon assurance sur la vie. Mais ne dis à personne que tu es en possession de ce manuscrit. Cela pourrait être dangereux pour toi.

Tout en parlant, McBride s'interrogeait. Pouvait-il faire confiance à Senior ? C'était un garçon honnête, un brave type. Peut-être était-ce le meilleur choix. Et personne ne le soupçonnerait d'être en possession du manuscrit.

— C'est entendu, Alec. Mais ma curiosité est piquée au vif, tu sais.

— Si tout se passe bien, je te raconterai les tenants et les aboutissants. D'une manière ou d'une autre, tu seras le premier à prendre connaissance de mon bouquin. Cela dit, qu'est devenu Clyde Anson ? .

— Anson ! Oh la la ! Mais c'est de l'histoire ancienne. Marinker l'a obligé à s'en aller et, d'après ce que j'ai entendu dire à l'époque, il a quitté Chicago.

— Il a dû partir avec sa fille.

— Sûrement. Si c'était sa fille.

— Que veux-tu dire ?

McBride avait soudain la gorge nouée.

— Tu couchais plus ou moins avec elle dans le temps. On pensait tous qu'on aurait dû t'en parler. Mais ce n'était pas nos oignons.

— Me parler de quoi ?

— De cette histoire qu'elle était sa fille, quoi. Tu comprends, avant que tu arrives, personne n'était au courant qu'Anson avait une fille... à supposer que ça soit sa fille. On le connaissait depuis des années et il avait toujours dit qu'il ne s'était jamais marié. Bien sûr, ça n'empêche pas qu'il pouvait avoir une fille mais il ne nous en avait jamais causé. Pas avant que tu sois parachuté à Chi.

— Et personne... personne n'avait entendu parler d'elle, personne ne l'avait jamais vue auparavant ?

— Personne. Enfin, c'est-à-dire que...

— Que quoi ? Parle.

— Un jour, on t'a aperçu avec elle dans un bar. Il

y avait avec nous un confrère... un type du *Washington Post*. Il nous a dit que... qu'elle lui rappelait quelqu'un. Une femme qu'il avait connue à Washington. Il était certain que ce ne pouvait pas être elle mais elle lui ressemblait.

— Pourquoi est-ce que ça ne pouvait pas être la même ?

— Elle avait quelque chose de différent. Ses cheveux n'avaient pas la même couleur. Elle était coiffée autrement. Et, n'importe comment, la nana qu'il avait connue à Washington travaillait pour une agence officielle...

— Laquelle ?

— Je ne sais pas au juste. Un quelconque service de sécurité intérieure, d'après le gars du *Washington Post*. Oui, c'est ça. Un service de renseignements...

15

1979

McBride se laissa mollement aller contre le dossier du fauteuil. Tout les événements de la fameuse nuit étaient clairs dans son esprit. Ça allait être facile. Non, pas facile... plus facile. L'homme aux cheveux blonds l'écoutait en prenant de temps en temps des notes. Tout allait bien, à présent.

Bien entendu, cela prit toute la journée. Dame ! C'était seize ans de sa vie qu'il avait à raconter. Et il se souvenait de tout. C'était, du moins, l'impression qu'il avait. Il est vrai que le fait d'avoir écrit son livre l'aidait. Ça lui avait rafraîchi la mémoire. Au milieu de son récit, l'homme blond proposa une interruption et demanda qu'on fasse monter des sandwichs et du café. Ils ne parlèrent pas en mangeant. Quand ils eurent terminé leur collation, la séance reprit.

L'interrogateur, comme l'avait surnommé McBride en son for intérieur, était courtois mais parfaitement impersonnel. Comme s'il ne se considérait lui-même que comme une simple courroie de transmission. Et pourtant, Alec commençait à éprouver une sorte de sympathie pour lui. Une affinité, en quelque sorte, qui grandissait au fil des heures. C'était un peu comme s'ils se connaissaient depuis longtemps.

McBride avait lu quelque part qu'il se créait ainsi un lien entre l'interrogateur et l'interrogé. C'était ainsi que l'on manipulait les suspects dans les affaires d'espionnage quand on connaissait son métier. Mais il n'avait nullement l'impression d'être tenu pour suspect. Son interlocuteur était plutôt un peu comme un confesseur et il éprouvait un immense soulagement à vider son cœur.

— Et c'est le motif qui vous a fait venir à Washington ? demanda l'interrogateur quand il eut achevé.

Alec acquiesça. Il était fatigué mais soulagé.

— Et vous avez téléphoné au sénateur Newberry ?

— J'ai appris qu'il serait peut-être président de la commission. Ou que, en tout cas, il suivrait ses travaux. C'est lui qui a organisé notre entrevue.

Ce fut au tour de l'interrogateur d'opiner.

— Avez-vous cherché à contacter quelqu'un d'autre ?

— J'y ai songé. Dorfmann m'avait dit et redit que M. Sullivan, du F.B.I., avait ouvert une enquête sur l'assassinat de Kennedy. Lui aussi avait des doutes.

— Mais pendant toutes ces années, le F.B.I. ne vous a pas donné signe de vie ?

— En fait, je n'ai pas réussi à voir Sullivan. J'ai fini par penser que ça n'avait peut-être pas été sa faute et j'ai essayé une nouvelle fois de le joindre.

— Pour quelle raison ?

— A cause de certains documents du Sénat sur lesquels j'étais tombé à l'occasion de recherches que j'effectuais à la bibliothèque de Baton Rouge. Apparemment, on a demandé à Sullivan s'il y avait un rapport entre la C.I.A. et Harvey Lee Oswald. Il a répondu qu'il ne se souvenait de rien de tel mais il a ajouté : « Mais ça me rappelle vaguement quelque chose. »

— Et vous n'êtes pas parvenu à le contacter ?

— Non. Je l'ai appelé. On m'a fait attendre

longtemps au téléphone, et puis on m'a demandé qui j'étais. J'avoue que j'ai alors paniqué et j'ai raccroché.

L'interrogateur plissa le front.

— Bien sûr... vous ne suiviez pas l'actualité immédiate de près, n'est-ce pas ? Vous n'avez pas appris ce qui était arrivé à M. Sullivan ?

— Que lui est-il arrivé ?

— Il devait être entendu par une commission sénatoriale l'année dernière. Mais avant qu'il ait pu déférer à la convocation, on l'a retrouvé mort. Tué... d'un coup de feu.

— Un de plus. Tous ceux qui doutent de la version officielle selon laquelle l'assassin était Oswald meurent. De mort violente.

— Pas vous, monsieur McBride.

— Pas encore. Et je ne tiens pas à ce que ça arrive.

— Maintenant que vous êtes venu nous voir, vous ne devriez plus rien avoir à craindre, dit l'interrogateur avec un sourire rassurant. Nous avons vos déclarations. (Une mèche de cheveux blonds retombant sur son front lui donnait un air juvénile, mais son expression démentait cette apparence de jeunesse.) Malheureusement, ajouta-t-il, la mort de Sullivan ne prouve rien. Officiellement, c'était un accident de chasse. Et il se peut même que c'en ait vraiment été un.

— Et pour Dorfmann, c'était un suicide. Et pour Mme Raymond et son mari, une explosion de gaz accidentelle. Et pour tous les autres...

L'homme du F.B.I. opina.

— C'est statistiquement improbable. Et maintenant, nous allons passer à l'étape suivante.

— La commission ?

— Non, le sénateur d'abord. Il faut que vous racontiez tout ça à Newberry. Bien sûr, je lui communiquerai mon rapport mais il voudra vous entendre en personne.

— Mais quand ? Plus longtemps je resterai à Washington, plus je serai en danger. (McBride haussa les épaules avec lassitude.) Et je suis devenu tout à fait lâche lorsque ma vie est en jeu.

— Je comprends, monsieur McBride. Vous devez voir le sénateur tout de suite pour être tranquille après. Ce soir…. cela vous conviendrait ?

McBride sourit. Dieu merci, il n'y avait pas de pesanteurs administratives. Quand ces gens-là se mettaient au travail, ils ne perdaient pas de temps.

— A quel hôtel êtes-vous descendu ?

— Au Holiday Inn de Connecticut Avenue. Et sous un faux nom. Je suis censé m'appeler Marinker.

— Vous avez eu raison mais je ne crois pas que le Holiday Inn soit le lieu idéal pour cette entrevue. Ecoutez… le sénateur a un bureau et un appartement de fonction dans l'immeuble du Watergate. Je présume que, même dans votre retraite agreste, vous avez entendu parler du Watergate ?

L'interrogateur avait un vague sens de l'humour et McBride s'en félicita. Il ne faut jamais avoir confiance dans un homme qui n'a pas le sens de l'humour. Il acquiesça avec enthousiasme à la suggestion.

— Bon. Rendez-vous donc à l'appartement de Newberry ce soir à huit heures. Je pense que quand il vous aura entendu, il accélérera la procédure pour que vous puissiez faire votre déposition devant la commission dans les délais les plus rapides. Et, si nécessaire, nous prendrons les dispositions qui s'imposent pour assurer votre protection. (L'homme blond consulta sa montre.) Il est cinq heures. J'enverrai une voiture vous prendre à l'hôtel. Vous aurez le temps de vous rafraîchir et…

— J'ai ma voiture.

— Ne la prenez pas. Conduire dans Washington est une véritable expédition.

— Je vous crois sur parole.

— Vous demanderez l'appartement du sénateur Newberry au portier du Watergate. (Il esquissa un sourire.) Ne soyez pas en retard, nous nous ferions du mauvais sang.

McBride se leva.

— Non, je ne serai pas en retard. Et je n'aurai pas d'accident de chasse.

L'interlocuteur ouvrit la porte. Son sourire s'élargit.

— Bravo ! Et je vous remercie d'être venu, monsieur McBride. Au cas où vous ne vous en rendriez pas compte, sachez que je vous considère comme un témoin de la plus haute importance.

— Et moi, je vous remercie de m'avoir écouté. J'ai un peu l'impression, au bout de seize ans, d'avoir reçu l'absolution.

— Attendez pour cela d'avoir vu le sénateur. Ce sont eux qui donnent l'absolution... nos cardinaux, si vous voulez, et Newberry est un type comme ça !

Il pleuvait quand McBride monta dans la voiture officielle, une Cadillac noire conduite par un chauffeur de couleur qui n'ouvrit la bouche qu'une fois arrêté devant le Holiday Inn :

— Je serai là à sept heures et demie, monsieur.

Alec prit un bain brûlant où il resta une demi-heure. Pour la première fois depuis la fameuse nuit de Dallas, il se sentait totalement détendu. Il avait refilé l'enfant à quelqu'un d'autre. L'entrevue avec le sénateur ne serait qu'une simple formalité. Il voyait enfin la lumière au bout du tunnel.

A sept heures et demie, il attendait dans le vestibule de l'hôtel. La Cadillac se rangea presque tout de suite devant le trottoir et, à huit heures moins dix, elle stoppa devant le Watergate.

— Bonne soirée, monsieur, lança le chauffeur à McBride au moment où il descendait.

Un vigile, un Noir, lui aussi, l'accueillit dans l'entrée.

— Vous désirez, monsieur ?

— J'ai rendez-vous avec le sénateur Newberry.

— 6ᵉ étage, porte 63. M. Hayward vient de monter. Le sénateur est déjà arrivé.

L'étau glacé de la peur se referma sur McBride tandis qu'il se dirigeait vers l'ascenseur. Il avançait d'un pas d'automate. Je devrais prendre la fuite, se disait-il. Quitter cet immeuble, quitter cette ville, filer n'importe où. Peut-être retourner à Baton Rouge, au plus profond du pays. Quelque part où il pourrait disparaître. Continuer à fuir comme il fuyait depuis des années.

Mais il était fatigué de fuir. Ce fut la seule raison pour laquelle il entra dans l'ascenseur et appuya sur le bouton du sixième. Enfin, le vigile avait dit que Newberry était là. Le sénateur serait sa bouée de sauvetage.

Il frappa à la porte 63.

Ce fut l'interrogateur qui lui ouvrit. L'homme de petite taille, plus tout jeune et la mine affable, assis derrière un imposant bureau, se leva à l'entrée d'Alec.

— Newberry, se présenta-t-il en lui tendant une main blanche et soignée.

McBride la serra. Sa paume était moite. Il balaya la pièce d'un coup d'œil circulaire. Elle était meublée simplement mais avec goût. Devant le bureau, deux profonds fauteuils de cuir. Une armoire de classement à droite de la fenêtre. Une petite table sur laquelle étaient posées des bouteilles, des verres et une carafe. Une porte donnant sur le reste de l'appartement.

Il n'y avait qu'eux trois : le sénateur, lui et l'interrogateur aux cheveux blonds.

— Je suis heureux de vous rencontrer, monsieur McBride, dit le sénateur. J'attendais ce moment avec impatience.

McBride hocha la tête.

— Depuis combien de temps, monsieur le sénateur ?

Newberry parut étonné.

— Mais depuis que j'ai entendu parler de votre récit.

— Depuis plus longtemps que cela, sûrement, monsieur le sénateur.

Aucun bruit, aucun son. Pas même la rumeur de la circulation. La pièce était insonorisée.

L'interrogateur brisa le silence :

— Il s'est passé quelque chose, monsieur McBride ?

Alec le regarda. L'homme était grand, blond, d'une élégance irréprochable. Qu'avait dit Harry Schuyler ? « ... Il est venu me voir au journal. Il s'est présenté à moi sous le nom d'Hayward. C'était un grand type blond avec la carrure de Paul Newman. Mais en plus grand... »

Et Turvey dans ce bar de Saigon, autrefois : « Un grand blond, bien de sa personne... »

Et la voix au téléphone au Prairie Hotel : « Retournez là où vous vous cachiez et vous aurez peut-être la vie sauve... »

— Un bourbon, monsieur McBride ?

McBride fit un geste affirmatif. Newberry savait-il ? Etait-il dans le coup ? Il prit le verre que celui-ci lui tendait et but une gorgée tandis que le sénateur servait l'homme blond avant de se servir lui-même.

— On dirait que quelque chose vous tracasse, reprit Newberry. N'hésitez pas à nous dire quoi. Vous êtes avec des amis.

— Vous croyez vraiment ? ne put s'empêcher de demander Alec.

Les deux autres échangèrent un regard.

— Je crois qu'il sait, laissa tomber l'interrogateur qui n'était autre que Bunker Hayward. Mais j'ignore comment il a deviné.

— Le vigile de garde, en bas... il m'a dit que M. Hayward venait de monter chez le sénateur.

Un sourire joua sur les lèvres de Hayward.

— Il y a toujours une petite anicroche dans ce genre de travail. Mais c'est sans importance, à présent.

L'expression du sénateur demeurait indéchiffrable.

— Hayward a raison, on ne peut jamais prévoir tous les impondérables. Cela étant dit, ça facilite sans doute les choses.

McBride contemplait fixement Hayward. Il était bel homme. Un peu de gris mouchetait ses cheveux blonds, à présent. Ses yeux bleus étaient glacés.

— Qui êtes-vous, Hayward ? Pour le compte de qui travaillez-vous ?

Ce fut le sénateur qui répondit :

— Actuellement, M. Hayward est à mon service.

Hayward haussa les épaules.

— J'ai travaillé pour beaucoup de monde. Les Marines, l'armée, le ministère de la justice...

— Et la C.I.A., suggéra McBride.

— Et la C.I.A.

Alec prit une nouvelle gorgée de whisky. Son propre calme l'étonnait. Il avait le sentiment que, désormais, rien ne pouvait plus le surprendre. Que rien de plus nè pouvait advenir. Sauf une seule chose mais, pour l'instant, il préférait ne pas y penser.

— Bien entendu, j'ai toujours travaillé dans l'intérêt du gouvernement, McBride, enchaîna Hayward.

Ça paraissait être une sorte de justification.

— Quand vous étiez dans Dealey Plaza avec Sandrup et Buncey, vous travailliez dans l'intérêt du gouvernement des Etats-Unis ?

— Absolument. Pour différentes agences gouvernementales.

— En assassinant le chef de l'Etat ?

Newberry eut un léger sourire.

— Le gouvernement de ce pays est une hydre aux têtes innombrables, monsieur McBride. La fonction présidentielle est par nature temporaire, ne l'oubliez pas. L'exécutif change tous les quatre ans. Mais les autres institutions... la sécurité... etc., sont durables et il en existe qui ont autant d'importance pour la nation que le gouvernement. Certaines branches industrielles, par exemple.

— Quelqu'un a dit que ce qui est bon pour la General Motors est bon pour les Etats-Unis, renchérit Hayward.

— Il peut arriver, voyez-vous, que le Président lui-même devienne un obstacle à la santé du pays.

— Du pays ou d'intérêts particuliers ? fit McBride.

— Les deux peuvent se confondre, McBride. C'est ce qu'entendait un de nos Présidents quand il disait que les affaires des Etats-Unis sont les affaires. John F. Kennedy était, en soi, un homme charmant, mais il constituait une menace pour beaucoup d'entre nous. Etant lui-même excessivement riche, il ne voyait pas la nécessité de défendre la fortune des autres, vous comprenez ? Il parlait de Nouvelle Société, il voulait améliorer le sort de cette vaste réserve de main-d'œuvre qu'on appelle les pauvres. Oh ! C'étaient là des sentiments tout à fait louables. Mais inopportuns. Il avait la volonté de transformer le système. Ce qui aurait été déplorable pour un grand nombre d'entre nous.

— Vous l'avez tué pour protéger vos intérêts, c'est ça ?

— Pas seulement les miens. Il en existe qui sont bien plus importants que ceux d'un modeste sénateur. Et pas uniquement au niveau des chefs d'entreprises. Il représentait aussi une menace pour certains syndicats. Pensez à l'offensive de Bobby Kennedy contre celui des transporteurs routiers, par exemple. Oh ! Kennedy était courageux. Son attitude face à Khrouchtchev pendant la crise cubaine, il y avait de quoi tirer son chapeau. Mais après... après, il est devenu un handicap. Insupportable pour beaucoup d'entre nous.

McBride avait la gorge sèche et l'impression de suffoquer. Il avala une lampée de whisky.

— Mais... mais vous faites partie de la commission qui reprend l'enquête sur l'assassinat de Kennedy ?

— Absolument. La version Oswald n'est plus crédible. Il faut en trouver une autre. Mais pas la vôtre, McBride, je le crains. Non, quelque chose de plus acceptable. Encore que, maintenant, cette affaire appartienne à l'histoire. Personne ne s'en soucie plus réellement, même pas la famille Kennedy. Elle n'a pas envie de casser la baraque. Surtout si Teddy est candidat à la Maison-Blanche. Quand il se présentera — s'il décide de se présenter —, il ne se comportera pas comme son fère. (Le sénateur posa soudain son verre sur le bureau.) Et maintenant, monsieur McBride, je vais vous laisser en compagnie de M. Hayward. Au fond, c'est un peu comme si vous vous connaissiez tous les deux depuis seize ans sans vous être jamais rencontrés. Il ne me reste plus qu'à vous souhaiter une bonne soirée.

— Vous vous défilez avant que la parole soit à la violence, sénateur ? fit McBride, la voix rauque.

— Naturellement. Je suis membre du Sénat des Etats-Unis et j'ai ma tâche de parlementaire à accomplir, McBride. M. Hayward, lui... enfin, il a la sienne. C'est un professionnel très expérimenté, comme vous le savez. J'ai toute confiance en lui. Chacun son métier — je ne me mêle pas de ses affaires et il ne se mêle pas des miennes. (Newberry se tourna vers Hayward.) Je compte sur vous pour laisser l'appartement en ordre, n'est-ce pas, monsieur Hayward ? Sans rien qui traîne. Un nouveau scandale du Watergate ne nous arrangerait pas.

Sur ces mots, le sénateur sortit.

— C'est un type comme ça, je vous l'ai dit, fit Hayward après son départ. Pour moi, je veux dire. Il sait ce qu'il convient de faire et quand il faut le faire.

— Ainsi, c'est pour lui que vous travaillez ?

— Non, pas à proprement parler. Newberry est une sorte d'intermédiaire, si vous voulez. Il a du poids mais pas autant que les autres, ceux qui ne sont pas au gouvernement mais qui dirigent ce pays.

— Comme la General Motors, par exemple ?

— Bien sûr. Pas la G.M. elle-même. Ils ne se mouillent pas directement. Mais il y en a... (Hayward haussa les épaules et laissa sa phrase en suspens.) Toujours est-il que nous voilà enfin face à face, vous et moi. Jusqu'ici, vous avez eu de la chance mais cela ne pouvait pas durer éternellement. Dorfmann vous a protégé pendant des années, Dieu sait pourquoi. Il avait comme qui dirait des scrupules, il ne voulait pas avoir trop de sang sur les mains. Mais il a dû être éliminé et, une fois Dorfmann liquidé, il était fatal que vous passiez vous aussi à la casserole. Ce n'était plus qu'une question de temps.

— Dorfmann était un dégonflé, quoi ?

— C'est exactement le mot qui convient.

— Mais vous, vous ne vous êtes pas dégonflé, Hayward.

Hayward se passa la main dans les cheveux.

— Vous vous méprenez, McBride. Je ne suis qu'un employé.

— Qui tue pour de l'argent.

McBride avait un goût âcre dans la bouche. L'homme qui était devant lui était l'image parfaite du fonctionnaire plein de zèle. Mais derrière ce masque, le tueur était tapi. Ce n'était pas du sang, c'était de la glace qui coulait dans ses veines.

— Vous avez raison. Mais il y a peut-être un peu plus que ça. J'ai toujours pensé que le Président était comme le roi de l'Antiquité grecque qui devait mourir pour rendre propice Cérès, la déesse des moissons. C'est ce qui est arrivé à Kennedy. C'était un danger pour trop de grosses multinationales. Sa mort a assuré la moisson.

— Et les autres ? Tous les témoins assassinés ? Les époux Raymond, Sonia Sandrup, Sullivan ?

— Ils s'étaient trouvés là où ils n'auraient pas dû au mauvais moment. Ou bien ils savaient quelque chose qu'ils n'auraient pas dû savoir — comme vous. S'il était possible de les... de les contrôler... très bien. Autrement... (Hayward eut un haussement d'épaules.) A propos, Clyde est-il toujours de ce monde ?

— Mais il travaillait pour vous, non ?

Hayward leva les sourcils.

— Vous l'avez compris ? Vous ne manquez pas de perspicacité.

— Seulement après qu'il a disparu. C'est qu'il m'avait sauvé la vie lors du plasticage de mon appartement à Chicago.

Hayward eut un sourire froid.

— J'ai toujours pensé que c'était la sienne qu'il avait cherché à sauver. Evidemment, il est possible qu'il ait flanché. Ce n'était pas un de nos meilleurs agents.

— Pas comme sa fille.

— Ce n'était pas sa fille, vous savez. Mais elle nous a aidés à vous contrôler. C'était la consigne de Dorfmann : ne le tuez pas, contrôlez-le. Une tactique qui s'est finalement révélée une erreur. J'ai essayé de la rattraper au Vietnam. Il s'en est fallu d'un cheveu que je réussisse. L'ennui avec les bombes anti-personnel, c'est qu'il demeure toujours une marge d'incertitude. Dorrie est une fille remarquable. Elle est toujours ma collaboratrice. (Hayward se tourna vers la porte donnant sur le reste de l'appartement et appela :) Dorrie !

Elle entra silencieusement dans le bureau, les traits impassibles. McBride la trouva prématurément vieillie. Des mèches grises tranchaient sur le noir de ses cheveux. Ses yeux cernés et las étaient injectés et, des commissures de ses lèvres qui n'étaient qu'un fil, s'épanouissait un fin réseau de rides minuscules.

— Bonsoir, Dorrie.

Elle répondit à McBride d'un coup de menton, sans le regarder en face.

— Tu vois, Dorrie, fit Hayward, je crois qu'il ne comprend pas comment tu as pu vivre avec lui, faire l'amour avec lui tout en travaillant en même temps pour moi.

Muette, elle se servit un whisky. Elle n'avait pas l'air bien dans sa peau.

— Dorrie est une professionnelle, continua Hayward. Mais elle commence à prendre de la bouteille. Trop de jeunes arrivent sur le marché. C'est une industrie où la concurrence est impitoyable, la prostitution. Aussi, quand je lui ai proposé de travailler pour moi, elle a sauté sur l'occasion. C'est un job bien payé. Et il y a même la retraite au bout. Ça peut s'arranger.

— Vous êtes un beau salaud.

C'était la seule chose que McBride avait trouvé à dire.

— Mme Macklin serait certainement d'accord avec vous. Mais je suis indispensable, mon vieux. Tous les gouvernements ont besoin de gens comme moi, comme Sandrup et Buncey.

— Et lorsqu'ils n'ont plus besoin de vous, ils vous éliminent. Votre tour viendra, Hayward.

— Non, pas moi. J'ai recruté Sandrup et Buncey quand nous étions dans les Marines. J'étais en mission. C'est moi qui ai eu l'idée de maquiller leur fausse mort en accident. Mais ils n'étaient pas à la hauteur. Ils avaient de la famille, ils parlaient trop. Leur seule qualité était d'être des tireurs d'élite. Mais une fois le boulot exécuté, ils devenaient encombrants. C'étaient des... comment dirais-je ? Ils étaient... myopes. Pas de perspective. Si ce n'avait pas été le cas, ils auraient pu faire carrière, comme moi.

Dorrie Macklin s'assit avec son verre dans l'un des deux fauteuils, détournant toujours les yeux pour ne pas voir McBride.

— Et maintenant, quel est le programme ? demanda ce dernier, brisant le silence qui avait suivi les dernières paroles de Hayward.

— Avant tout, je vais vous soulager de votre artillerie. La pétoire que vous avez achetée à Dallas si je suis bien informé. Non ! N'essayez pas de la sortir. Mon Walther P.K. est beaucoup plus efficace. (Le pistolet était brusquement apparu dans la main d'Hayward.) Ce que nous pouvons être mélodramatiques, vous ne trouvez pas ?

— Vous comptez vous servir de cet engin ici ?

McBride s'efforçait d'employer un ton désinvolte

mais il ne se sentait pas du tout dans la peau du personnage. Il se sentait même encore plus nauséeux qu'en entrant, mais son amour-propre était plus fort que sa peur.

— Non, pas ici, voyons ! Un seul scandale du Watergate suffit largement. Dans un moment, nous allons faire une petite balade.

— Il n'y a pas beaucoup de désert dans les environs de Washington.

— C'est vrai, mais ce ne sont pas les champs qui manquent. De la terre meuble, facile à creuser. On ne vous retrouvera jamais, McBride. D'ailleurs, il y a plusieurs années que vous vous êtes volatilisé. À qui viendrait l'idée saugrenue de vous rechercher, voulez-vous me dire ? Oh ! A propos, j'ai intercepté le colis que vous aviez expédié à Chicago. J'ai bien peur que votre livre ne paraisse jamais, même à titre posthume. Vous m'en voyez désolé. Mais j'aimerais quand même que vous compreniez une chose : je suis un instrument, c'est tout. Je n'ai aucun sentiment de culpabilité. Si quelqu'un doit avoir une conscience qui le chatouille, ce sont ceux qui m'emploient, pas moi. Alors, vous voyez, tout cela n'a rien de personnel.

— Ma mort imminente est, pour moi, quelque chose d'assez personnel. Mais je crois avoir compris ce que vous vouliez dire.

Hayward fit un pas en direction d'Alec.

— A présent, je vais vous débarrasser de votre bombarde.

Peut-être péchait-il par inattention. Peut-être s'attendait-il à de la résignation de la part de McBride après tant d'années. Ou peut-être était-ce tout simplement que les choses s'étaient toujours passées sans difficulté. Ou qu'Alec avait acquis une certaine expérience quand il avait tué Jepson. Il se dit que, maintenant, il connaissait la technique.

Hayward, tenant son Walther dans la main gauche, écarta le revers de sa veste pour lui confisquer son Colt. Brusquement, McBride bascula en avant et le poids de son corps fit dévier l'arme braquée sur lui. Hayward comprit trop tard ce qu'il méditait et essaya de le repousser mais le genou de McBride s'enfonça dans son bas-ventre.

Le tueur se plia en deux, exhalant un sourd gémissement. Le tranchant de la main de l'Ecossais s'abattit sèchement sur son poignet. Hayward lâcha le Walther qui tomba devant les pieds de Dorrie.

Elle contempla le pistolet d'un air hébété. C'était quitte ou double. Si elle s'en empare, je suis un homme mort, songea McBride.

Les doigts de Hayward agrippaient toujours le revers de McBride qui se dégagea et sortit son Colt.

Il était lourd, peu maniable et manquait de précision mais, à bout portant, c'était une arme redoutable. Hayward le savait. Il était toujours plié en deux mais il était encore capable, et il le démontra, de se servir de ses pieds. Il visa la rotule de McBride. La douleur qui s'irradia dans la cuisse et la colonne vertébrale de ce dernier fut atroce et Alec s'effondra, un genou à terre. Mais sa main droite était libre. Il dégaina et pointa son Colt sur Hayward.

La détonation fut assourdissante. La balle pénétra dans l'épaule de Hayward qui, sous l'effet de l'impact, pivota sur lui-même et s'écroula, les traits déformés par la souffrance. Il y avait du sang et des fragments d'os sur le tapis. Une tache rouge s'élargissait sur sa veste.

McBride se releva en s'appuyant sur l'accoudoir de l'un des fauteuils. Il avait affreusement mal mais n'avait pas l'impression que sa rotule était fracassée. Il mit Dorrie en joue mais ce n'était pas la peine. Immobile, ses yeux écarquillés fixés sur Hayward, elle était ailleurs — perdue dans ses souvenirs ou en état de choc.

Une expression de surprise était peinte sur les traits de l'homme blond qui gisait devant McBride.

— Ça ne... change rien, parvint-il à balbutier. Il est... inutile de me tuer... Ils enverront quelqu'un d'autre... il y a toujours quelqu'un d'autre.

La douleur qui lancinait sa jambe s'atténuait et McBride se força à sourire.

— Peut-être. Mais il y a longtemps que vous me traquez. Bunker Hayward hantait mes rêves. Je serai content de ne plus avoir ces cauchemars. Et, d'ailleurs, je ne peux pas vous tuer. Vous êtes déjà mort. En 1959, vous vous rappelez ?

— On vous retrouvera.

— Je ne dis pas le contraire mais ce ne sera pas vous. Plus maintenant. Vous ne pourchasserez plus personne, Hayward. Cela ne fera qu'un tueur à gages de moins, voilà tout.

Hayward toussa et cracha du sang. La balle avait touché le poumon.

— Vous ne me tuerez pas. (Il avait de la peine à parler.) Vous n'en aurez pas le cran... Vous n'êtes pas un professionnel. Vous n'avez pas la pratique. Pas la capacité...

— Vous m'avez appris à en être capable. J'ai tué un certain Jepson que vous aviez chargé de m'abattre, vous ou vos amis. J'ai eu du mal. Mais, à présent, je sais comment il faut s'y prendre. C'est beaucoup plus facile.

Il fit à nouveau feu. Le sommet de la tête de Hayward sembla disparaître derrière un brouillard rouge. Son corps tressauta. Et il ne bougea plus.

McBride replaça le Colt dans le holster et reboutonna sa veste. Il essaya précautionneusement de remuer la jambe. Ça allait. Il pouvait tenir debout.

La physionomie de Dorrie était toujours aussi

vidé mais elle ouvrit la bouche et parla pour la première fois :

— Il avait raison. Ils enverront quelqu'un d'autre.

— Encore faudra-t-il que le quelqu'un d'autre me déniche.

Elle but une gorgée de son whisky.

— Et maintenant, c'est mon tour ?

— Non.

Un moment s'écoula avant qu'elle continue :

— C'était une mission, McBride. Vivre avec toi... et tout le reste. Mais ça commençait à me plaire. C'est pour cela qu'ils m'ont retirée du circuit.

— Soit, je te crois. C'est plus satisfaisant pour mon amour-propre.

— Oui, probablement. Tu vas décamper, maintenant ? (McBride fit un signe d'assentiment.) Où peux-tu aller ? Hayward a été très précis. On en lancera un autre à tes trousses, tu peux en être sûr. Que feras-tu ? Comment vivras-tu ?

— Je vivrai. Comment ? Je me débrouillerai. Des noms différents. Des lieux différents. Je serai l'homme invisible. Il n'y aura jamais de lumière au bout du tunnel mais ils seront, eux aussi, des aveugles dans la nuit. Et je réussirai peut-être à faire quelque chose. A publier mon livre. Pour que les gens sachent qui tire les ficelles, plus ou moins.

— Ils n'aimeront pas ça du tout.

— Tant mieux.

Impression Bussière à Saint-Amand (Cher),
le 14 janvier 1985.
Dépôt légal : janvier 1985.
Numéro d'imprimeur : 2773.

ISBN 2-07-048991-4./Imprimé en France.